PUBLICLY AVAILABLE
INFORMATION

※

常亦乘

CHANG,
YI-CHENG

**「我來濟川，
是為了找人。」**

突然出現在謝家、
身分不明的強大靈師

他說話時發音古怪，
彷彿過於講求字正腔圓。

容易在戰鬥中精神失控的他，
被所有靈師畏懼著。

而他也不以為意，
維持冰冷的態度，獨來獨往，
卻唯獨對紀洵抱持著異常的關心。

NOT A
HUMAN

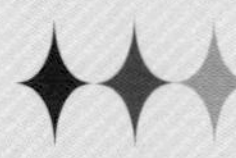

PUBLICLY AVAILABLE INFORMATION

紀洵 JI, SYUN

**「我只是個普通人，
放在紀家就是食物鍊
底端的廢物。」**

想盡快寫完畢業論文，卻無法如意的獸醫系大學生。
父母早逝，從小就是個孤兒，因沒有靈力而受到其他家族成員排擠。
已習慣孤獨一人，且個性沉著獨立。
雖對他人難以產生同情或悲喜，發現需要幫助的人時卻無法坐視不管。
與常亦乘雖是初識，卻總是能從他身上感覺到某種熟悉感。

NOT A HUMAN

GOBOOKS
& SITAK
GROUP©

朧月書版

朧月書版

我可能不是人 01

私はたぶん人ではない

貓尾茶 Author.
響 illustrator.

目錄

第一章 屍嬰 CHAPTER 001 009

第二章 女屍 CHAPTER 002 035

第三章 黑霧 CHAPTER 003 061

第四章 我愛你 CHAPTER 004 091

第五章 入職儀式 CHAPTER 005 123

第六章 畫中人 CHAPTER 007 157
第七章 布袋翁 CHAPTER 008 185
第八章 雷池陣 CHAPTER 009 217
第九章 不值得救 CHAPTER 010 249
第十章 殺人奪靈 CHAPTER 011 297

NOT A HUMAN

私はたぶん人ではない

第一章 屍嬰

私はたぶん人ではない

NOT A HUMAN

門鈴響了三聲。

「紀洵、紀洵，你在家嗎？」外面有個聲音溫柔地問道。

紀洵當然在家，他就站在防盜門邊的玄關處，垂眼觀察電子貓眼的螢幕，放慢呼吸保持安靜。

門外的人叫徐朗，住在紀洵家樓下。他又按了兩次門鈴，見裡面仍舊無人回應，神色中流露出一絲失落。徐朗緩慢地說著：「聽說你快畢業了，正在找工作，剛好我有幾位朋友的公司正在招人。公司資料都拿來了，我現在就給你。」

他彎下腰，身影從貓眼中消失，防盜門底部的縫隙處隨即塞進幾頁Ａ４影印紙。門縫太窄，一次不能容納太多資料，徐朗很有耐心地將它們分批往裡面送。

幾分鐘後，門縫被一疊疊的影印紙徹底堵死。

徐朗重新站起來，乾裂的嘴唇一張一闔：「紀洵，開門好嗎？我還有許多資料，你一定會喜歡的。」

門內依然沒有動靜，像一種無聲的拒絕。

徐朗苦笑道：「沒關係，裡面的你先看看。」他靠近門扉，遍布血絲的瞳孔幾乎貼到貓眼上，「我明天再來。」

非常執著且苦情的語氣，紀洵或許該為這分卑微的關懷而感動。

如果現在不是凌晨三點的話。

沉重的腳步聲從門邊慢慢遠離，直到它徹底從走廊上消失，紀洵才拿出手機，拍下腳邊密密麻麻的影印紙。紙上哪有什麼資料，一頁頁全是血紅的大字——

我愛你、我愛你、我愛你。

深更半夜，紀洵不想收拾這堆東西。

他轉身進入浴室，用冷水洗了把臉，然後照著鏡子，把稍長的頭髮攏到腦後，紮成一個隨意的短馬尾。被水打濕的烏黑碎髮凌亂地搭在額前，略微遮過眉眼。那是一種極其濃烈的黑色，襯得他的皮膚越發蒼白。

紀洵靠在洗手檯邊，把剛拍的照片發給備註為「趙警官」的連絡人：『他又來了。』

約莫三個月前，住在六〇二室的徐朗開始頻繁騷擾紀洵。

搭訕、跟蹤、偷窺、送禮物……因為沒有造成實質性的傷害，派出所的員警除了口頭警告以外，暫時也沒有更好的處理方法。

沒過多久，趙警官回覆：『他還在外面嗎？』

紀洵：『已經走了。』

趙警官：『千萬不要開門，明天我們來處理。』

紀洵：『好，謝謝。』

收起手機，紀洵心裡有點煩躁。徐朗的騷擾有逐步升級的跡象，現在是半夜敲門，誰知道以後會不會發展成持刀威脅？

紀洵回到客廳，看著桌上的筆記型電腦，情不自禁地捏了下指骨。他考進大學後就申請外宿，選擇不入住學校宿舍，為的就是圖個清靜。結果樓下不僅出了騷擾狂魔，還在他趕畢業論文的時候打斷他的思路。

如果明天還不能徹底解決……

紀洵坐下來重新敲起鍵盤，一邊想著，為了保證順利畢業，那就只能搬家了。

時間一分一秒地過去，天剛亮時，外面傳來幾聲清脆的鳥鳴，讓紀洵從變態鄰居的陰霾中找回了一點人間的安全感。他正打算關機睡覺，激烈的敲門聲與手機鈴聲同時炸響。紀洵愣了愣，滑開手機接聽：「喂？」

趙警官大聲問：『你在哪裡？』

紀洵皺眉，懷疑熬夜使他幻聽，否則趙警官的聲音怎麼還分出兩個聲道，一道在手機裡嘶吼，一道在大門外咆哮。

「在家。」他起身走到玄關，踩著寫滿「我愛你」的影印紙，指尖搭在門把上時頓了頓。空氣裡似乎瀰漫著一股奇怪的味道。

趙警官：「我在外面，開門。」

打開房門的瞬間，濃烈的血腥味被一陣穿堂風席捲而入，外面不止站著派出所的趙警官，還有幾名表情嚴肅的員警。

「怎麼了？」紀洵掛斷手機問。

話音未落，他就看見了答案。左邊幾公尺外的逃生梯處，一個眼熟的身影倒在血泊裡，面戴口罩的法醫蹲在地上，正忙碌地檢查著什麼。

趙警官說：「徐朗死了。」

⊙

不得不說，人生就是如此跌宕起伏。

短短幾小時內，事態從鄰里糾紛變成刑事案件，辦案人員從警察局的一般員警變成刑事局的刑警，紀洵也從慘遭騷擾的男大學生變成引人注目的嫌疑人。

徐朗的屍體是清掃公共區域的清潔人員發現的。這棟樓是一梯兩戶的格局，總共有七層，七〇一室的屋主常年在國外工作，整層樓只有紀洵一人居住，而他偏偏還是被害人的騷擾對象。別說員警了，連紀洵自己都覺得可疑。

好在刑警還算客氣，沒有當場替他戴上手銬、押回局裡，而是讓紀洵回到客廳，第一時間先做筆錄。負責詢問的刑警叫鄭自明，大約四十歲左右，看向紀洵的目光自帶威嚴與震懾感：「你跟死者是什麼關係？」

紀洵如實回答：「普通鄰居，不熟。但徐朗說他愛我。」

鄭自明下意識打量著他，認為這句話的可信度很高。紀洵確實長得好看，甚至完全能用「漂亮」兩個字來形容。他左眼尾下方並排長了兩顆褐色的淺痣，點綴在白皙的皮膚上，讓一個簡單的對視也有顧盼生輝的風采，能引起死者瘋狂愛慕也不奇怪。

然而即便再漂亮，他畢竟是個目測身高超過一百八十公分的年輕男人，哪怕身材略顯單薄，也絕對具備殺死另一個成年男人的能力。

鄭自明繼續問：「說說昨晚發生了什麼事。」

紀洵把事情經過詳細講述了一遍，補充道：「徐朗離開後，我在客廳寫畢業論文，整夜沒睡，到得知他的死訊為止，一直沒有離開過家。」

趙警官忍不住插話：「外面死了個人，你在家都沒聽見動靜？」

紀洵：「沒有。」

鄭自明：「家裡其他人呢？」

紀洵輕聲說：「父母很早就去世了，這裡只有我一個人住。」

問話還沒結束，法醫在外面招手，示意鄭自明過去。大門沒有關，從紀洵的角度望過去，剛好能看見法醫手中的物品。

一截彎曲的、沾滿黏糊血汙的東西蜷在證物袋裡，看不出具體的長度。表面除了血汙外，還微微透出了點紫灰色，非要形容的話，很像餡料灌得鬆散的香腸。但那明顯不是可口的食物。

他還想再仔細觀察，鄭自明就反手關上了防盜門。門外，法醫說：「從死者嘴裡發現的。」

隔著證物袋，腥臭無比的味道也十分沖鼻，鄭自明捂住鼻子問：「這是什麼東西？」

法醫額角淌落一滴汗水：「臍帶。」

見多識廣的鄭自明沉默了一瞬。這是一段新鮮的臍帶，就像每個嬰兒在媽媽肚子裡獲取養分的管道那樣，還保持著柔軟的觸感，但是它卻出現在一名男性死者的體內。

「另外，死者的致命傷就在喉嚨。根據傷口形狀和血液噴出的痕跡來看，應該有某種東西從內部撕開了他的喉嚨。我懷疑是寄生蟲，可是有什麼寄生蟲會長出臍帶？」法醫提出了新的疑點。

鄭自明沒有回答。他摩挲著下巴，想起剛工作時，帶他的老師說過的故事。

老師說，死人見多了，難免會遇到一些很難理解的死因。它們跳脫科學的範疇，隱約揭開未知世界的面紗，讓你觸碰到冰山的一角，又讓你徹底陷入迷局。

他把這當作試膽八卦，敷衍地問：「如果出現您說的這種情況，案子該怎麼查？」

老師說：「查不了，得交給那些人。」

鄭自明從未遇過不合邏輯的案子，但去年他被提升為隊長時，局裡特意對他進行過關於「那些人」的培訓。

混雜著血腥味的冷風灌進衣領，讓鄭自明不由得打了個寒顫。偏巧此時，現場另一名刑警湊過來：「鄭隊，查過監視錄影器了，凌晨五點二十五分，徐朗又上了樓，在門外徘徊五分鐘後才離開。」

鄭自明低頭看向同事用手機錄下的影片，畫面中，徐朗步履虛浮地走到逃生梯的出入口，突然跪倒在地，拚命抓著自己的喉嚨。頭頂的聲控燈明滅幾次，徐朗驚恐的表情時隱時現。

鄭自明還想繼續往下看，影片就被一片雪花狀的噪點覆蓋。

同事說：「監視器沒拍到他死亡的畫面，奇怪的是，保全也並沒有收到系統故障報告。」

鄭自明的心跳陡然加速。片刻後，他像下定決心一般，從上衣口袋夾層裡掏出一張淺黃色的紙張，靠近徐朗點燃。

那紙的質地薄韌，很像清明節時燒給死人的冥紙。火苗舔舐過紙張邊角，近似於檀香的味道散發出來。漸漸的，紙張中心出現了一個抽象的符紋。

一旁的同事不明就裡：「鄭隊，這屍體……」

「別管他媽的屍體了！快走！」鄭自明怒吼道，「馬上疏散樓裡所有住戶，拉好警戒線，誰都不准進來！」

早上七點剛過，許多住戶連樓裡發生命案都不知道，就糊裡糊塗地被叫醒疏散。

鄭自明一把將逃生梯與走廊間的防火門關緊鎖死，然後片刻不敢耽擱，從通訊錄找到一個從未撥打過的電話號碼。手機裡響起機械的電子音：『您好，歡迎致電觀山文化有限公司，電話已接通，請留言。』

鄭自明：「環湖東路世紀家園五棟七樓有問題，我按照培訓課教的方式處理了，你們能不能派人……」

電子音打斷他：『好的，收到，請從現場撤離。』

通話至此中斷，鄭自明疑惑地瞥了手機一眼，不確定這通電話究竟能不能派上用場。他憂心忡忡地轉過身，想找件襯手的武器，至少幫社區群眾抵擋幾分鐘也好。誰知一回頭，竟看見七〇二室的住戶才剛揹著背包、從家裡出來。

鄭自明納悶：「你怎麼還沒走？」

「剛才在收拾東西。」紀洵按下電梯，聞到燒過金紙的味道，忽然開口，「我聽見你打電話了，普通人不是惡靈的對手，最好聽他們的話，不要留下來白白犧牲。」

後半句話讓鄭自明猛地一愣，想起曾經看過的保密檔案。

世間萬物皆有靈，而靈亦有善惡之分，能夠與善靈結交合作的人，則被稱為靈師。靈師一行自上古流傳至今，鼎盛時期數以萬計，如今只剩最後三脈，不足五百人。

三脈靈師皆以氏族繁衍，分別為紀氏、謝氏、李氏三家。紀洵既然知道惡靈之說，那他肯定就是紀家的靈師。

鄭自明恍然大悟，指著他肩上的黑色背包問：「那裡面裝的，難道是降伏惡靈的法器？」

「我只是個普通人，放在紀家就是食物鍊底端的廢物，哪會對付惡靈。」紀洵否認後，又補充道，「包包裡裝的是筆記型電腦。」

一個問號出現在鄭自明腦海中。

紀洵解釋：「下學期開學要交畢業論文初稿，我想抓緊時間寫完。」

鄭自明：「？」現在是關心畢業論文的時候？

「樓下鄰居就死在你家門外，死因很可能還跟惡靈有關。」鄭自明無法理解，「你難道一點都不害怕嗎？」

紀洵密長的睫毛顫了顫：「有點，但論文交不出來更可怕。」

「……」

幾句話的工夫，電梯到了。

兩人依次進了電梯，紀洵轉身背對鄭自明，按下關門鍵後，就垂眸看向兩扇門中間那道筆直的縫隙。畢竟許多恐怖故事裡，主人公都會在電梯裡遇到詭譎的異變。比如門即將合攏的時候，忽然有一隻手伸進來。又比如到了某層，門一打開就會看見長髮女鬼的背影。

幸好一路無事發生，十幾秒後，電梯穩穩地停在了一樓。紀洵微皺的眉頭剛要舒展開，卻猛然意識到有哪裡不對勁。他迅速環視一圈，發現了問題的所在。

——鄭自明不見了。

「鄭隊？」紀洵試著喊了一句，沒有任何人回應他。他眨了下眼，轉頭看向往日再熟悉不過的大廳。

今天本該是個晴天。

大堂內外卻是漆黑一片，如同停電的深夜，人只要往外踏出一步，就會陷入濃稠的黑暗之中。

紀洵看了沒有訊號的手機一眼，他不想回七樓，眼前的一樓又明顯不正常，進退兩難的境地讓他無奈地嘆了口氣，懷疑農曆上恐怕寫著「今日不宜寫論文」。

沉思片刻，紀洵低頭扯下襯衫最上面那顆鈕扣，衣領略微鬆垮地散開，露出兩邊精緻瘦削的鎖骨。凜冽的寒風從領口灌進來，周遭的溫度也下降了幾度。

紀洵用食指和中指夾住那顆鈕扣，向外拋去，白底銀邊的金屬鈕扣在空中劃出一道閃光的弧線，掠過電梯的邊界線。下一秒，鈕扣化作了一縷青煙。

紀洵默默後退兩步，意識到這是進了乾坤陣。

他曾聽紀家的靈師說過，除靈時為了避免殃及他人，他們往往會提前設下結界，防止普通人誤入。此類結界不與外界相通，自成一方天地，故而取名為「乾坤陣」。

而同樣的方式用在惡靈手裡，則淪為了防止獵物逃脫的牢籠。想要離開的話，必須找出陣眼並將其破解才行。

顯而易見，他被盯上了。

電梯門在此時合攏，像一種不容拒絕的邀請般，樓層按鈕的數字「七」重新亮起，要把他帶回去。紀洵的額頭滲出一層薄汗，心想倒也不必如此熱情。

電梯緩慢上升，「叮——」

十幾秒後，電梯門打開的剎那，紀洵臉色微變，漆黑的雙眸染上一層驚懼之色。

他感覺到了，身後有人。

說不清那人是何時出現的，當他意識到的時候，若有似無的呼吸就貼在他頸後，吹得他後背發涼。被人盯緊後背的感覺令紀洵毛骨悚然，他沒有回頭，視線鎖定電梯正對的逃生梯出入口，大力跳著的心臟幾乎快撞破胸膛。

過了許久，身後的人開口問：「幹嘛傻站著不動？」

紀洵微愣，認出對方的聲音：「鄭隊？」

「是我。」鄭自明感到莫名其妙，「不是要下樓嗎，你要發呆就往旁邊站，擋住我按電梯了。」

……莫非之前那詭祕的經歷，全是自己頭腦中的幻覺？

紀洵注視著對面的防火門，睫毛顫動幾下。他記得非常清楚，下樓前，鄭自明早就把防火門的插銷從外面插上。而此時此刻，那扇本該緊閉的鐵門，敞開了一小道縫隙，刺骨的寒風從縫隙那邊滲了進來。

紀洵深吸一口氣，語氣盡量保持平靜：「我剛才產生了幻覺。」

「什麼幻覺？」鄭自明問。

「我看見……」剩下的話無需說出來，在電梯開始關門的那一刻，紀洵如閃電般衝了出去！他撞開防火門，沒有回頭，從空無一物的樓梯間徑直跑向天臺。

身後，慘白的燈光下，一隻泛起青色屍斑的手擋住了電梯門。

幾秒前還發出鄭自明聲音的徐朗，慢悠悠地低下頭：「他跑了。」

隨著他的動作，黏答答的汙血從他嘴裡滴落下來，濺到他突起的肚子上。比例失調的肚子撐破了徐朗的上衣，露出的皮膚薄如蟬翼，幾乎能看清裡面的東西。

那是一顆頭，比普通嬰兒的頭要大上許多，在臉頰兩側分裂開的四隻眼睛轉動幾下，豎著長在臉部中央的嘴唇張開，像遭受了極大的委屈，發出淒厲的嬰兒啼哭聲。

徐朗被聲音催促著，邁開腳步走出電梯，他用沒有瞳孔的眼睛望向防火門，搖搖晃晃走了進去。每跨過一級臺階，他的四肢就變粗變長一分。當他走完一半的樓梯，人類的四肢已經從他身上消失不見，取而代之的是四條長滿眼睛的臍帶。

徐朗的軀體被四條臍帶支撐著往上爬，倒映在牆上的影子，像一隻長出人身的巨型蜘蛛。

鉛塊狀的厚重雲層壓在半空，遮蔽了太陽的光芒。

紀洵躲在天臺的電力設備間後面，身體放低，竭力控制呼吸的節奏。他聽見了嬰兒的哭

泣聲，也聽見了混合在其中的詭異男聲。

那是今天凌晨，徐朗按響門鈴後說的第一句話。

「紀洵、紀洵，你在家嗎？」

可現在一聲聲喊著他名字的怪物，或許已經不能被稱之為徐朗。紀洵偏過頭，看見一個異形的影子倒映在護欄上，那隻怪物拖動著臃腫的身體，離得越來越近、越來越近。

忽然，嬰兒停止了哭泣，它似乎發現了什麼，發出「咯咯咯」的笑聲。

紀洵神經一顫，再抬眼就看見一條臍帶，沿著設備間的牆壁游了過來。

腦子裡「嗡」地一聲炸開。

拳頭大小的眼睛混著碎肉，發出細微的咕嚕聲，密密麻麻地盯著他。

「你在這裡呀。」

數十道稚嫩的童聲同時響起的剎那，那條臍帶也猛地伸直甩開，夾雜著腥氣的風撲面而來，紀洵貼地往旁邊一滾，躲開了第一擊。

臍帶們發出不滿的大叫，再次襲來。紀洵起身飛撲到另一端角落，但緊隨其後，另一條臍帶飛甩出來，他來不及閃躲，只覺得腰間猛地一緊，就被拖拽著撞到了欄杆上。

劇烈的撞擊讓紀洵喉頭湧上一股腥甜。要不是背包裡的筆記型電腦幫他緩衝了一下，他懷疑自己的脊椎恐怕都會直接斷掉。

不過筆電也抵擋不住惡靈的攻擊，腰間的臍帶越纏越緊，紀洵根本無法動彈，只能眼睜睜看著臍帶得寸進尺地纏住他的雙臂與胸膛。他彷彿變成了母親肚子裡的嬰兒，被臍帶纏繞束緊卻無力掙扎。耳邊全是「咯咯咯」的古怪笑聲，那些冰涼的眼睛緊貼著他的皮膚，讓視野漸漸因為缺氧而模糊。

就在紀洵以為死亡即將降臨的時候，銳利的鏗鏘之聲迅疾而來！

勢如破竹的罡風忽起，刺目刀光讓紀洵本能地閉緊雙眼，只聽見耳邊兩道劈砍聲響過，怪異的笑聲頓時變成此起彼伏的慘叫聲。新鮮空氣也在此時湧進紀洵的肺腑，他踉蹌跪在地上，不可抑止地痛苦咳嗽。

斷掉的臍帶還想再次把他帶走，一個人影便突然衝出來，那人趕到紀洵身邊的瞬間打了個響指，虛幻如影的佛像從天而降，將兩人牢牢地守在了身後。臍帶纏上佛像，漫天金光四散，手持禪杖的佛像低眉閉目，不動不讓。

惡靈遲遲不能得逞，終於察覺到危險，見勢不對逃回了逃生梯。

紀洵差點咳出血來，猛喘幾口氣後，眼角餘光瞥見來人敞開的風衣裡露出的花襯衫，動作一頓。他抬起頭，望著那張熟悉的面孔，嘶啞出聲：「紀景揚？」

「沒禮貌，叫哥哥。」紀景揚睨他一眼，嘖嘖稱奇，「才幾分鐘，就被搞成這副鬼樣子。」

紀洵又連咳幾聲，呼吸好不容易緩了下來，虛脫道：「再晚一分鐘，你就可以直接來幫我收屍了。」

「不好意思，進來費了點時間。」紀景揚完全沒有緊張感，嬉皮笑臉地把他從地上拉起來，另一隻手往空中攤開。那尊虛幻的佛像斂了金光，變成巴掌大小的白色瓷像，落在紀景揚掌心，平和地朝紀洵行了個禮。

鄭自明看到的資料，只是靈師一行最淺顯的祕密。事實上，不分善惡，靈都有著各自的壽命，無論它們有多麼強大，遲早都會迎來油盡燈枯的一天。有些不甘消亡的靈，會在生死彌留之際找到可以共生的靈師，以將來供對方驅使為條件，分得對方的一縷靈力來維持生命。

眼前這尊佛像，就是與紀景揚共生的靈，名為枯榮。

紀洵朝枯榮點頭表達謝意，轉而問紀景揚：「就你一個人來？」

「怎麼可能。」紀景揚朝紀洵身後招手，「朋友，別拘束，過來跟我弟弟打聲招呼？」

紀洵猛然一愣，回頭望去，這才發現天臺上還有另一個人。

五公尺外，烏雲密布的天空下，男人一身黑衣，比周遭昏暗的光線更為沉寂，只有手中握緊的一把黑色短刀，隱隱折射出流動的光。那人的個子很高，分明是挺拔如松的身姿，卻直至此刻才被紀洵留意到。

他剛才就靜靜地站在那裡，如同鬼魅一般，無聲隱匿自己的氣息。即便此刻兩人四目相對，男人身周也彷彿縈繞著一層看不見的黑霧，像個俊美而陰鬱的奪命無常。

紀景揚笑了笑：「嚇到你了？沒事，他就是不愛說話而已。」

紀洵想說問題不在這裡，可見男人已經邁步往這邊走來，反駁的話就被迫咽回喉嚨。

距離拉近到只剩咫尺之時，紀洵才發現對方的確很高，導致他需要微揚起頭才能與之對視。那人低垂眼眸，用視線冰冷的黑色眼睛望了過來。

紀洵呼吸亂了半拍，沒察覺時還好，一旦意識到那人的存在後，強烈的壓迫感就排山倒海而來。

靜默數秒後，面前的人淡淡開口：「常亦乘。」

紀洵一愣，隨後反應過來這是在做自我介紹，便回道：「我叫紀洵。」

常亦乘看他一眼，沒再說話，轉身走到通往逃生梯的入口前，修長白淨的手指緩緩撫過牆面，頭也不回地說：「我下去看看。」

「需要我陪你去嗎？」紀景揚問。

常亦乘搖頭，留下一句「保護他」，便決然地走了進去。

很快，淒厲的嬰兒啼哭聲連綿不斷地響起，如同遭遇了一場無情的屠殺。惡靈哭嚎得過於悲慘，讓空氣都帶上了肅殺的寒意。

紀洵半靠在欄杆邊，脫掉外套、抓起衣襬檢查傷勢。從胸膛到腰腹，被臍帶纏過的部位勒出數道紅紫色的痕跡，他試著用指尖碰觸幾下，雖然沒破皮，卻也疼得倒抽一口涼氣。

「嘖，公共場所你幹嘛呢。」紀景揚不知何時轉過頭，「檢點些吧，弟弟。」

「……」紀洵穿好衣服，看向紀景揚的眼神寫滿無語。

他跟紀景揚是遠房親戚，小時候父母去世後在對方家住過幾年，因此相比其他近親，反而跟這位很不正經的哥哥要熟悉許多。

要是換作平時，紀洵大概會回嗆幾句。可樓梯傳來的動靜讓他暫時沒有那種世俗的欲望，轉而關心起另一件事：「你進來時，有沒有看見一個國字臉的員警？」

紀景揚回憶道：「鄭自明？我在外面看見他了，他說到了樓下，發現你中邪似地一動也不動，就想出去找人幫忙，誰知就再也進不來了。」

「沒事就好。」紀洵把背包放在天臺角落，祈禱出去後還能搶救電腦裡的論文資料，「你覺不覺得，這惡靈好像是衝著我來的？」

紀景揚嘴邊揚起調侃的笑意：「是啊，專門把其他人送走，只為了跟你單獨相處。它好像很愛你欸，要不要考慮一下？」

紀洵抿抿唇角，終究沒忍住：「……滾。」

紀景揚天生五行屬欠，被罵了仍是一副笑嘻嘻的模樣，但沒過幾秒，笑容就凝固在唇邊。

樓下突然沒聲音了。

不僅是安靜那麼簡單，更像是一片死寂。

紀景揚難得嚴肅：「走，下去看看。」

進入樓梯間，紀洵目睹了他此生見過最慘烈的景象。

逃生梯的牆面與地板上滿是汙濁的血跡，臍帶和眼球碎塊散落在沿途路上，幾隻還沒死透的眼睛不斷抽搐，偶爾發出滲人的嗚咽聲。

兩人對視一眼，加快步伐打開防火門，然後同時愣了一瞬。

走廊完全看不出原本的顏色，入目皆是紅得發黑的黏稠血液，那些血液像有生命般蠕動掙扎，似乎想要匯聚到某處，又忌憚另一種更為可怕的生物。

紀洵視線往前，想看清它們在害怕什麼。

長著徐朗身體的惡靈只剩下半個身軀，蜷縮在七〇二室的門邊一動也不動，高聳的肚子被人橫斷剖開，長出四隻眼睛的怪異嬰兒維持著爬出屍體腹部的動作，臉部中間插著一把黑色的短刀。

常亦乘彎腰將刀從惡靈屍體裡拔出，他沒有在意周圍的情況，慢且認真地用衣袖擦拭刀刃。高大頎長的身影在地上拖出存在感極強的影子，像地獄來的惡鬼降臨人間。

直到此時，紀洵才終於明白，紀景揚之前問常亦乘是否需要陪同，原來並非擔心他打不過，而是擔心他打得太過。

紀景揚咽了咽口水，開口時語調微顫：「常……」

常亦乘驟然轉過頭，冰冷雙眸中帶著尚未消散的殺意，眉眼間找不到任何屬於人類的溫度。下一瞬，紀洵只覺得眼前一花，勁風忽襲。

接著便是「噌——」一聲響，尖銳刀鋒與金色禪杖的碰撞聲震得他耳膜發痛，但所有的聲音都比不上眼前的景象，更令他心跳停止。

只是一秒不到的剎那，常亦乘殺到了紀景揚面前。

要不是枯榮及時化作虛影抵擋，那把戾氣四溢的短刀就會直接劈開紀景揚的胸膛。

即便如此，紀景揚也被震得踉蹌幾步，眉間流露出痛苦的痕跡。

突如其來的變故讓紀洵呼吸一滯，他來不及細想，連忙小心翼翼地勸說：「常亦乘，你先冷靜下來。」

他在發抖，那是一種源於身體本能的恐懼，比在電梯裡聽見身後有人時更為濃郁。

短刀與禪杖仍在交鋒，兵器摩擦聲如金石撞響。走廊的白熾燈被風吹得不斷搖晃，紀洵手心的溫度也在快速流失，他抬頭想判斷常亦乘的神色，視線卻被對方繫在喉結下方的頸環所吸引。

黑色的皮革頸環約兩指寬，被擋住的皮膚邊緣，露出少許流動的金色符文。符文躍動幾下，男人手中的短刀也壓下幾分，強勁的力量逼得枯榮接連後退，手中禪杖更是隱隱出現龜裂的紋路。

和枯榮共用靈力的紀景揚，這下連臉色都變得煞白：「你快躲開！」

紀洵沒有躲，手指向自己：「記得嗎，剛才我被惡靈纏住，是你救了我的命。你別急，慢慢回憶一下。」

常亦乘微垂下眼，視線在他臉上打量幾次。好幾次紀洵都懷疑他會揮刀砍過來，讓自己的生命在今天劃上句號。所幸漫長的僵持過後，常亦乘眼中總算出現了一絲溫度。仍是冰冷的，可好歹清醒了。

他收回刀，低聲說：「抱歉。」

精疲力竭的紀景揚跌坐在地上，半天說不出話，只能擺手表示無妨。

常亦乘將刀收回刀鞘，靜了靜，忽而轉頭望向紀洵。

「……」紀洵被他看得驚了一秒，猶豫片刻後試探道，「你還好嗎，有沒有受傷？」

常亦乘只是搖頭，讓人感到很難交流。但比起剛才狂暴的狀態，現在的他甚至能用「如春風般和煦」來形容。

紀洵鬆了口氣，總算有餘力去觀察凶殺現場。這一觀察，他就十分崩潰。

那不知道是什麼玩意兒的惡靈，連帶著徐朗殘破的屍體，全都倒在了七〇二室的門外。字面意義上的，死在他家門口。

偏偏常亦乘沒有體諒他的心情，走到他家門前，提起地上那個血肉模糊的惡靈：「屍嬰，不是陣眼。」

紀洵在心裡翻譯了一下，整句話的意思應該是「這玩意兒的學名叫屍嬰，可惜它不是主謀，殺了它也解不開乾坤陣」。

「意思是說，樓裡還有另一個惡靈？」紀洵問。

常亦乘皺眉：「不知道。」然後又不說話了，完全沒有要再分析幾句的意思。

……你這樣如果參加小組討論是會被罵的。

可惜這句話紀洵不敢說，只能無奈地看向在場的第三人。紀景揚恢復了些，捧著變回瓷像的枯榮說：「看來，還是得去趟六〇二室。」

◎

六〇二室的房型與紀洵家類似，玄關兩邊分別是廚房與浴室，往裡經過客廳就是兩間相鄰的臥室。

屋子里拉著厚重的窗簾，開燈後就是一般人家的樣子。幾扇室內門都關著，三人決定先從臥室找起，紀洵想了想，選擇跟紀景揚一起搜查主臥室。常亦乘沒說什麼，獨自走進右邊的次臥室。

房門關上後，紀景揚一屁股坐到床邊：「謝了弟弟。跟你說句實話，剛才我連葬禮請幾桌都想好了。」

紀洵不解地問：「你們都是觀山的人，你拿他一點辦法都沒有？」

所謂的觀山文化有限公司，以更通俗的意義來講，就是一個靈師交流協會。幹他們這行需要掩人耳目，三十年前便順應時代，開始以公司的名義活動。

紀景揚振振有詞：「我能毫髮無損地坐在這跟你說話，就已經很厲害了好嗎？也多虧枯禁是防禦系的靈，換成其他人，恐怕連那一刀也擋不住。」

紀洵眼皮微抬，明明白白地表示懷疑。

紀景揚：「……他是謝當家帶來的人。」

這樣一說，紀洵頓時明白了兩人的實力差距。

如今僅存的三個靈師家族，都有一條不成文的規定：凡能成為當家的靈師，必定是族中靈力最強的一位。比如姓紀的當家，就是一位不知活了多少年的老太太，紀洵只有每年春節才能見上她一面。常亦乘能直接跟謝當家搭上關係，說明他來頭不小。

紀洵好奇：「那你怎麼會跟他搭檔？」

紀景揚說：「今天接到訂單的時候，我正好在觀山，他就從我旁邊路過。雖然我聽說他這人不好相處，但我向來喜歡結交朋友嘛，就問他要不要一起接單，誰知他還真的答應了。」

公司化管理的成效可見卓越，比如紀景揚此時就沒察覺，他把降伏惡靈的任務說得跟外送接單一樣，沒有任何不妥。

「你說的不好相處，是指像剛才那樣？」紀洵壓低聲音問。

紀景揚：「大家都說他是個瘋子。好比一把不順手的雙刃劍，用得好是救命，用不好是送命，所以很多靈師都不敢接近他。」

紀洵一愣：「他殺過靈師嗎？」

「這倒沒有。」紀景揚回道，「頂多就像今天這樣，差一點。」

強大與容易失控相加起來，已經等於危險的代名詞。因此哪怕每次都差一點，也足夠引起眾人的畏懼。

不自覺的，紀洵腦海中浮現出常亦乘戴著的頸環，以及他沒能看清的金色符文。

紀景揚總結：「反正他挺神祕的，聽說沒人見過他用靈，從來都只靠他手裡那把刀。」

紀洵想再說什麼，外面就響起了叩門聲。兩人同時止住話題，離得近的紀洵過去打開房門，迎面就看見常亦乘站在門外，還是生人勿近的陰冷表情，沉默地遞來一個東西。

一本藍色封皮的日記本。

上面的字跡還算工整，看日期是從元旦開始，寫著近兩個月的生活瑣事。

『今天下了一場暴雨，雷聲很大，吵得睡不著覺。

『今天量了體重，胖了好幾公斤。

『最近不知道是怎麼了，整天都想睡覺，沒有胃口。會不會是生病了？

『我懷孕了。』

看到這裡，紀洵眼皮跳了幾下，不可避免地想起徐朗死後離奇變大的肚子。

他與另外兩人交換過眼神，繼續往後翻，發現剩下的內容就是記錄懷孕後的種種感受。

直到半個月後，也就是上週五的那一頁，畫風突變。

『這不正常！這不正常！這不正常！』

字跡力破紙背，觸目驚心地展現出他的恐慌。

「徐朗做為男人，難道不該在剛懷孕的時候，就感到不正常嗎？」紀洵語氣裡滿是困惑。

紀景揚：「你這是刻板印象，說不定他就喜歡當男媽媽呢。」

紀洵：「……分析得好，下次不許分析了。」

不過話說回來，除了男人懷孕太不科學以外，裡面記錄的內容真實且詳盡，看起來沒有任何古怪之處。

紀洵一時理不出頭緒，正打算放下日記本，在騷擾狂先生家裡再找找其他線索，動作就突然停住。

他迅速將日記從頭翻閱一遍，總算理清怪異的來源：「沒有我。」

「什麼？」紀景揚沒聽懂。常亦乘也側臉看了過來。

被那雙冷淡的黑眸注視著，紀洵壓力陡增，深吸一口氣才緩慢解釋：「徐朗從三個月前開始騷擾我，這本日記記錄了每天的生活，但是沒有任何一條提到過我。」

這不是徐朗的日記本。

NOT A HUMAN

私はたぶん人ではない

第二章 女屍

私はたぶん人ではない

NOT A HUMAN

意料之外的展開讓紀景揚產生了些許詫異。

他拉開主臥室窗簾，望向窗外：「乾坤陣確實還在，但我感覺不到惡靈的氣息。」

做靈師這行的，天生敏銳度便比一般人高。樓上的屍嬰已經被常亦乘一刀捅死，紀景揚又在徐朗家中找不出惡靈的存在，可窗外依舊暗得不見天日，乾坤陣沒有絲毫解除的跡象。

陣眼在哪裡？

日記本的主人不是徐朗，那麼它又是誰的？

「看來我們遇到麻煩了。」紀景揚宣布完顯而易見的答案，轉過身，「兩位，分享一下你們的意見？」

無邊無際的沉默，像極了老師在課堂上說出「哪位同學能回答這個問題」後的鴉雀無聲。紀洵本來就是個外行人，從開始到現在都一頭霧水，發表不了任何見解。常亦乘則不知在想什麼，反正就只是隨意地靠在牆邊沒出聲。

等待片刻，紀景揚清清嗓子，點名道：「弟弟，你覺得呢？」

紀洵：「……」

看出來了，紀景揚對常亦乘仍有幾分忌憚，此刻他需要有人捧場，便只敢詢問狀態更為穩定的紀洵。

紀洵如實回答：「我覺得很睏。」

「？」

紀洵抿抿唇角：「而且還有點餓，今天沒吃早飯。」

沒辦法，他昨晚熬夜寫論文，今天神經又一直處於緊繃狀態，撐到現在體力已經消耗大半。更為糟糕的是，他甚至還感到格外寒冷。

按照紀洵的經驗來看，這多半是發燒的預兆。只不過目前還不清楚，他究竟是普通感冒，還是因為身處乾坤陣的影響。

紀景揚湊近一看，發現他臉色比平時還要蒼白，頓時明白了：「身體不舒服？」

「嗯。」紀洵知道瞞不過他，索性點頭承認。

紀景揚平時吊兒郎當的，看似很不可靠，關鍵時刻的頭腦卻是無比清楚。

乾坤陣裡陰氣重，以普通人的體質來說，從裡面出去後往往會生一場病，如果不幸被困太久，則容易導致生命危險。他只是沒想到，紀洵的反應會來得如此迅猛。

「再撐一下。」紀景揚說，「你不能一個人呆著，先跟我們去……」

話還沒說完，常亦乘就率先走出了主臥室。

紀景揚哽了哽，像遇到叛逆學生的卑微班級導師那樣，咬牙把話說完：「去隔壁臥室再看看。」

經過客廳時，天花板的吸頂燈「啪」地閃了幾下。

明明滅滅的光線閃得紀洵眼花繚亂，他放慢腳步緩了緩，視線掠過眼前的家具，腦海中閃過一絲異樣的感覺。只是還沒捕捉到確切的思路，它們卻早已消失無蹤。

紀洵只當是錯覺，走過去靠在次臥室門邊，看紀景揚和常亦乘在裡面翻找線索。

次臥室除了床和衣櫃，還有一張放了臺桌上型電腦的書桌。

書桌看起來不常收拾，飲料瓶和其他雜物都亂七八糟地堆在桌面，湊出一副雜亂的景象。但根據常亦乘的描述，他一走進次臥室，就看見鍵盤上顯眼地放著那本藍色封皮的日記本，有點像是在故意吸引他們去發現它。

紀景揚從那堆雜物裡找到一張識別證，翻過來看清上面的照片和文字：「徐朗是醫生？」

紀洵反應比平時慢了半拍，才點頭說：「他在大學城開了一家私人診所。」

話音未落，紀景揚眼神忽變，紀洵的神經也猛地一顫。

診所、懷孕。

即使表現得再平靜，今天的種種異常到底影響了紀洵的思路，否則他早該意識到，這兩個詞語之間，通常存在著一種必然的關聯。

特別是日記的主人在最後一頁明確表示過，腹中的胎兒不正常。

紀洵指尖微顫：「屍嬰到底是什麼？」

「簡單來說，」紀景揚解釋道，「懷上它的人就會死。」

紀洵轉身想回主臥室：「我去拿日記本，裡面說不定會有我們疏忽的內容。」結果動作卻在下一刻直接僵住。

次臥室的房門緊鄰電視牆，因而他一回頭，就看見了電視牆對面的雙人沙發。那是一款隨處可見的深棕色皮沙發，坐墊稍稍凹陷，扶手邊緣也有不少磨損的痕跡。

注意到他的動靜，紀景揚在身後問：「怎麼了？」

常亦乘沒說話，徑直走到他身邊，疏離的黑眸中流露出詢問的意思。

紀洵後背漫上一陣沁骨的涼意。「那沙發，應該用很久了吧？」他輕聲問。

紀景揚往外看了一眼：「看起來是，然後呢？」

紀洵往前幾步，分別指向沙發兩邊的地面：「可是這裡有灰塵。」

「……我靠。」紀景揚驚得爆出一句粗口，立刻明白了他的意思。

沙發底下不容易打掃，常年累月的灰塵往往會積攢在裡面，必須把沙發挪開才能看見。而此時此刻，本該被藏起來的灰塵就明晃晃地出現在他們眼前。

這個客廳，不久之前換過沙發。而且是特意把以前的搬走，換來另一個陳舊的沙發。

燈光下，沙發墊縫隙裡，有什麼東西閃著微弱的光。

紀洵上前將其撿起來，發現是顆晶瑩剔透的粉色鈴鐺，約莫指甲大小。

「……徐朗這麼有少女心？」他納悶地嘀咕道。

沉默多時的常亦乘驟然開口：「退後。」

紀洵心領神會，撤回到次臥室，遠遠看著常亦乘抽出腰後的短刀，上前將刀尖插進座墊後往旁邊一劃，在沙發側面割開一道長長的口子。

如瀑的長髮剎時湧了出來。

末端打著鬈的黑色髮絲垂落到地板上，看得紀洵手心冰涼。隨著沙發表面的皮革繼續迸裂，一張慘白的人臉也出現在了他的視野之中。

常亦乘把刀拉到底，指尖在那人頸側停留數秒：「死了。」

年輕女孩的屍體靜靜蜷縮著，四肢都有不同程度的扭曲，像被人強行塞進了長度只有一百五十公分的沙發裡面。她睜著眼，腹部裂開一個大洞，早已乾涸的血肉往外翻開，彷彿有什麼東西像撕開徐朗的喉嚨那樣，撕開了她的身體。

回想經過客廳時直覺到的詭祕，紀洵腦中一陣暈眩，他坐到椅子上，弓下身揉揉太陽穴：「日記本是她的？」

「很有可能。」紀景揚脫掉風衣，過去為她蓋上，「但她已經死了。」

寫日記的女孩變成了一具沒有生命的屍體。誰都無法從她身上感知到靈的存在，他們只能通過徐朗的職業與她的日記，模糊地揣測她的死因。

那女孩很年輕，看上去頂多二十歲出頭，甚至很可能更小。

紀洵閉上眼，根據日記的文字，逐漸構思出她去世前的畫面。

從得知自己懷孕，到決定把孩子生下來，直至她發現嬰兒不正常，日記裡始終沒有提及丈夫或男朋友，更沒有提及父母。

也許這次懷孕是一場意外，她不敢告訴身邊的親朋好友。於是慌亂之中，她走進了徐朗的私人診所。她或許想打掉孩子，又或許只想簡單地做一次檢查，最後卻被人粗暴地藏進了沙發。

日記停留在上週五，距離現在過去了三天，那麼死亡是何時降臨的？

還是說，一切只是捕風捉影的猜測？

紀洵頭痛得厲害，身體也克制不住地打起寒顫。他皺緊眉頭，發現病情發展的速度遠超出以往任何一次，宛如被看不見的力量所控制，正在迅速地虛弱下去。

正當他感到異常難受時，常亦乘淡聲開口：「她不對勁。」

「什麼？」紀景揚反問一句，很快自己也意識到了，「……她不像個死人。」

除了身體冰涼和臉色慘白如紙以外，女孩身上沒有出現任何屍體該有的變化。她的皮膚依舊細膩光滑，連本應出現的屍臭氣味也了然無存。即使南方的冬天沒有暖氣，屍身也不該保存得如此完好。

兩人的對話傳進紀洵耳中，像隔了層阻礙，隱隱約約聽不清晰。他抬起頭，緊接著額頭便被嚇出一層細密的冷汗。

紀景揚和常亦乘的目光都停留在他身上，他們的背後，本該死掉的女孩慢慢坐了起來。

她的四肢仍舊扭曲著，這讓她的動作充滿了詭異的變形，轉頭的速度也不流暢，而是脖子僵硬地、一頓一頓地扭轉。

紀洵連忙想提醒他們，他張開了嘴，喉嚨卻發不出聲音。

見狀，紀景揚關心地問：「你臉色好難看，很難受嗎？」

他完全沒有意識到，緩緩爬出沙發的女屍，已經歪歪扭扭地站在他身後，近得一張嘴就能咬到他的後頸。

快跑……

紀洵呼吸短促，心急如焚。

不太對勁，他想。光是紀景揚也就罷了，為什麼連常亦乘也沒發現女屍的動靜。

周圍的溫度越來越低，冷到紀洵能看見自己呼出的白氣。他強忍著劇烈的頭痛想站起來，不料關節像被凍僵了一般，根本無法動彈。

紀洵嘗試眨了下眼，再睜眼時，交錯的寒意頓時遍布了全身。

女屍來到了他的身前。飄蕩的長髮縈繞在女屍身周，她跪下來，用折斷的手腳抱住紀洵的小腿，將頭顫擱在他的膝蓋上輕輕蹭了幾下。

如果不是場面太過詭譎，紀洵簡直能從這個動作聯想到撒嬌的小貓。

大概是紀洵無動於衷的表現讓女屍感到不滿，她支起角度扭曲的頭顱，雙眼空洞地看著他，似乎期待他有所回應。

紀洵忍不住在心中嘀咕：『別這樣，我喜歡男人。』

「……」女屍好像聽見他的心聲，脖子喀嚓作響。

下一秒，利刃出鞘的銳利聲響倏地擦過紀洵左側的耳廓。那聲音過分迅疾，如風般劈開空氣，吹得他的耳環也隨之晃動。

「紀洵！」

熟悉的聲音讓紀洵一震，眼前厲芒乍現。常亦乘那把黑色的短刀，刀尖不偏不倚，懸懸停在他眼前，迎面而來的冰冷殺意讓他的睫毛也泛起寒霜。

而刀刃的另一邊，女屍仍然蜷縮在沙發裡。

紀洵：「怎麼回事？」

「我還想問你呢。」紀景揚說，「你剛才笑得花枝招展地走過來，蹲在沙發邊跟她深情對視，我喊了好幾聲你都沒理。」

紀洵喉結滾動幾下，感到一陣荒謬。紀景揚神色微妙：「要不是他及時出手，你估計已經親上去了。想想我在天臺跟你說過什麼，檢點些吧，弟弟。」

「……」

◎

「她好像把我認成什麼人了。」

紀洵坐在餐桌邊，敘述完方才看到的幻象，輕聲總結道。他坐得並不端正，虛弱地靠著椅背，彷彿一陣風就能把他吹倒。

脫離幻覺的滋味很不好受，紀洵腦中宛如扎進一把刺骨的冰錐，攪得他頭痛欲裂。

紀洵想不明白，徐朗生前對他有執念也就罷了，這具素不相識的陌生女屍為什麼也要接近他？更為重要的是，在他昏昏沉沉的思緒裡，有一個疑團正在悄然萌芽，他確信自己疏忽了某個關鍵的資訊點，可絞盡腦汁也想不起來。

一抹濃稠的困惑之色，在紀洵昳麗的面容間瀰散開來。

紀景揚安慰道：「沒事，哪怕惡靈就知道欺負你，我跟常亦乘加起來，難道還打不過它？」

紀洵勉強「嗯」了聲，目光不自覺地落到了常亦乘身上。

在他講述幻覺中的一切時，常亦乘始終沒有說話，有種不在乎他遭遇了什麼的感覺。可等他說完之後，男人就返回沙發旁邊，低頭觀察女屍。

過了好一陣子，常亦乘開口：「惡靈不在這裡。」

紀景揚掌心一緊：「你別嚇我，那陣眼怎麼找？」

屍體是不會動的死物，就像樓上的屍嬰控制死掉的徐朗一樣。女屍能讓紀洵身陷幻覺，背後必定有惡靈作祟。可他跟常亦乘都感覺不到它的存在，剩下就只有一個可能。

詭計多端的敵人不想暴露自己，只打算遠遠分出一線靈力，將他們困在乾坤陣之中。

通常而言，陣眼既是破陣的關鍵，也是靈力最為集中的地方。乾坤陣的主人為了隨時掌握陣中情況，一般會將陣眼放在自己周圍，因此想要找到陣眼，往往需要先找到設下結界的人。

可眼下敵人身在乾坤陣外，它可以將陣眼設為陣中的任何事物。或許是女屍、或許是徐朗，甚至是樓裡一片不起眼的花瓣，找尋難度無異於大海撈針。

紀景揚嘆了口氣，看向紀洵的目光也夾雜著一絲同情。樓裡線索太少，要是找上幾小時，以紀洵快速虛弱的身體反應來看，估計撐不了太久……

要是早知道這個乾坤陣如此凶險，而偏巧紀洵又在裡面，他從觀山出發前，必定會多帶一名擅長解陣的靈師。

而紀洵想的卻是另一件事，他捂嘴悶咳幾聲：「剛才我靠近女屍的時候，你喊了我許多次？」

「啊，是有這麼一回事。」紀景揚回道。

阻塞許久的思路，總算找到了出口。紀洵：「徐朗死在離我家那麼近的位置，我不應該聽不見。」

他始終疏漏了一個細節。就算徐朗死得悄然無聲，他也不至於沒聽見任何動靜。因為在徐朗死亡到員警上門的間隙裡，還有一個人來過。

——發現屍體的清潔人員。

想像一下，當一個人毫無防備地看見屍體，第一時間會做出怎樣的反應？

尖叫、大喊，亦或倉皇逃離。

世紀家園只是普通的老式社區，樓房隔音效果一般，無論清潔人員採取了哪種措施，待在客廳的紀洵都理應聽見門外的聲響。除非……他當時正處於身中幻覺的狀態。

聽完他的推測，常亦乘眸中的黑色漸深。

紀景揚駭然地問：「你最近幾天，收過什麼不該收的東西嗎？」

紀洵正欲否認，忽地神色一凜。有一樣東西，他沒有收，但仍舊進了他家。

凌晨三點，徐朗特意從門縫塞進來的、一疊疊的影印紙。

包括紀洵在內，所有人都以為他初次進入乾坤陣的時間，是和鄭自明坐電梯下樓的時候。現在看來，卻未必有那麼晚，證據便是紀洵的身體狀況。雖說普通人進乾坤陣都會受到影響，但他症狀發展的速度卻遠超常人。

返回七樓的途中，紀景揚告訴他：「坐電梯的時機，很可能是你第二次進乾坤陣。」

紀洵全身無力，爬幾步樓梯就必須停下來休息，他擦掉額頭滴落的汗水，問：「為什麼這麼說？」

紀景揚：「因為員警中途打過電話，乾坤陣自成一方天地，不與外界相通，哪裡會有訊號呢？」

紀洵：「那我在陣裡，也沒待多久？」

「每次停留的時間確實不長。」紀景揚說，「但你知道以普通人的體質，幾小時內連續兩次入陣，會有什麼後果嗎？」

躲在別處的靈很狡猾。它幾乎成功利用紀洵本人，做出一個掩人耳目的時間差。

連續進入乾坤陣，等於第一次進陣時受到的損傷還沒恢復，就拖著虛弱的身體再次遭受陣中陰氣的影響。

異端由始至終都發生在七〇二室門外，更加誤導他們將七〇二室排除在惡靈作祟的範圍內。要不是紀洵及時發現其中破綻……

再拖一陣，紀洵必死無疑。

理清前因後果後，此番設計中隱藏的惡意，讓紀洵心跳驟然亂了節拍，像有條蛇爬上脊背似的，全身的毛孔都戰慄了起來。

他不過是個為論文發愁的普通學生，憑藉惡靈的能力，想殺死他根本易如反掌。

對方卻像貓抓老鼠一般，慢條斯理地為他設下重重機關，彷彿比起讓他輕鬆死掉，惡靈更樂於欣賞他在死前一步步掙扎的畫面。

紀洵顧不上休息，趕緊強撐著繼續上樓，只想越快出去越好。

紀景揚憂心忡忡地提醒：「小心地上的血，你這孩子從小就倒楣，現在又病怏怏的，別一腳踩滑、摔出毛病了。」

「我謝謝你了。」紀洵有氣無力地回道。

嘴上這麼說，經過員警發現屍體的樓梯口時，那一大灘血跡還是看得紀洵心跳加速。他謹慎地避開血跡，忽如其來地想，當被幻覺控制後，他會不會無意識地做過什麼？

他僵硬地抬起頭，迎上常亦乘森冷的視線。彷彿讀懂他眼中的驚恐，常亦乘冷聲問：「擔心徐朗是你殺的？」

紀洵立刻點頭。

常亦乘轉身往七〇二室走：「想多了。」

紀洵：「……」

不是錯覺，他從短短一句話裡，聽出了點微妙的嘲諷。

好在他沒有奇怪的勝負欲，也不想爭當殺人凶手，只是默默地跟了過去。

常亦乘握住七〇二室的門把，他看起來是偏瘦的體型，誰知力氣卻很大。稍一拉扯，門鎖便發出不堪重負的聲響，聽得讓人對防盜門的安全等級產生了莫大的懷疑。

防盜門被推開一道狹窄的縫隙。常亦乘只看了一眼，就將手伸到腰後，短刀的光芒一寸寸浮現：「離遠點。」

「怎麼了？」紀洵奇怪地往裡望去，接著就是一愣。出門前塞滿玄關地板的影印紙居然不翼而飛。

明顯不合常理的現象讓他頓生警覺，他沒有逞強，直接退至紀景揚身後。兩人擦肩而過的同時，紀景揚抬手一揮，枯榮順勢往前踏一步，手中禪杖橫在身前，擺出防禦的姿勢。

幾個呼吸過去，異變瞬間爆發。

平整的防盜門背面，一片窸窣之聲響起，像數百張影印紙在那邊推搡擁擠，然後便是尖利的指甲刮擦門板的刺耳聲，密密麻麻地響了起來。

緊接著，無數條突起的文字一起湧現。

我愛你、我愛你、我愛你……

紅色的列印字跡變成滴血的文字，源源不斷地聚攏到一起。

常亦乘一聲冷喝：「退後！」

話音未落，數千個血字化作長長的血手破門而出，夾雜著濃烈的血腥氣直朝紀洵呼嘯而來。

一陣劇烈的眩暈感，偏偏在緊要關頭降臨。

紀洵眼前一黑，想要扶牆站穩，滿牆滑膩的血汙反而害他腳下踉蹌了幾步。

常亦乘二話不說，漆黑刀柄在虎口反轉一圈，轉身揮刀橫砍。一時間只見刀光如雪，強勁的力道隨殺氣四溢，血手還沒衝出半公尺，就被當場砍得七零八落。

偶爾有幾個漏網之字，撞上枯榮身周的金光，也瞬間化作灰燼。

一切發生得太快，等紀洵看清的時候，來勢洶洶的血手早已散落在門邊，化作凌亂的血字，那些血字並沒有死透，在地上蠕動著試圖再次集結圍攏。

紀洵揉揉眼睛，仔細一看：「它們似乎在靠近同一個字，那會是陣眼……」

最後的「嗎」字還沒說出口，身後就傳來「匡」的一聲巨響，紀洵來不及防備，身體莫名失重朝後倒去。

起初他還以為自己被紀景揚那張烏鴉嘴說中，踩到地上的血跡滑了一跤。可等紀景揚撕心裂肺的呼喊聲傳來，他才後知後覺，是有人趁他不備，將他拉進了電梯井！

肅殺的風聲刮過耳廓，紀洵心中萬念俱灰。

就在這時，一道黑色的身影從上空跳了下來。常亦乘看準時機，腳尖在電梯井的牆面上借力一躍，牢牢抓住了紀洵的手腕。

兩人以更快的速度往下墜落。電光石火之間，常亦乘用力將短刀往牆上一鑿，手背青筋爆起。一陣尖銳刺耳的雜訊響過，高空掉落的速度總算停住，距離他們摔落到一樓的電梯升降室，只剩不足五公尺的距離。

紀洵臉色慘白如紙，心有餘悸地盯著牆面上那道長長的劃痕。

昏暗的電梯井內，常亦乘的目光往下掃來，他個子太高，垂眼睨人時總會傳遞出一股壓迫性很強的危險感，有種隨時會死在他手裡的錯覺。

然而如今，紀洵卻長長地鬆了口氣。被拽緊的手腕很疼，他正想稍微活動一下，常亦乘先出聲警告：「別動，我抓不穩你們兩個。」

……兩個？

紀洵背後一涼，稍轉過頭，迎面對上了趴在他肩後的女屍正臉。

女屍毫無生機的眼睛近在咫尺，彷彿兩個深不見底的洞穴，往裡只能看到無邊的死寂。礙於視野限制，紀洵看不清女屍的姿勢，只能猜測外套肯定被她勾破了，肩膀處清晰傳來了被指甲抵住的刺痛感。

頂層金光瀰漫，不時傳來禪杖錚錚作響的激烈動靜，多半是那些血字又重新組成長手，跟紀景揚與枯榮打了起來。

再往下一層，六樓的電梯門也被打開了，紀洵腦海中不禁浮現出連續的畫面。當他們離開六〇二室，這具女屍便從沙發裡爬出來，打開六樓電梯，沿著牆壁爬到七樓。

當他全神貫注地觀察防盜門上的血字時，女屍也貼在電梯門的另一側，用詭異的雙眼注視著他的背影，伺機而動。

浸入骨髓的寒意兜頭潑下。

紀洵舔了下因為高燒而開裂的嘴唇，維持仰頭的姿勢看向常亦乘，男人眼風一掃，沒等紀洵渾噩的頭腦反應過來，他就忽然將刀從牆裡拔出。

「！」

紀洵嚇得瞬間失聲，但那疾速下墜只持續了剎那，他便感覺抓住自己手腕的那隻手，將他連同女屍用力往對面一拋。電梯井過於狹窄，對面那堵厚實的牆壁近在眼前，紀洵幾乎可以預想撞得頭破血流的畫面。

然而那一幕並沒有發生。

某種強勁的力道猛地從他背後一扯，伴隨女屍的慘叫和肩膀血肉被抓破的痛楚，身後突然輕了許多，在他眼看快撞牆的時候，一隻薄而瘦削的手從他後腰伸來。

又是一聲刀尖鑿牆的聲響。倉促間，紀洵什麼都沒看清，只是本能地抱住身旁的人。

待他回過神來，才發現他整個人被常亦乘攔腰半抱在懷裡，自己雙手則環過男人的肩背，攀緊不鬆手的架勢，估計不比剛才女屍從背後抱著他時含蓄多少。

「……」算了，現在不是尷尬的時候。

紀洵小聲問：「屍體呢？」

常亦乘：「下面。」

紀洵借著頂層戰鬥的金光往下看。被常亦乘強行扯開的女屍，已經掉到一樓電梯升降室頂部，趴在那裡一動不動。忽明忽暗的光線照在她身上，平添幾分鬼氣森森的氛圍。

紀洵大氣都不敢出：「她摔死了嗎？」

常亦乘冷聲說：「屍體本就是死的。」

紀洵：「……」

正在他無言之際，女屍動了。她驀地爬起來，變形的軀體像隻畸型的貓科動物般，四肢著地爬行兩步，隨後歪著頭往上看。

儘管看不清楚，但紀洵潛意識知道，她看的人正是自己。

「嘶……」女屍嘴裡發出怪異的低鳴，身體重心壓低，然後當著他們的面，做出一個人類無法完成的動作。

以她的腰為分界，從腰往下的身體一百八十度轉了過來。從紀洵的角度望去，能看見她小腹那道破裂的傷口，和被鬈曲長髮鋪滿的背脊。

常亦乘側臉，在他耳邊囑咐：「抱緊我。」

紀洵「嗯」了一聲，下一瞬就看見女屍雙腳在地上一蹬，像獵豹爬樹般徑直跳了上來。三、四公尺的高度在她眼裡，比躍過幾步臺階還要輕鬆。

她雙手的指甲變得尖長，抓牆後往這邊揮來。

常亦乘右手骨節突起，力量集中在刀柄的右臂驟然用勁，順勢借力將身體甩出。他動作乾淨俐落，紀洵只來得及看清他朝女屍胸口一踹，張牙舞爪的女屍便被踢到了牆上，胸腔骨頭直接凹下去一大片。

紀洵看得心驚膽戰，不合時宜地想，還好常亦乘失控的時候，是身為靈師、而且有枯榮護體的紀景揚跟這人正面對上。倘若換作是他，絕對會當場暴斃，哪裡還需要惡靈費神。

女屍沒有痛覺似的，即使上半截身體變得破爛不堪，仍不受影響。她脖子往旁邊一歪，朝向牆面的下半身又扭了回來。電梯井內頓時散發出嗆鼻的腥氣。

紀洵手臂一緊：「頭髮！」

不用他提醒，常亦乘也看見了，無數根黑長的頭髮從女屍小腹處散落出來，他及時收腿抽刀，護住紀洵往下跳。

紀洵頭皮發麻。他單知道女屍跳上來可以無視高度，沒想到常亦乘跳下去也毫不猶豫。好在快落到電梯頂部時，常亦乘順勢貼地翻滾一圈，避免了他後腦著地的悲慘命運。

前後不到一秒的時間，女屍扯出插進牆壁的黑髮，與滾落的石塊一同往下急衝。

常亦乘放開紀洵，轉身拉住電梯鋼繩，左腳踏上垂直的牆面，一個縱身飛躍跳到半空。眨眼過後，短刀利芒綻放。

正朝紀洵俯衝而來的女屍來不及收勢，只聽皮肉連帶骨頭斷裂的聲音響起，尖銳如針的長髮猝然軟了下去，伴隨物體落地的兩次聲響，從腰部被砍斷的女屍落到了紀洵眼前。怒睜的眼睛直直瞪向紀洵，似有不甘。

鋼繩晃動兩下，常亦乘跳下來，看了紀洵一眼，正要把兩截身體拎到旁邊，動作就僵在了那裡。

屍體兩邊切口處，各自縈繞著一圈黑霧。

紀洵納悶，再多看幾眼，就發現黑霧的顏色並不純粹，內裡隱約流動著血紅色。

「這跟徐朗肚子裡的屍嬰一樣？」他奇怪地問，「惡靈是靠它控制這個女孩的？」

常亦乘沒說話，喉結滾動幾下，呼吸聲很重。

頭頂上方傳來紀景揚的大喊：「下面怎麼樣了！我都在這砍三回血手了！它重塑得太快，快來個人幫我找陣眼！」

紀洵沒敢出聲，只因他看見常亦乘的頸環邊緣，皮膚上的金色符文又在不安躁動。

靈魂深處的逃生本能乍現，紀洵下意識往後退，不料卻被腳邊的屍體絆了一下，摔倒之時，手往地上一撐，竟剛好按進了黑霧裡。

那黑霧看似輕薄，卻意外地十分鋒利，邊緣頓時劃破他的掌心。

常亦乘眼神一冷，刀鋒般銳利的目光掃來，宛如冬日料峭的寒風，刮過紀洵的脖子。

這是嫌他弄髒黑霧的意思？

紀洵連忙收手：「對不起，我……」剩下的話被他咽了回去。

掌心滴落的鮮血彷彿落在滾燙的岩石上，剎那間蒸騰消散。兩股黑霧擰成一股，裹住紀洵收到一半的右手。

紀洵眼睜睜看著黑霧全部鑽進他的掌心，疼得慘叫一聲，可他的身體卻全無抗拒之力，一邊承受巨大的痛苦，一邊貪婪地吸收來歷不明的黑霧。

全身的血管就像被扔進了岩漿裡，凡是血液流過的地方，都有灼人的痛楚遍布開來。

紀洵汗如雨下，心臟無法負擔突如其來的變故，猛烈跳動得快要衝破他的胸膛，他完全失去了呼吸的能力，耳邊嗡鳴作響。

逐漸稀薄的氧氣帶來沉重的眩暈感。徹底痛昏過去的前一刻，他看見常亦乘蹲下身來，漆黑雙眸中泛起了不為人知的情緒。

再睜開眼，空氣裡瀰漫著咖啡醇厚的香氣。

天花板懸掛了一盞吊燈，紀洵盯著它色彩斑斕的燈罩，看了足足一分鐘，才認出這裡是紀景揚的別墅房間。

「醒了？」

紀洵轉頭，發現紀景揚就坐在床邊，又換了件款式不同的花襯衫，一手端著咖啡，一手拿著吃到一半的三明治。

紀洵啞聲問：「我們出來了？」

「出來一整天了。」紀景揚把早餐放到一邊，拿紙巾擦手，「你家暫時沒辦法住人，哥哥我宅心仁厚，不忍心看你流落街頭，就大發慈悲把你帶回家照顧。快，說謝謝哥哥。」

一整天？

紀洵一愣，撐著床沿坐起來，低頭看了下掌心，白皙的皮膚完好如初，一點沒有被異物侵入過的痕跡。

「想找手上的傷口？」紀景揚神祕兮兮地湊過來，「常亦乘把你抱上來的時候，傷口還在。可等我們把乾坤陣解開之後，你就痊癒了。」

有常亦乘幫忙，兩人很快找到了身為陣眼的那個血字。

就短短這麼一段時間，紀洵掌心和肩膀的傷口都癒合了，高燒退了，連被屍嬰用臍帶勒出的紅腫痕跡也一併消失不見。

紀景揚補充道：「曾祖父下午來看過你，說什麼毛病都沒有，就只是累壞了而已。」

很難相信，自己居然累得足足昏睡了二十四小時。

紀洵不解：「在電梯井的時候，有股黑霧鑽進了我手裡。」

紀景揚挑眉：「這事我問了曾祖父，他也不好判斷那是什麼，不過他說……」

故弄玄虛的意圖過於明顯，紀洵沒出聲，在心裡倒數三秒。

果然，紀景揚先按捺不住，公布道：「曾祖父說你體內的靈力，開始流轉了。」

◎

洗澡的時候，紀洵一直在琢磨這句話。

據說他母親懷孕時，紀家對他的出生抱以極高的期待。只因為曾祖父幫忙看過，說這孩子出生後必定靈力充沛、非同凡響，長大了絕對是個天縱奇才。

曾祖父一生沒多大能耐，唯獨這手摸骨探靈的本事讓他在靈師界威名遠揚，幾十年來從未看走眼。他把還沒出生的紀洵誇成天降紫微星，紀家上下自然也深信不疑。

不料呱呱墜地的紀洵，狠狠打了全家的臉。

靈力確實有，只可惜是死的。

等於滿屋寶藏風化成沒人要的廢品，從根源斷絕了紀洵成為靈師的可能。

抬手關掉蓮蓬頭，紀洵拿過架子上的浴巾，邊擦頭邊想。聽紀景揚的意思，由於那股黑霧的影響，導致他體內的靈力又活過來了？

換作小時候的他，肯定會為此激動一番。但紀洵做為普通人生活了這麼多年，得知這個消息後，內心並沒有產生太大的波動。

他早在周圍親戚憐憫或嫌棄的目光中，接受了自己是個廢物的事實。現在猝不及防告訴他「你還有成為靈師的可能」，紀洵也只認為，還不如說「你的畢業論文自動完成了」。

對了，論文！

紀洵顧不上鄙視紀景揚浮誇的穿衣風格，快速套好借來的上衣和長褲，衝下樓問：「我的筆電呢？」

紀景揚打開剛外送過來的魚片粥，語氣沉痛：「節哀。」

「……」

簡短兩個字，聽得紀洵內心一片荒蕪。他沒滋沒味地喝粥，過了好半天才問：「那這件事，查清楚了嗎？」

紀景揚：「惡靈還在找。不過那女孩的身分查到了。說起來，你確定沒見過她？」

明顯話中有話，紀洵抬眼：「我應該認識？」

紀景揚：「女孩叫康夢雨，在濟川大學動物醫學院念大一。」

紀洵一愣：「她是我學妹？」

同校同院系的學長學妹，是既有可能發生許多故事，也有可能完全沒有交集的關係。紀洵自認為跟康夢雨屬於後者，他對這位學妹的模樣和名字，都沒有任何印象。

紀景揚點頭，又說：「徐朗的診所被調查了。上週六，就是日記出現異樣的第二天深夜，康夢雨去了他的診所。」

診所不是二十四小時營業制，深夜時分其他醫生護士也下班了。康夢雨選擇那時前往，想必是跟徐朗提前約好的。

根據監視錄影器顯示，康夢雨進去後就沒再出來。

週日早上，一輛搬運貨物的麵包車出現在診所門外，車上下來一個司機，幫徐朗一起從診所抬出一個深棕色皮革沙發。車輛沿途沒有停留，一路開回世紀家園，最後又幫徐朗運走原有的三人沙發，扔到附近的垃圾回收站。

紀景揚：「員警詢問司機的時候，他說自己也感到奇怪。從診所抬出來的沙發很重，而且看著也滿舊的了，想不通徐朗幹嘛大費周章搬回去，換掉家裡的沙發。」

事到如今，康夢雨的死因已經很明顯了。

倘若把屍嬰看作一種病毒，她就是被感染的第一例患者。在徐朗的診所裡，屍嬰從她肚子裡鑽出來，寄生到徐朗的身上。然後再經由診所的沙發，康夢雨的屍體進入了紀洵居住的世紀家園。至於徐朗怪異的行為，也可以看作是被屍嬰控制的表現。

畢竟處理屍體的方式很多，沒必要特意選擇藏進沙發搬運的曲折方式。

紀洵沉默地喝完粥，想了想才說：「有件事，我一直想不明白。」

如果之前種種還只是揣測的話，得知康雨夢跟他同校後，他終於可以無比確定。

兩名死者都跟紀洵有所交集，而且從誤導時間的前期準備，到徐朗屍變時的窮追不捨，再來是陣眼被發現後女屍的突然襲擊，整個事件的脈絡也逐漸清晰。

聽完他的分析，紀景揚總結：「乾坤陣的主人，想讓你死在裡面。」

「可為什麼是我？」紀洵不懂。

紀景揚聳聳肩，剛想說「問得好，不知道」，餐桌上的手機就響了起來。他滑開接聽，剛開始神色還很自然，到了後面竟莫名變得充滿疑惑。

掛斷電話，紀景揚說：「觀山後勤部的通知，你家清理乾淨了。想回去住的話，隨時都行。」

紀洵：「然後呢？」

「然後他們說，有人想租你家對面的房子，問你有沒有房東的聯繫方式。」

「誰想租？」

「……常亦乘。」

NOT A HUMAN

私はたぶん人ではない

第三章 黑霧

私はたぶん人ではない

NOT A HUMAN

上午，紀洵從管委會辦公室出來，在社區花園遇到了鄭自明。

自從電梯一別，兩人平靜的日常生活算是徹底被顛覆了，提起昨天發生的事，鄭自明就流露出心有餘悸的神色。

「我也是後來才知道，惡靈原來是這麼凶險的生物。」鄭自明說，「多虧你昨天及時提醒，否則我這條命，恐怕也要折在裡面了。」

紀洵謙虛幾句，表示不用客氣。見他孤身一人，鄭自明又納悶地問：「我聽說惡靈是衝著你來的，你怎麼還一個人在外面走動，身邊連個保護你的靈師都沒有，他們難道不怕你再被那些東西纏上？」

這個問題，紀洵著實很難回答。他出門前本來想叫紀景揚一起，誰知對方今天有要緊事、走不開，至於紀家其他的靈師⋯⋯

根據紀景揚的說法，從他們出來以後，紀家就只派了曾祖父過來看了一眼，其他人不知是沒聽說還是不在意，反正全都當沒這回事似的。

不過想來也有幾分道理，一個世世代代以靈師為職的家族，居然生出他這樣一個靈力死透的人物。本來就已經夠晦氣了，偏偏紀洵出生後沒多久，父母就遭遇意外，雙雙去世，簡直令他在紀家本就不富裕的好感度雪上加霜。

做靈師的人，多少都有點迷信。多年以來，紀洵在家族中早已變成一抹不祥的影子。

別說平時很少有人和他往來，就連每年春節的家宴上，除了紀景揚一家待他還算和氣以外，家族中另外那些靈師，幾乎全當他是透明人。要不是紀洵心夠寬，恐怕早就破罐破摔地報復社會了。

不過習慣是一回事，被人當面問起又是另一回事。思來想去，紀洵只好露出一個隱晦的笑容，任憑鄭自明自己去琢磨。

見他避而不答，鄭自明大概明白了幾分，尷尬地掏出手機：「對了，交換個聯絡方式吧。詳細情況我聽觀山的靈師說了，案子還在進一步調查，你要是想起什麼，可以直接跟我聯繫。如果遇到危險，也可以試著聯繫我。」

紀洵意外地問：「聯繫你？」

他並非瞧不起鄭自明，只是這種明顯異於常態的案件，他原以為會專門交給觀山處理。

鄭自明一拍腦袋：「忘記告訴你，我調到特殊案件組了。」

特殊案件組，簡稱特案組，也就是傳說中的「有關部門」。但凡在工作中和靈打過交道的內部人員，都會被立刻調任換崗。一來，能統一培訓管理，以便保護接觸過異物的普通人；二來，許多場合靈師不方便出面，需要職能部門有人提供協助。

例如這次事件明面上的通報，便全部交由特案組負責。一樁惡靈作祟的案件被掐頭去尾，解釋成普通的殺人案，鄭自明今天過來，就是叮囑樓管加強巡邏，務必營造出「雖然犯人還沒抓獲，但社區非常安全」的氣氛，以此安撫整日風聲鶴唳的街坊鄰居。

鄭自明嘆氣：「即便如此，你們那棟樓也有好幾家人連夜搬走。我看你剛從辦公室出來，難道也打算搬家？」

紀洵：「不是，我幫人問七〇一室的房東電話，有人想租房子。」

鄭自明：「？」

怪他見識太少，樓裡發生這種事，不搬走都算膽大的了，怎麼還有人要搬進來，嫌自己命太硬了嗎？

「誰啊？」他不由得問。

紀洵想了想，誠懇評價：「一個特別能打的大神。」

◎

常亦乘想搬來做鄰居，紀洵本人並不介意。

誰都知道作祟的惡靈還沒落網，誰也不確定它短期內會不會再次出手。

相比一人獨守空蕩蕩的七樓——不對，聽說徐朗對門的住戶也搬走了，等於他一人獨守兩層樓，紀洵終究希望有人作伴，不用每天回家都提心吊膽。所以哪怕常亦乘性格陰晴不定，不像個好相處的鄰居，紀洵還是一早便回世紀家園幫忙打聽。

結果房東是聯繫到了，租房的事卻沒馬上敲定。房東說他特別愛惜這套房子，人不在國內也每週找阿姨過來打掃，看在紀洵跟他家是多年鄰居的分上，租是願意租，但得等他下個月回國，當面見見承租人才行。

聽著手機那頭的話語，紀洵想起常亦乘那張英俊卻又充滿戾氣的面孔，心想就照房東這挑剔的程度，他多半過不了面試那關。但不管怎樣，至少要先把情況告訴常亦乘才行。

紀洵先打了個電話給紀景揚，對方沒接。他思忖片刻，決定親自去一趟觀山碰運氣，反正他也有事要問常亦乘。

十幾分鐘後，計程車停在路邊。紀洵推門下車，走向路邊一幢普通的辦公大樓。辦公大樓前懸掛了一塊白底黑字的牌子，「濟川市觀山文化有限公司」一行大字在冬日暖陽下熠熠生輝。一眼望去，和城市中其他公司沒有兩樣。

接待大廳燈光明亮，透過落地窗能看見外面繁華的街景，前臺桌面擺放了幾盆綠色植栽，仔細一看還有幾份大小不同的快遞。可要是換作靈師，一進來就能注意到，前臺後面那幅雅致的壁畫上，有隻白鶴的眼睛正在滴溜溜地轉動。紀洵則屬於沒留意到白鶴的那類。

他徑直走向前臺，裡面坐了位下巴長滿鬍碴的中年男人，正撐著下巴昏昏欲睡。

紀洵認識這人，也是姓紀，具體叫什麼不清楚，反正在過年的家宴上見過幾次。他屈指輕叩檯面，禮貌道：「你好，請問常亦乘在嗎？」

中年男人一個打顫，然後便是「匡噹」一下，連人帶椅摔倒在地。

紀洵：「……」

他長得又不嚇人，所以對方應該是聽見常亦乘的名字就被嚇成了這樣。難道這就是紀景揚所說的，不敢接近常亦乘的靈師之一？

中年男人罵罵咧咧地爬起來，愣了愣才問：「你是紀洵？」

「嗯。」

「今天是什麼日子，想不到你還會來這裡。」對方揉揉摔疼的手肘，用鼻子哼了聲氣，「你剛才說找誰來著？」

紀洵重複：「常亦乘。」

確認沒聽錯後，中年男人臉色一僵：「三樓，走廊最左邊那間。」

紀洵道過謝，進電梯後無意識地摸了下耳環，心想沒有看錯，樓下那人確實很害怕常亦乘，連聽見他的名字都會變得緊張。

三樓很快就到了。走廊兩邊房門緊閉，看不出每間房間的用途。紀洵往左走到盡頭，抬手叩門。

幾秒過後，門從裏側打開。看清裡面的人影後，紀洵頓時有點疑惑，觀山的企業文化如此奔放的嗎，這人竟然在公司不穿上衣？

常亦乘讓他進屋，關了門轉身打開衣櫃，拿出一件黑色T恤套上。勁瘦的腰線連同身上深淺不一的傷痕，轉眼便被遮住。他抓起搭在椅背上的毛巾，繼續擦了幾下頭髮，才忽然想起什麼似的，側過臉來：「坐。」

紀洵猶豫了一下，坐進靠門的單人沙發。看屋裡的陳設，常亦乘大概就住在這裡，空氣裡飄著清冽的沐浴乳香味，浴室那邊的水氣還沒散盡，明顯不久前才剛洗完澡。

紀洵萬萬沒想到，居然直接找到人家家裡來了。

「你現在就住在……公司？」他輕聲問。

常亦乘靠在窗邊的方桌，長腿支著地，點了下頭。

這房間很小，除了浴室以外，滿打滿算可能也只有十五平方公尺左右，紀洵走進來都嫌壓抑，更別提常亦乘那超過一百九十公分的身高，平時恐怕連手腳都施展不開。難怪他想找房子搬出去。

紀洵把房東的要求說了一遍，常亦乘面無表情地聽著，半乾的髮尾落下幾滴水珠，順著他的下頜線淌進頸環裡。

「總之就是這樣。」紀洵說，「房子暫時租不了，最快也要再等半個月。」

他的意思，是想勸常亦乘再去別處看看，誰知男人聽完，只不鹹不淡地回道：「那就等。」

……行吧。

紀洵點頭答應，發現離開乾坤陣後，或許是有了陽光的溫度，常亦乘看起來沒那麼陰冷了。長相和身高帶來的侵略感仍在，但至少不像索命的無常，氣質更接近於人類了。而且仔細一打量，紀洵總算察覺，常亦乘實際上很年輕，估計跟他差不多大，大約二十歲出頭的樣子。

常亦乘不知他在想什麼，靜默片刻後，問：「還有事？」

紀洵回過神來：「嗯，有件事想問問你。」他攤開右手手掌，說，「那天鑽進來的黑霧，你有印象嗎？」

昨天他跟紀景揚研究整晚，都沒搞清楚它到底要如何使用。曾祖父說他體內靈力開始流轉，他按照紀景揚教的方法嘗試調動靈力，也始終沒有成功。

紀洵雖然不想成為靈師，但事已至此，他還是希望至少能擁有一點自保的能力，而不是在遇到危機時，就只能像個累贅般等人拯救。

常亦乘問：「想用它？」

紀洵：「你知道怎麼用？」

他就記得，那天常亦乘看見黑霧後反應異常，想來肯定對它有所了解。

常亦乘說：「試試看。」

紀洵根本不知該從何試起，就見常亦乘拿來放在枕邊的短刀。

紀洵一哽：「你不會是……要跟我打一架吧。」

常亦乘沒說話，握住刀柄將刀完全抽出。他這把刀的樣式很像漢代的環首刀，刀身直窄，殺氣騰騰。但它又比動輒超過一公尺的環首刀短很多，連刀柄加在一起，只有六十公分左右的長度。可如同書上說的那樣，刀這種兵器，正所謂一寸短一寸險，擅用短刀做武器的人，幾乎全是反應敏捷又敢拚命的高手。

因此見到常亦乘拔刀，源於本能的畏懼便一點點漫過紀洵心頭。

接下來，男人的舉動令他瞠目結舌。

常亦乘將左手袖口翻折幾下，露出線條流暢的小臂，隨後右手揮刀一劃，一道深可見骨的傷口就顯現了出來。鮮血汩汩流出，眨眼間便染紅了腳下的地板。

紀洵嚇一大跳：「你瘋了嗎?!」

常亦乘彷彿不怕疼，淡淡地說：「你幫我治。」

紀洵心態快崩了，他充其量勉強算個獸醫，現在一個活生生的人站在他面前，親手割開手臂，讓他就在這裡做縫合手術？

「傷口太深，必須馬上去醫院。」紀洵說。

常亦乘：「你想治，就把手放上來。」

紀洵一愣，半信半疑地伸出手，修長的手指微微顫抖。

血流得太凶了，他想不通常亦乘究竟怎麼回事，對自己下手都這麼狠。本就沒用過靈力的他，大腦越發一片空白，滿心只剩下一個念頭。

快點，快點……

不知過去多久，一股溫熱的力量隱約從掌心傳來。紀洵心念一動，集中全身的注意力，將那股力量傳遞到指尖，紅黑交錯的霧氣從手指裡纏繞而出，頃刻間便覆蓋了他的掌紋。

紅與黑混在一起，本該是不祥的顏色，紀洵卻只感受到無與倫比的平靜。

過快的心跳也緩緩恢復，他彷彿領悟到什麼，將掌心貼近常亦乘的手臂，懷著想要治癒對方的心情，輕撫過那道猙獰的傷口。

翻捲的血肉一點點長了回去。再過半分鐘，長長的傷痕也變得越來越淡，直到最後，再也看不出受傷的痕跡。

紀洵重重地鬆了口氣，跌坐回沙發：「以後別這樣了。」

太過刺激，他這種新手承受不了如此激烈的視覺衝擊。

常亦乘不置可否，只說：「療傷、淨化，你只要想，就能辦到。」

紀洵聽明白了，難怪康夢雨的屍體沒有腐爛，而他的傷勢也恢復得很快，想來都跟黑霧脫不了關係。可根據之前的情形來看，治療的速度還是慢了些，萬一遇到幾分鐘就能決定生死的危機關頭……

「要是想快點見效，應該怎麼做？」他虛心請教。

常亦乘：「閉眼，想像它的形狀。」

紀洵基本上習慣了常亦乘簡潔的說話方式，猜測多半是將它變出實體，用起來會方便許多。於是他聽話地閉上雙眼，密長的睫毛蓋過下眼瞼，稍微擋住眼尾那兩顆褐色的小痣。

他對靈力了解不多，最常見到的，就是紀景揚召喚出身邊的枯榮，一副慈眉善目的相貌，襯得公孔雀般招搖的紀景揚都可靠了許多。

如果可以將黑霧變幻形狀……

一時之間，紀洵腦海中閃過許多畫面。

山間咆哮的猛獸、聖潔巍峨的雪山、一輪懸在天邊的月亮……

周圍似乎有風吹過。

紀洵神經一顫，再睜眼時，發現右手無名指上多出了一枚環首相接的戒指。

……一枚……

……戒指。

紀洵直接愣在原地，不敢相信他剛才想了那麼多波瀾壯闊的場景，最後變出來的，卻是一枚普普通通的首飾。他抬起頭，漂亮的雙眼閃過一絲迷茫：「這個，能換嗎？」

常亦乘：「不能。」

「哦。」紀洵有點失落，把手朝向陽光看了看。戒指其實還挺好看，通體為質地溫和的細圈黑玉，透光能看到裡面棉絮狀的深紅色雜質。

他改變了想法：「好像也不錯？」

紀洵平時打扮還算精緻，本來就有搭配首飾的習慣，現在多出一枚戒指也沒什麼不好。

常亦乘盯著他看了許久，才側身從桌上拿起一顆薄荷糖。等唇間嘗到沁甜的味道，終於緩慢地低聲開口。

「嗯，很合適。」

按照常亦乘的說法，將體內的黑霧化出實體後，用起來會更順手。

紀洵有心想繼續研究，卻怕常亦乘又拿刀自殘、為他助興，無奈之下，決定回去後再勤加練習。

常亦乘沒有挽留，只在他開門時問了一句：「你研究這些，是想做靈師？」

紀洵笑了起來：「比起靈師，我更希望當個獸醫。」

黑霧具有治療的效果，對於紀洵而言，是近期收穫的最好的消息。今後不光遇到意外可以自保，也能為他的工作提供便利性。

「你為什麼問這個？」紀洵意外地反問，「難道這枚戒指是靈？」

常亦乘搖頭：「靈器而已。」

雖說萬物皆有靈，但世間真正能生出神智的異物，到底還是少數。剩下的不是平平無奇，就是在靈力充足的環境待久了，會成為擁有特殊功能的器物。其中最為常見的靈器，就是鄭自明點燃過的冥紙，可以判斷附近是否有靈出沒。

紀洵恍然大悟：「你的刀也是靈器？」

那把黑色短刀確實不像尋常兵器，光憑刀身發出的銳鳴就能把他從幻覺中喚醒，更別提遠超於普通刀具的鋒利程度。

「嗯。」常亦乘見他一臉好奇，問，「想看？」

紀洵確實想，但他不敢。此時刀刃還沉睡在古樸堅韌的皮鞘裡，但光看刀柄上篆刻的繁複紋路，他就能感受到裡面束縛住的層層銳意。何況常亦乘將它放在枕邊，明顯對它珍惜到了極致，他一個不會用刀的外行，哪好意思隨便拿來觀摩。

他不好直接拒絕，轉而問：「聽說好刀都會有名字，你這把也有嗎？」

常亦乘點頭。

紀洵不得不多問了一句：「叫什麼？」

「無量。」

紀洵一時很難做出反應。

無量是個宗教用語，取普度無量眾生之意，怎麼想都跟常亦乘的氣質截然相反。

偏偏常亦乘說完後，就沉默地垂眼看他，害得紀洵壓力陡增。想起剛才對方誇過他的戒指，出於禮節，自己也該客套互捧一番。

紀洵艱難地開口：「……好名字。」

大概是他的錯覺，常亦乘聽完他的評價後，微不可見地皺了下眉，宛如被他的回應冒犯到了。紀洵一驚，只好適當地轉移話題：「那它有什麼特別之處嗎？」

「沒，夠快而已。」常亦乘停頓半拍，不知怎麼想的，又補充了一句，「能殺人，也能斬靈。」

「……」紀洵想，是我衝動了。

光是斬靈也就罷了，前面加半句「能殺人」，聽上去怪讓人惶恐的。

「我等下還有事，就不打擾你了。」他一步跨到走廊，想最後再道聲謝，卻發現常亦乘已經收回視線，沒再看他。

狹窄擁擠的房間內，陽光把男人高大的身形拖出一道長長的影子，鋪滿他身後的白牆。常亦乘靠在桌邊玩刀，冷白瘦削的手腕翻動幾下，無量就在他手掌間來回翻飛。

氛圍莫名的寂寥。

紀洵頭腦一熱：「那個……」

常亦乘抬眼：「還有事？」

連語氣也冷了下來，好似已經切換到初見時的陰鬱狀態，又變回了那副生人勿近的樣子。

「我準備買點東西，再順便去吃午飯。」紀洵輕聲說，「你在乾坤陣救過我，如果可以的話，我想請你吃飯。」

沉默許久後，常亦乘淡淡地點了下頭。

◎

中午十二點多，商業中心每家店都人潮洶湧。

紀洵好不容易才找到一家有空位的餐廳，服務生領他們到窗邊的位置就坐，指了下桌上掃碼點單的貼紙，就忙著招呼鄰桌的客人去了。

紀洵邊用手機掃碼邊問：「你有忌口的東西，能吃辣嗎？」

常亦乘：「不能，別的隨意。」

說完，他伸手拉過店家贈送的小吃籃，看了一陣，從裡面挑出一顆巧克力夾心糖，慢條斯理地剝開糖紙。

不吃辣，愛吃甜的。紀洵暗自記下他的喜好，多點了一份餐後甜點。

等待上菜的時間，兩人這桌的氣氛過於沉寂，常亦乘本就不愛說話，紀洵又拿不定該跟他聊哪些話題，只好不時抬頭，視線不自覺地掃過他的脖頸。

突起的喉結下方，純黑色的皮革頸環，相比在乾坤陣的時候，少了皮膚上的金色符文，多出一道豎著的短刀暗紋，刀尖朝向他的喉結，光看一眼，就覺得煞氣十足。

出門前紀洵還煩惱，心想常亦乘要是把無量帶上街，恐怕走不了多遠，就會被員警以攜帶刀具的罪名當場抓獲。等常亦乘穿好外套再出來，紀洵才知道自己有多天真。

他把無量變成了頸環上的一處裝飾。

就因為這個，紀洵從出門到現在，一路都沒想明白緣由。他思考再三，終於忍不住問：「你不是說，靈器的形狀不能改變？」

常亦乘：「我是說，你不能。」

……還挺讓人受傷的。

紀洵揉揉眉心，有時候真恨自己長了一張嘴，好端端的偏要湊上去自取其辱。

不過道理他算是聽懂了，隨意變化靈器形態是一種高階技能，像他這種體內靈力剛開始流轉的人，暫時還無法順利駕馭。

他「哦」了一聲，轉頭借由落地窗的倒影，觀察兩人的模樣。

常亦乘仍然是全黑的打扮，身上除了頸環就沒有其他裝飾。

再反觀他自己，稍長的頭髮照例用髮圈紮成短馬尾，左耳單戴一隻鑲嵌小顆鑽石的鍊條耳環，右手無名指還有枚剛剛喜提的新戒指。相比之下，簡直像個花裡胡哨的菜雞。

還好他不想在靈師一行有所發展，否則常亦乘這句無心之言，還不知道會帶給他多大的打擊。

想到所學的專業，紀洵就不禁想起另一個人。他喝了口玻璃杯中的檸檬水，問：「你猜，康夢雨為什麼會選擇在深夜前往診所？」

常亦乘眼神中透露著疑惑：「康夢雨是誰？」

紀洵一愣，以同樣疑惑的眼神回望過去。服務生恰好過來上菜，兩人就保持面面相覷的安靜，直到服務生離開，才從彼此眼中讀懂了他們之間存在的資訊差異。

紀洵先出聲解釋：「就是沙發裡的那個女生。」他轉述完從紀景揚那裡得到的資料，奇怪地問，「難道你完全沒聽說？觀山那些負責跟進後續調查的靈師，也沒來找你討論？」

常亦乘用筷子撥了下米飯，語氣平淡：「他們不敢。」

周圍不知是哪桌客人，聊得興起，爆發出一陣熱鬧的歡笑聲。

紀洵不知該如何接話了。

吃過午飯，紀洵在門口的收銀檯買單，同時悄悄觀察常亦乘的狀態。沒有任何異樣，站姿甚至略顯慵懶，可能該歸功於餐後那份布朗尼聖代，讓他看起來心情還不錯。

幾分鐘後，兩人搭乘手扶梯剛到樓下，紀洵就聽見身後有人在喊他。一回頭，看見同班的曾博迎面走來，身邊跟著一位個子嬌小的女生。

「好巧。」紀洵跟他們打招呼。

曾博寒暄道：「論文寫得怎麼樣了？」

「……」

曾博這人，是有點哪壺不開提哪壺的技術在身上的。紀洵只能苦笑一聲。

曾博表示理解，又指著等在前面的常亦乘問：「那長腿帥哥是誰啊？」

「唔，一個朋友。」紀洵不傻，不用想就知道常亦乘對他同學不感興趣，也沒自作主張幫雙方介紹，反而看了曾博身邊眼睛紅腫的女生一眼，「你們這是……？」

女生抽抽鼻子，沒說話。曾博嘆了口氣：「玲玲心情不好，舅舅叫我帶她出來看電影、散散心。」

紀洵漸漸想起，去年九月開學的時候，曾博提過有個表妹也考進了他們學院，不由得多問了一句：「怎麼了？」

曾博說：「她室友去世了，小女孩之間感情好嘛，她就在家裡哭得吃不下飯。」

紀洵皺眉：「哪個室友？」

舒玲玲哽咽地回道：「康夢雨。」

「死得太慘了，被殺後還塞進沙發裡，連具全屍都沒保住。」曾博愣了愣，反應過來，「紀洵，你家那個社區，好像就叫世紀家園吧？」

紀洵沒心情閒聊，直接問女生：「能借我幾分鐘時間嗎？」

舒玲玲一臉迷茫地點頭，紀洵想了想，示意曾博去旁邊稍等，又把常亦乘叫過來，三人在玻璃欄杆邊的休息長椅上坐下。

「你們要問什麼？」舒玲玲沒見過常亦乘，眼前的陌生青年好看歸好看，可眉眼間總帶了點戾氣，加上紀洵忽然如此鄭重的態度，讓她不禁感到了一絲害怕。

紀洵用溫和的語氣做開場白：「跟妳打聽一件事，康夢雨認識我嗎？」

舒玲玲說：「當然認識啊。」

長得漂亮的男生是稀有品種，舒玲玲她們剛進校時，紀洵的名字就在新生裡傳遍了。上學期她們寢室熄燈夜談，總會不可避免地提起他。

紀洵又問：「她……喜歡我嗎？」

常亦乘掀起眼皮，目光複雜得一言難盡。其實紀洵也很不自在，他不希望自己表現得像個自戀狂，可他隱約覺得，康夢雨和徐朗的關聯，不應該只是認識他那麼簡單。

果然不出所料，舒玲玲點頭了。

紀洵臉色變得難看起來，低聲再問：「那你見過她的男朋友嗎？」

舒玲玲：「她一直暗戀你，哪會有男朋友。」

紀洵微怔，與常亦乘交換了一個眼神。

那本藍色的日記裡，康夢雨對懷孕一事絲毫不意外，說明她至少對此早有預料。

今天早上，鄭自明說他問過康夢雨的父母，他們都不了解女兒的感情狀況。特案組正在挨個詢問她身邊的朋友，至少截至早上，還沒有人知道她跟誰交往過。

既然沒有男朋友……

紀洵清清嗓子：「我沒別的意思，就是上學期那幾個月，她有沒有單獨跟誰出去過？」

舒玲玲聽懂他的潛臺詞，眼淚都被氣得憋了回去。她睜大眼睛，怒瞪著他，聲音顫抖：「就算她暗戀你，你也沒資格平白汙蔑她。康夢雨家教很嚴，從不一個人在外面過夜，你怎麼有臉在她死後問出這種問題？」

一長串飽含憤怒的詰問，讓紀洵幾乎喘不過氣。他想辯解幾句，可一看舒玲玲哭得通紅的雙眼，就默默低下頭，想等她冷靜點再說。

倒是常亦乘低聲打斷：「她懷孕了。」

對室友名譽的維護之心，在此時超越了舒玲玲對常亦乘的本能恐懼，她冷笑一聲：「你胡說。」

「我和紀洵發現了她的屍體，」常亦乘難得多說了句，「還有一本日記，裡面寫了，一月十七日，她發現自己懷孕了。」

兩人認識以來，他還是第一次說出了一段這麼長的話。

紀洵在旁邊聽著，意外發現常亦乘發音的方式有點古怪。

他的語調其實還算標準，沒有明顯的口音也並不難聽，但就是咬字很重，每個字的發音都過於講求字正腔圓，反而暴露出一種不習慣的感覺。以前幾個字地迸出短句還不明顯，現在連貫的語句延長了，就明顯能聽出常亦乘說話跟別人不一樣。

當然，舒玲玲沒空計較這些細節：「你們別再造謠了！」

她起身想走，動作忽地一頓。

再轉回來時，眼中水光蕩漾：「日記本是什麼顏色？」

紀洵：「藍色。」

舒玲玲腳下一軟，踉蹌著坐回來，緩了好一陣才說：「那是我送她的。」

舒玲玲一直有寫日記的習慣。

以前康夢雨對此不感興趣，直到耶誕節那天，她抱怨自己最近總是忘東忘西，舒玲玲便建議她嘗試寫下來，並且主動買了一本日記本送她。

紀洵眉頭緊鎖，沒有打斷女生的話語。

舒玲玲說：「放寒假後的一月十五號是我的生日。我跟她是本地人，假期都留在濟川，那天我打電話約她出來玩，她好像生病了，說話有氣無力的。然後、然後就……」

「妳別急。」紀洵安撫道。

舒玲玲抓緊裙襬：「然後我聽見她吐了，可我以為她是吃壞東西，沒想到會是……懷孕。」

女生彎下腰，為自己的疏忽後悔地小聲哭泣。

她哭得臉都皺了，幾名路過的顧客察覺這邊的動靜，不禁八卦地張望過來。

舒玲玲臉皮薄，連忙胡亂擦掉眼淚，從包裡拿出手機：「員警不告訴我們具體消息，我能跟你要手機號碼嗎？關於康夢雨的事，我想回家後再問問你。」

紀洵頓時有些為難。無論案件是否查清，恐怕特案組都不會將真相公諸於世，他哪有權利隨便向舒玲玲透露。

見他面露猶豫，舒玲玲哀求道：「求求你了，她真的是我的好朋友。」

舒玲玲才剛上大一，動作裡還帶著點小女生的習慣，求人時雙手不自覺地前後輕晃著，手機殼上裝飾的掛繩也隨之一晃。

突然之間，紀洵聽見了輕微的聲響。

他想仔細再聽，常亦乘就先他一步，直接奪過手機，在舒玲玲目瞪口呆的注視下拆掉掛繩，取出串在最末端的那顆粉色鈴鐺。

同樣的東西，在徐朗藏屍的沙發上也有出現過。

鈴鐺是十一月上旬，舒玲玲在一家網紅雜貨店買的，店的名字叫「初覓」。時下流行的網紅店都有其行銷手段，「初覓」主打的招牌，就是店內清一色只售賣招桃花的商品。

一聽到招桃花的說法，紀洵就不禁想起寫滿「我愛你」的影印紙。

他揉揉太陽穴，既擔心自己是先入為主，有點風吹草動就往惡靈那邊想，又懷疑經此一役，今後肯定對這些情啊愛的事情避而遠之，徹底失去世俗的欲望。

當然光憑招桃花，還不夠「初覓」聲名遠揚。

最叫人稱奇的，是「初覓」後院種了一棵桃樹。普通桃樹的花期撐不過夏天，店裡這棵不知是什麼品種，到了冬天還能綻放開滿整樹的桃花，難怪會吸引那麼多人前去打卡。

舒玲玲翻出當時的社群貼文：「喏，這是我們那天去打卡拍的照片。」

「我們」二字引起了紀洵的注意，他放大照片一看，果然看見舒玲玲和康夢雨站在院子的桃樹下，笑盈盈地比心合照。

「康夢雨的死跟這家店有關嗎？」舒玲玲心有餘悸，「不會吧，那家店的老闆還滿和善的，而且她還懷著寶寶……」

提起懷孕一事，舒玲玲不可避免地想到康夢雨，頓時又沒了底氣。

紀洵抬眼看向常亦乘，用眼神往舒玲玲那邊示意，常亦乘看懂他的意思，悄悄用靈力往女生身上試探了一遍，微微搖頭。舒玲玲身周的氣息很乾淨，沒有被惡靈侵蝕的跡象。

那麼這家店就算有問題，也跟鈴鐺無關。

紀洵：「除了鈴鐺以外，康夢雨在店裡還買過別的東西嗎？」

舒玲玲：「啊？」

紀洵：「？」

這個問題很難回答嗎，怎麼露出莫名其妙的表情。

愣了幾秒，舒玲玲才說：「康夢雨那天，沒買東西呀。」

意料之外的答案，令紀洵毛骨悚然。

既然康夢雨沒在店裡消費，那麼從沙發縫隙發現的那顆粉色鈴鐺……

莫非是徐朗的？

◎

一九八〇年代，濟川市東部郊區開了一家化工廠，後來關門大吉，偌大的廠區也荒廢下來。直到一年前，有開發商看中這塊地皮，在原址重新修葺過後，將其打造成以遊玩為主的新興文創園區，再度開放。「初覓」就是園區內一家看似普通的雜貨店。

跨越半個濟川市到達園區大門外，紀洵沒急著往裡面走，而是先在遊客中心拿了份地圖。這裡的地圖做得很有特色，總共也就兩頁。一頁用半透明描圖紙印刷而成，是現在每家店鋪的位置指引，下一頁則採用古法工藝，在牛皮紙上畫出化工廠時期的建築座標。當兩頁重疊時，能看到二十一世紀的店鋪分別對應二十世紀的哪幢廠房，帶給人奇特的時空穿越感。

「初覓」所處的區域，是化工廠以前的一號員工食堂。

天氣很好，園區內遊客如織。紀洵本來擔心他跟常亦乘兩個男人，去招桃花的地方「探店」會太張揚，結果到了「初覓」門外，發現到底是他小看了當代青年的脫單需求。

門外排起的長隊裡，幾個男人結伴而來的情況居然並不少見。他心安理得地排在隊尾，觀察一圈後，發現桃樹多半種在雜貨店的後花園，站在前門這邊的街道是看不見的。

望著眼前兩層樓高的紅磚建築，紀洵小聲問：「這裡有什麼古怪嗎？」

常亦乘點了下頭，他半點沒被周遭歡樂的氣氛感染，仍是面無表情的冷淡面孔，像被朋友強行帶來打卡似的。

「詳細說說？」紀洵迫不得已，掏出手機東拍西拍，好讓他們這組看上去別太可疑。

常亦乘：「說不清。」他皺了下眉，「不太舒服。」

或許這就是靈師的直覺吧，紀洵並不懂，也不敢在人多的地方細問。見旁邊有人打量他們，就把手機對準常亦乘：「來，笑一個。」

鏡頭裡的男人垂眸看過來，唇角抿緊。

紀洵反倒無奈地笑了笑，胡亂按了幾下拍照鍵，發現常亦乘竟然還很上鏡。可能歸功於他長得端正，隨便拍拍都很好看。

退出拍照軟體，他又打開搜尋引擎，瀏覽起「初覓」的店鋪資訊。

熱門評論的內容總結下來，就是大家都認為這家店確實很靈驗，就連沒有購物的顧客，只在桃樹下許願，過不了多久也能脫單。

許願？

紀洵切到社群網站，傳了訊息給新加好友的舒玲玲：『妳在初覓許過願嗎？』

舒玲玲：『沒有，這家店規定必須要有喜歡的人才能許願。我是去湊熱鬧的，也沒有特定的目標，就只買了一顆鈴鐺。』

紀洵睫毛顫了顫，又問：『康夢雨呢？』

舒玲玲回道：『有，但她沒告訴我她許了什麼願。』

收起手機，紀洵轉頭對常亦乘說：「等等那棵桃樹要特別觀察一下。」

半小時後，兩人終於可以進店。

一樓被打通成寬敞的空間，比起雜貨店，這裡更像一家小型的藝術畫廊。只是貨架上陳列著各式各樣的粉色商品，又削減了其中的藝術感，增添出幾分輕佻的俗氣。

通往二樓的樓梯被門簾擋住，看不清樓上的光景。

紀洵觀察了一下，發現「初覓」並沒有店員，只有像店主模樣的女人坐在櫃檯後，的確如舒玲玲所說，她肚子裡懷了孩子。

他們沒在店內逗留太久，就直接去了後花園。

哪怕提前知道這家的桃花經久不謝，可親眼看到的時候，仍舊難免感到意外。桃花開得太好了，豔麗如同暖春三月才有的盛景。

紀洵深吸一口氣，錯開視線，忽然理解了常亦乘之前所說的「不太舒服」。如此反常的景象，總讓他感覺到一陣彆扭的怪異。常亦乘也只看了一眼，便淡淡地收回目光，轉而觀察起周圍的陳設。

後花園不大，一棵六公尺多高的桃樹占據了最顯眼的位置。樹前有一口深井，站在井邊望下去，毫不意外能看見其他客人扔進去的硬幣。

紀洵和常亦乘退到角落，等排在前面的兩個女孩許完願了，他才上前笑著問：「聽說要有喜歡的人，才能跟這棵桃樹許願？」

好看又溫和的人，天生容易讓人放下戒心。他只問了一句，兩個女孩就滔滔不絕地向他介紹了起來。

幾分鐘後，紀洵聽懂了。敢情「初覓」所謂的招桃花，還根據顧客的自身情況分為兩個流派。想談戀愛卻沒有目標的顧客，只需要在店裡買買商品就能如願；但要是心有所屬的人，就最好能在桃樹下許一次願。

女孩甲看了不遠處的常亦乘一眼，轉頭對紀洵說：「等一下你最好再去店裡買點東西，可以有雙倍好運加持！」

「……」什麼玩意兒。

紀洵心中滿是困惑：「一定要買？」

「不買也可以。」女孩乙接過話題，「但你許願的時候，必須小聲念出他的名字，否則會沒用的。記住啊，這才是最重要的。」

紀洵嘴角一抽，不太想知道她們誤會了什麼。

他朝兩個女孩道過謝，跟常亦乘返回到桃樹前，想了想問：「如果你有喜歡的人，來到這裡會許願嗎？」

常亦乘幽幽睨他一眼：「不會。」

紀洵：「傳得那麼靈，也完全不心動？」

常亦乘沉默了一會兒，才說：「都是騙人的。」

紀洵忍不住笑了起來，看來是他做錯了假設。身旁這位可是觀山的靈師，見多了靈異古怪的事，哪裡會被網紅店的行銷手段騙過去呢，沒直接拿刀砍了這棵桃樹，都算客氣了。

「可換作是我，」紀洵伸手，接住一片被風吹落的花瓣，「說不定會想說來都來了，那就玩玩唄。」

就像許多人途經寺廟會順道燒香那樣。往井裡扔硬幣、在桃樹下念出心上人的姓名許願的人，他們真的相信如此簡單，就能讓對方愛上自己嗎？

大家未必有如此天真。但是，隨便試試，也不會有任何損失。

紀洵鬆開手，讓那片花瓣落到井裡：「我懷疑徐朗也在這裡許過願了。」

之前他一直想不通，為什麼康夢雨和舒玲玲都來過「初覓」，兩人如今卻分別是一死一生的結局，難道就因為康夢雨在桃樹下許過願？可這家店開了快半年，每天許願的人肯定不少，倘若許願就會被惡靈寄生，那濟川市早就鬧翻天了。

直到剛才的女孩告訴他，許願必須把意中人的名字念出來才行。

「他們兩個，都說了我的名字。」紀洵分析道，「這很可能，是惡靈殺人的觸發條件。」

常亦乘沒再說話，視線穿過玻璃門，望向坐在櫃檯後的店主。

那位店主很符合網紅店的氣質，羊毛大衣裡搭了件針織鉤花裹身裙，長髮用簪子盤在腦後。她表現得很淡定，全程沒有招呼客人，只顧著低頭玩手機。

紀洵問：「她有問題嗎？」

常亦乘說：「她和桃樹，感覺很像。」

返回店內後，紀洵留了個心眼，佯裝挑選商品的同時，慢慢靠近了櫃檯。

當他離店主只剩半公尺不到的距離時，異樣的感覺油然而生。

紀洵心中一寒，垂眼看向還在玩手機的店主。皮膚紅潤的女人嘴角含笑，似乎上網滑到了有趣的內容，可仔細一看，卻發現她的螢幕竟然停留在手機桌面。

周圍結伴而來的顧客，還在與同伴討論該買哪件商品，沒有人注意到角落裡的異常，紀洵背後卻爬上一陣冰冷的顫慄。

女人就這麼全神貫注地盯著桌面，拇指不時滑動幾下，再點點桌面空白處，看似尋常的玩手機動作，卻透露出機械的詭異感。

就在這時，有位顧客拿著幾件商品過來結帳，店主慢吞吞地站起來替人包裝商品。

這一下，紀洵看得更確切了。

她的動作很遲鈍，不是普通孕婦行動不便的那種緩慢，而是肢體充滿了卡頓的僵硬感，彷彿一具只會遵循本能行動的殭屍，像極了本該凋零卻怒放在枝頭的桃花。

而店內來來往往的顧客，卻都沒有發現其中的異常。

NOT A HUMAN

私はたぶん人ではない

第四章 我愛你

私はたぶん人ではない

NOT A HUMAN

夜幕降臨後，園區內頓時冷清下來。

這裡離市區遠，交通又不夠方便，大多數人吃過晚飯就三三兩兩地離開，剩下自駕前來的遊客，最多也只會閒晃到晚上九點的關門時間。

少了白天如潮的人流，曾經的廢棄工廠在月色下，便顯出幾分詭異的色調。

放眼望去，少部分建築裡還亮著燈，有些不回家的商戶會選擇晚上住在店裡，但空曠的園區和寒冷的冬夜，都阻止了他們出來串門子的想法。

紀洵和常亦乘等了一陣子，總算等到「初覓」二樓的燈光熄滅，店主大概是睡了。

冷風吹得紀洵打了個寒顫，他裹緊外套，看著常亦乘擰開「初覓」的門鎖，小聲問：「話說，假如這家店有問題，我們是不是該先報警？」

常亦乘將門把放在窗臺邊：「特案組？」

「對啊，普通員警不能被牽連進來，特案組總該管吧。」三好市民紀洵先生，總算遲來地想起如此重要的事。

常亦乘說：「特案組，會找觀山。」

「……」

紀洵啞然失笑，他猜到常亦乘接下去想說什麼了。特案組向觀山尋求幫助，然後觀山一問「哪位靈師能立刻趕去處理呢」，答案當然是常亦乘。結果常亦乘身邊的他，還在這思考要不要報警的問題。

漂亮，一個完美的閉鎖循環。

「不好意思，普通人當久了。」紀洵解釋道，「思維轉換不過來。」

常亦乘不置可否，取出藏在頸環中的無量，將其別在腰後。隔了幾小時再見到這把短刀，紀洵立刻有了要與惡靈對峙的實感，他抿抿唇角，心情十分無奈。

假如可以選擇的話，他肯定寧願回家重寫論文，也不願大晚上地潛入古怪的雜貨店。

可一來，惡靈很明顯想要他的命。二來，他昨天在乾坤陣裡順走了人家的靈器。

康夢雨死在屍嬰手中，她的屍體本該像徐朗那樣產生異變，卻因為惡靈特意放進去的黑霧，而保持了比較無害的形態，才導致她成為最後一步突襲的殺招，險些讓紀洵摔死在電梯井裡。現在黑霧被他吸收成戒指，對方偷雞不著蝕把米，哪會善罷甘休？

所以與其回家獨自面對未知，還不如跟常亦乘一起行動，萬一遇到危險，多少還有個照應。

◎

一樓和白天並無太大差別。

形狀不一的商品依舊擺放在貨架上，被窗外的月光一照，在牆上投下嶙峋的影子，看上去有點鬼影重重的氛圍。不知掛在哪裡的掛鐘，正發出「滴答滴答」的聲響，為本就詭譎的氣氛增添了一抹怪異。

紀洵緊跟在常亦乘身後，眼睛不受控制地到處亂瞟，好幾次被牆上的影子嚇到。最後無奈之下，索性目不轉睛地盯著常亦乘。

炙熱的視線要是能化為實體，多半能把對方的後腦勺盯出個窟窿來。

忽然，常亦乘停下腳步。他仰頭望向天花板，低聲提醒：「別看。」

紀洵：「？」

不得不說，人類就是特別叛逆的生物。紀洵幾乎是下意識地往上瞟了一眼，結果這一眼差點沒把他當場送走。

白天分明乾乾淨淨的天花板上，居然擠滿了幾十隻屍嬰。它們用臍帶將自己與同伴連接在一起，數不清的畸形腦袋湊在一塊，最邊邊的兩隻用臍帶纏著從天花板垂下的吊燈，就這麼密密麻麻地睡在一起。

對，它們在睡覺。

紀洵一瞬間居然心生感慨，果然是風水輪流轉。昨天惡靈跑到他家作祟，今天他就殺到人家老巢裡來了。

他們沒管這些沉睡中的屍嬰，徑直往樓上走去。上樓時，每走一步，紀洵心中都會顫一下，唯恐這點微不足道的動靜，會驚醒正在他們腳下酣眠的屍嬰。

與整層打通的一樓不同，雜貨店二樓上去，會先看見一條不算長的走廊，左右各自分布著一個房間。除了走廊盡頭的窗戶透進來的月光以外，空間裡沒有任何光源，從紀洵的視野望去，只覺得房門和牆壁皆為暗沉的石灰色，充滿了強烈的壓抑感。

就在這時，常亦乘彷彿感知到不祥的氣息，微微皺了下眉，邁步往右邊走去。

紀洵快步跟上，用氣聲問：「她在這間房間？」

常亦乘沒有回答，直接推開面前的房門。

即便做足了心理準備，當看見屋裡的景象時，紀洵還是一口氣差點沒提上來。

房間裡直挺挺地站著兩個人。

月光從外面照進來，足夠讓紀洵看清這兩人都背對著他們，面朝能夠看見後花園的窗戶。兩人像是聾了一般，對於推門的動靜毫無反應。

門窗對流形成的微風輕輕吹動兩人的衣衫，發出「嘩啦」的聲響。

紀洵聽了覺得奇怪，誰家的衣服會吹出這種聲音，難道是紙做的嗎？

他再仔細一看，很快便反應過來了。

確實是紙做的。裡面站著的，是兩個紙人。

紀洵萬萬沒想到，「初覓」的店主除了賣招桃花的雜貨，居然還有如此奇特的手工愛好。

他與常亦乘對視一眼，兩人並肩走到了紙人正面。這紙人做得還滿精細的，分為一男一女，身上都穿著舊式的馬褂，雙手合攏做出祈禱的姿勢。

紀洵瞬間聯想到窗外花園裡的桃樹……這樣子，不就像是兩個紙人在向桃樹許願嗎？

他心中一動，視線迅速望向紙人的臉。紀洵被徐朗騷擾三個月，早就記住了對方標誌性的三白眼，此時他不用仔細辨別，便一眼認出左邊那個男性紙人，就是徐朗的樣子。至於右邊的女性紙人是誰，自然也就不言而喻了。

紀洵神色頓時變得凝重。看來他之前的推斷沒有錯，徐朗和康夢雨都曾經在桃樹下許過願，至於為什麼要在這裡擺上和他們相似的紙人，惡靈又為什麼要置他於死地……

似乎聽到他的心聲，常亦乘緩聲開口：「金童前引路，玉女送歸山。」

紀洵：「什麼？」

常亦乘看他一眼：「金童玉女，陪葬的。」

以前民間辦喪事的時候，為了讓亡故之人死後有人照顧，往往會紮一對金童玉女擺放在靈堂裡，棺材上也會貼一對挽聯，寫的就是常亦乘剛剛念出的那句話。

金童前引路，玉女送歸山。

可問題在於，眼前的情形是反過來的。金童玉女有了，那麼下葬的人在哪呢？

紀洵感到一陣寒氣直竄腦門，指著自己問：「為我準備的？」

話音未落，走廊對面的房門突然有了動靜。

噠、噠、噠……

伴隨鞋跟敲擊地板的聲響，有人推開了木門。

同一時刻，所有的燈同時亮了起來。一盞盞紅色的壁燈，像搖搖欲墜的燭火般映在牆上，燈光暗沉，也足夠紀洵看清來人的模樣。

那是一具沒有血肉的森白骷髏，它身穿一襲紅裙，腳上踩著一雙紅色的高跟鞋。高跟鞋的款式很舊，像幾十年前流行過的款式，皮革表面有許多磨損的痕跡，連接鞋底的車線也出現了鬆脫的跡象。奇怪的是，骷髏倒映在牆上的影子，卻是個完整的女人形象，它長髮及腰，隆起的腹部裡顯示懷著一個孩子。

詭異的畫面令紀洵呼吸一滯，恐懼眨眼間遍布全身。

常亦乘擋在他身前，抽出腰後的短刀。骷髏發出一聲尖嘯，裙襬一甩，在腳邊升起一幅猩紅的血簾。空氣裡瀰漫開濃烈的血腥味，幾公尺高的血簾轉眼形成，它看上去像巨幅的珠簾，但串連在其中的，並非晶瑩剔透的珠子，而是一滴滴順著髮絲流淌而下的血珠。

骷髏站在血簾後，腳邊的積血深如泥潭，一個又一個屍嬰從裡面爬出來，它們彷彿嬰兒本能地在找媽媽那樣，匍匐在它枯瘦的白骨腳踝邊，竊笑著看向血簾外的兩人。

紀洵大為震撼。

虧他還以為，昨天惡靈動用一隻屍嬰對付他這個普通人，實在是有點大材小用，結果人家真正的大招根本沒使出來。原來是他不配了。

常亦乘：「小心血。」

其實哪怕他不提醒，紀洵也看得出這些血有問題。只要是正常人，誰會去碰⋯⋯

一個念頭還沒在腦子裡過完，紀洵就眼睜睜看著常亦乘抽出短刀，往血簾裡面走去。

「……」

滿簾血珠顫動起來，血珠滾落而下。常亦乘沒太在意，稍偏過頭隨便躲了躲。幾顆沒避開的落在他肩頭，濺起的血花弄髒了他的臉頰，他也懶得抬手擦拭。

紀洵心想，這如果換作是他，可受不了這樣的羞辱。

紅裙骷髏大概也是這麼想的。它猛一抬手，以這個動作做為信號，十幾隻屍嬰一擁而上。數量之多，看得紀洵神經都繃緊了。

他想起自己的戒指有淨化作用，正想上前幫忙，就見常亦乘變了動作，改為角度稍斜的雙手握刀姿勢。他將刀刃收至腰側，在一群屍嬰快將他淹沒的瞬間，出刀劈砍。

那是一個於呼吸的空隙裡調動腰背力量的裹勁，刀光像拉滿到極限的弓一般，以勢如破竹的凌厲之態，驟然閃現而出。紀洵隔著血簾都能看清，十幾隻屍嬰身形忽地一矮，竟是齊齊被砍斷了臍帶，跌進血潭裡痛苦嘶叫。

紀洵鬆了一口氣。剛才是他多慮了，就眼前這點屍嬰，在常亦乘眼裡可能就跟砍瓜切菜一樣，毫無挑戰性。

誰知下一秒，常亦乘竟回過頭來。

紀洵這才發現，自己正一副準備衝進血簾幫忙打架的姿勢。

常亦乘不知怎麼想的，踢出一隻屍嬰：「拿去玩。」

……倒也不必如此。

紀洵無奈地低下頭，與被選中的幸運屍嬰六目相對，場面尷尬中透露著一絲荒唐。

最後他勉為其難地蹲下身，把手按了下去，一陣滑膩噁心的觸感剎時從掌心傳來。但與此相對，戒指迸發出紅黑色的霧氣，凡是被那片霧氣蔓延到的地方，屍嬰的皮膚就伴隨著它的慘叫聲紛紛脫落。

紀洵意外於戒指的殺傷力，朝屍嬰彎起眼，笑了一下。

人生在世，值得高興的事很多。其中有一件，必定是「我變強了，而且沒變禿」。

此時此刻，紀洵心裡洋溢著一層朦朧的喜悅。他不是那種張揚的性格，所以高興起來，也就是唇邊彎起的弧度略大了點，純澈的雙眼微往下勾，組成一個含蓄的微笑。

屍嬰可能被他的微笑刺激到了，發出更響亮的嚎哭聲，哭聲之慘烈，足以讓每個做過父母的人為之落淚。

紀洵玩得不亦樂乎的時候，另一邊，紅裙骷髏怒意暴漲。整幅血簾劇烈地晃動起來，血珠四濺飛射。

常亦乘換了單手撩刀阻擋，腳下步履不停，轉眼已經殺死新長出的幾隻屍嬰，離那具白骨只剩最後幾步的距離。

被按在地上的屍嬰，忽然止住了哭泣。

短促的呼吸拍打在紀洵的掌心，讓他心中生起一陣不祥的預感。他垂眼望向屍嬰，驀地意識到，它在笑。像惡作劇的小孩看見計謀即將得逞，那種按捺不住的幸災樂禍。

下一瞬，骷髏頸骨突兀地伸長，發出震耳欲聾的嘶吼。紀洵驚得捂住耳朵，下意識抬眼望去，在看見骷髏的兩個眼窩與常亦乘的雙眸對上之時，突然理解屍嬰為何發笑。

「小心幻覺！」他大喊一聲。

只可惜為時已晚。

沒有任何預兆，常亦乘倏地停住了動作。沾了汙血的白淨眼皮闔下來，蓋過他散亂的目光。他手裡仍握著短刀，但骨節分明的手指略微鬆開了些，只是出於本能才勉強虛握著而已。

骷髏陰冷的笑聲再次響起，暴動的血簾也恢復了平靜。它甚至放過了還能活動的紀洵，存心留他目睹一切似的，召喚出源源不斷的屍嬰往男人身上爬去。

骷髏幽幽開口：「你猜，他會看見什麼。」

紀洵眼神冷了下來。他站起身，完全不想猜常亦乘會看見什麼，只清楚眼下該做什麼。既然戒指的霧氣對屍嬰有用，那麼或許，也能將人從幻覺裡帶出來。

抬手拂開血簾時，一陣鑽心的劇痛鑽進了他的身體裡。紀洵咬緊嘴唇，反手握住血簾，讓戒指散發的霧氣瀰漫開來。

慘白的骷髏不慌不忙，放任紀洵踏入它的血潭。

它喜歡看弱小的獵物垂死掙扎，就像許多年前的那個夜晚，它和腹中的孩子被人捆在冰冷的桌面上，哀嚎、求饒、哭泣，最後崩潰著死去。

一條伸出的臍帶纏住了紀洵的雙腳，他踉蹌著摔下去，沒有靈器的左手頃刻被鮮血淹沒，頓時失去了所有的知覺。

紀洵咬牙將右手往地上一拍，周圍的血跡和臍帶退後少許，卻又虎視眈眈地圍在四周，想等他站起來後，再把他拖下去。

骷髏全身的骨頭都喜悅地顫抖起來。昨天在乾坤陣中意外失手的遺憾，也在此刻得到了莫大的圓滿。

從來沒有人，能依靠自己從它的幻覺中逃脫。穿黑衣的男人也是如此，即便他身手再好，中了它的幻覺，就只能迷失在它精心打造的夢境之中。

沒有他，眼前的青年又能堅持多久呢？

紀洵耳邊滿是刺耳的笑聲，他艱難地喘了兩口氣，呼吸裡全是腥甜的血味，分不清是骷髏身上的，還是他喉嚨裡面的。短時間內耗費了太多靈力，右手已經不受控制地痙攣了起來。

但是常亦乘離他很近了，儘管那個黑色的身影，早已被不計其數的屍嬰覆蓋住。可是他知道，只要再往前幾步，他就能碰到對方握住的那把短刀。

紀洵想，要是今天能把常亦乘帶出來，回頭必須得問清楚。這人到底在幻覺裡看到了什麼，這麼久都不肯清醒。

就那麼喜歡嗎？

偏偏就在此時，骷髏抬起它的高跟鞋，走到了紀洵和常亦乘中間。

紀洵抬眼，嘴唇呈現出蒼白的顏色。骷髏一頓一頓地彎下腰，沒有血肉的手掌捧起他的臉：「差不多，該送你上路了。」

它幽幽看向屋內的兩個紙人，「別讓他們等太久。」

浸入骨髓的寒意伴隨女人的笑聲炸開。

勝利在望的喜悅化作令人顫慄的聲音，在雜貨店裡四處傳遍，許許多多的屍嬰附和著它，宛如齊聲唱響了送葬的挽歌。

忽然，骷髏身形一頓。笑聲裡多出了一個人的聲音，不是女人，更不是嬰孩。

那是屬於成年男人的，低沉而癲狂的笑。

它察覺到了，笑聲是從它身後傳來的。

紀洵還不知發生了什麼事，就看見骷髏雙手往回一收，包括纏在常亦乘身上的、所有血潭中的屍嬰，爭先恐後地跟它一併往角落退去。

他虛脫地跪坐在地，視線往上，看見常亦乘睜開了眼。森森陰氣在男人身周環繞著，他慢慢擦去眼下的血跡，笑著側過臉，看向角落裡的紅裙骷髏：「謝謝你，讓我做了場夢。」

笑著笑著，常亦乘發出一聲滿足的輕嘆。像饑餓了千百年的惡鬼，終於嘗到了一口美味佳餚，神色間滿是饜足的意味。

紀洵瑟縮著屏住呼吸，男人頸環下的金色符文跳動得如此猛烈，好像隨時都會掙開頸環衝出來。直到此刻他終於明白，觀山那些靈師到底為何會如此害怕常亦乘。

常亦乘啞聲低笑，提著短刀走向骷髏。那身影落在紀洵眼中，已遠非奪命的無常可以形容，而是更純粹的、更令人恐懼的煞氣本身。

「但是，」常亦乘將刀尖朝向骷髏，唇角微勾，眼中殺意迸現，「你不該用他來騙我。」

鋪滿地面的血潭頓時如潮水般回捲，骷髏不僅收回滿屋子的鮮血，還直接將所有屍嬰盡數扔出。在那短短幾個字裡，它聽到了無窮無盡的危險，甚至比它肉身死亡的那晚更為叫它膽寒。

它使出渾身解數，只為保全最後的白骨。

然而常亦乘沒給它機會。愉快的喑啞笑聲還在繼續。

沖天的血氣裡，遍地都是殘缺的骸骨，屍嬰早已碎成無數肉塊，骷髏的紅裙再也遮不住它的白骨。它拖著剩下的身體，殘缺的紅裙在地上拖曳出長長的血跡，恐慌地向他爬來。

紀洵居然看懂了，它想向他求救。

多麼諷刺，害死無辜之人的惡靈，竟然會向一個人類求救。

紀洵不想救，只是他的確需要它暫時活下來。他緩緩抬手，在常亦乘又要落下一刀之前，鼓足勇氣輕聲問：「你還能聽見我說話嗎？」

戒指散發的霧氣飄向常亦乘的眼睛，他看著不成人形的惡靈，點頭。

「先別殺它，可以嗎？」紀洵斟酌著用詞，唯恐哪句話沒說對就惹來殺身之禍，「我想知道真相。」

冷漠的視線掃過來，常亦乘像是發現了什麼，愣了一下。他用無量把惡靈釘在原地，一步步走到紀洵面前。

紀洵喉結滾了滾，不知該不該往後躲，常亦乘卻出乎意料地跪了下來，仔細端詳著他的模樣，隨後將手繞到他身後，輕輕撫過他的後背，靜了一會兒才說：「你受傷了。」

「啊？」紀洵有點疑惑，「哦，沒事，睡一覺就會好。」

常亦乘沒再說話，就那麼垂首虛抱住他的身體，大夢初醒般嘆出一口長氣。

紀洵懶得掙扎了。抱就抱吧，總好過當著他的面發瘋砍骨頭。

他任由常亦乘抱著，艱難地摸出手機，發出一個 GPS 定位給失聯大半天的紀景揚，順便用兩、三句話簡單說明了這裡的情況。

紀洵根本不敢打電話，很怕多餘的動靜會刺激到常亦乘，內心暗自琢磨，也不知道紀景揚今天在忙什麼，能不能及時收到他的消息，看來一切只能隨緣了。

還好他跟紀景揚緣分未盡，半小時後，紀景揚終於趕到。然後花了幾秒來接受這滿屋的訊息量。

紀景揚瞠目結舌：「……地上趴著的是什麼玩意兒，它好像超出我的知識範圍了。」他謹慎地召出枯榮，上前辨認半天，才自問自答道，「哦，好像是嬰女。」

不是他才疏學淺，是因為那名叫嬰女的惡靈實在是早已看不出原形。

能變成惡靈的人類很少，其中當屬孕婦慘死後化作的嬰女怨念最深。嬰女擅長製造幻覺，和寄生到人體內獲取養分的屍嬰是一對天造地設的好搭檔。但凡某地有嬰女現世，方圓百里的屍嬰都會自覺地把它當作母親去接近。

只不過嬰女已經二十幾年沒出現過了，昨天他才一時沒有想到這個可能性。但以前也沒聽說有哪位靈師，會把嬰女砍成這樣。

紀景揚指了下常亦乘，用口型問紀洵：『他中幻覺了？』

紀洵用眨眼代替回答。

紀景揚簡直無力吐槽，懷疑這嬰女恐怕是個傻子。用幻覺去對付一個精神長期不穩定的人，這不是找死嗎？

他看向嬰女只剩半邊的頭骨，告誡道：「下次聰明一點吧。」

◎

深夜，鄭自明從特案組匆匆趕到觀山的辦公大樓。

世紀家園惡靈作祟事件的嫌疑人……嫌疑靈抓到了，就是抓捕過程可能出了點意外，送來的惡靈缺臂少腿不說，似乎還受到了極大的精神創傷，一時無法展開審訊工作。

不過無法審訊，並不代表無法調查。

「三十年前，化工廠還沒倒閉的時候，外地有個連續殺人犯逃竄到濟川，犯下一樁案件。」

接待室裡，紀洵洗完澡後簡單處理過傷口，一邊喝著即溶咖啡，一邊聽鄭自明說明情況。他今天使用高強度的靈力，現在渾身懶散得不得了，腦子也轉得慢，大半天才換算過來，三十年前就是一九九〇年代初。

殺人案的受害者，是化工廠的一名女工。

她在夜班下班回宿舍的路上，無意間撞見躲進廠區的凶手，被對方擊暈後拖到晚上無人值守的食堂，像案件之前幾名受害者那樣，被凶手殘暴地切開皮膚、剜去了血肉。

等工廠巡邏的保安發現動靜時，凶手正把血淋淋的屍體扔進食堂後院的井裡。

鄭自明揉揉眉心：「她死的時候，肚子裡的孩子已經四個月了。」

紀洵想起來時紀景揚為他科普過的知識，問：「所以嬰女就是她？」

「八九不離十了。」鄭自明說，「身分、地點都吻合，連你看見的紅裙子紅皮鞋，都跟死者遇害時的穿著一模一樣。」

安靜片刻，紀洵又問：「那『初覓』真正的店主呢，還活著嗎？」

鄭自明猶豫了一下，不忍心將真相告訴眼前的年輕人。

特案組在雜貨店二樓另一個房間裡，發現了一息尚存的店主。

根據紀洵提供的線索，這家店至少從三個月前就被嬰女占據。它寄生到店主身上，將

「初覓」當作自己與屍嬰的巢穴，瞞天過海地誘騙一波又一波遊客到桃樹下許願。

被惡靈寄生太久的人，早就和惡靈融為一體，變成沒有自我的活死人，換句話說，就是跟殭屍沒有差別。這時候即使惡靈離開她的身體，她也已經離死不遠。

意識到鄭自明的沉默，紀洵依稀理解了什麼。他一口氣喝掉剩下的咖啡：「如果沒別的事，我就先回去了？」

鄭自明正要點頭，放在茶几上的手機螢幕亮了起來。

他點開看了一眼：「嬰女清醒了。」

紀洵長這麼大，還是第一次目睹審訊惡靈的場景。

和電視劇裡關押普通人類的審訊室不同，觀山的審訊室設置在地下。半個籃球場大小的場地中央，擺放著一個關押惡靈的牢籠，牢籠欄杆泛起淡淡的藍色，一看就知道是限制靈力的特殊靈器。

紀洵一進去，就看見紀景揚翹著二郎腿坐在牢籠前方。見他和鄭自明到了，紀景揚招招手，示意他倆坐過去。

紀景揚和鄭自明都是這起事件的接觸者，接下來的後續自然也要由他們共同完成。跟普通案件的差別在於，惡靈作祟的事件中，通常是由靈師負責查清事情原委，特案組只需要從旁監督做好記錄就行。

鄭自明看清牢籠裡關押的嬰女後，不由得向紀洵投來敬佩的目光。

一個普通大學生，見到這樣的東西居然沒嚇破膽，果然是後生可畏。

紀洵讀懂他的眼神，尷尬地轉頭平視前方，沒好意思說，其實嬰女剛亮相的時候也不是長這樣。托常亦乘的福，嬰女的雙臂僅剩下一隻，雙腿自膝蓋以下的部位都被盡數砍斷，配合它破破爛爛的白骨軀體，畫面看上去實在很不美觀。

但身體的殘缺，並沒有影響它身為惡靈的自我修養。嬰女下頜骨喀喀作響：「我滿足他們的願望，有什麼錯？他們許願了，說想和你在一起，我就讓你們永遠在一起，死了也不會分開，我在做好事啊。」

它說話時，空洞的眼睛始終朝向紀洵。紀洵心中不為所動，撐著下巴安靜地回望過去。

嬰女繼續冷笑道：「是你讓他們白死了，你但凡有點良心，就應該下去陪他們。你仔細聽聽，他們在下面叫著你的名字……」

推門的聲音打斷了嬰女的發言，紀洵回過頭，看見常亦乘從外面走了進來。

回到觀山的兩個半小時，常亦乘始終沒有露面，這時再出現，脖頸的金色符文總算消失了，就是臉色十分難看，蒼白得一絲血色也沒有。

他坐下來時，一句話也沒說，只冷冷地抬起眼皮，看著牢籠中的嬰女。

一見到他，嬰女的反派氣焰頓時消失了。它不由自主地打起寒顫，搖搖欲墜的骨頭更是直接掉到地上。雙方互相襯托之下，倒不知誰更像凶狠的惡靈。

紀洵原本想問常亦乘怎麼了，但目光看到他抿緊的唇角後，又莫名遲疑了起來。

還好紀景揚見多識廣，湊過來低語道：「他被幻覺影響太深，我讓他去休息了一會兒，現在估計還不太舒服，你就先別管了。」紀洵似懂非懂地點了下頭。

紀景揚坐正了：「行，人都到齊了。說吧，都幹了些什麼。」

之前還妄圖洗腦紀洵的嬰女，這下變得老實了許多。它顫抖著支起頭骨，說：「我沒動手殺他們，都是那些屍嬰幹的。」

大型母子情翻車現場。

紀景揚笑了一下：「屍嬰把你看作他們的媽媽，最聽嬰女的話了，不是嗎？」

嬰女想否認，可前方那道冰冷的視線像刀鋒般懸在那裡，讓它不由自主地想起雜貨店裡那些痛苦的經歷，一時間竟不敢吭聲了。

紀景揚換了個問法：「殺他們的理由？」

「他們愛他……」嬰女望向紀洵，「愛他就該願意為他做任何事，死又算什麼，愛情本來就是這樣瘋狂的東西。」

紀洵震驚於嬰女的價值觀，忍不住問：「那為什麼是三個人在一起？」

他沒注意到，提前翻過卷宗的紀景揚和鄭自明都已經露出複雜的表情，只是納悶地想，如果代入嬰女的視角，它熱衷於用死亡的方式成全每一對情侶，倒也說得過去。可為何觸發死亡條件的，偏偏是兩名死者加上他的三人組合。

聽完他的提問，嬰女動作一頓。要是它臉上還有血肉的話，五官必定會組合出十分困惑的表情。一片迷茫的思緒裡，有誰的聲音正從久遠的回憶中傳來。

『妳聽話，乖乖把孩子生下來，我們家就有後了。

『我老婆又生不了孩子，她發現了也沒臉跟我鬧，放心吧。

『離婚？不行，傳出去名聲多難聽，馬上就要選下一任廠長了，別在這時候添亂。

『除了名分，其他什麼我都能給妳。再說我老婆都知道妳懷孕了，不是也沒對妳怎樣嗎？依我看啊，以後三個人一起生活也很好。反正我有錢，還能學學以前的人，左擁右抱坐享齊人之福。

『好了別哭了，我愛妳，我當然愛妳啊。』

我愛你、我愛你、我愛你……

因為我愛你，所以讓我付出什麼都可以。

日復一日的自我麻痹中，她竟然接受了如此荒唐的提議。

嬰女森白的眼窩裡，漸漸滲出兩行血跡：「可是我死了，三個人，只有我死了。他自己說的三個人在一起，但是井裡好冷啊，他們哪天才會來陪我？」

紀景揚斂起臉上慣有的笑意：「他們不會來，你心裡應該很清楚。」

嬰女喃喃道：「不會的，他說過他愛我。」

鮮紅的血跡一滴接一滴地落到地上。嬰女伏下殘缺的身體，分不清是哭聲還是笑聲的詭異聲響，從它的骨頭縫隙裡傳出來，飄蕩在審訊室的每個角落。

「他說他愛我，我就信了。我也愛他啊，我愛他……」

嬰女緩慢地抬起頭骨，滴血的眼睛死死地盯著紀洵，嘴邊滲血的關節扭曲出一個陰冷的笑容。

「我恨他。」

紀洵聞聲抬眸，明白了嬰女殺人的邏輯。

康夢雨和徐朗的性別並不重要，重要的是他們都愛著同一個人。

昔日的化工廠早已倒閉，那對夫妻也不知所蹤。所以嬰女等啊等，終於等到了兩個不同的聲音說出「我想和他在一起」。

它將紀洵看作那個花心的男人，精心準備好所謂的金童玉女，然後懷抱莫大的惡意，在世紀家園設下了乾坤陣的陷阱，想要以此彌補它生前的遺憾。

一切的開端，到底是因為愛，還是恨？恐怕它自己都分不清了。

接下來的故事，嬰女沒再隱瞞，一五一十地交待了出來。

康夢雨離開「初覓」的時候，它偷偷派出一隻屍嬰寄生到了女孩身上，通過那隻屍嬰，它讓康夢雨經歷了一場幻覺。幻覺的內容嬰女無法窺探，但它的能力，能夠大致引導幻覺的方向。

那次之後，康夢雨潛意識裡就接受了自己懷孕的事實，但她很快又覺得不對勁，因為肚子太大了，要不是靠冬天厚重的衣服遮掩，她幾乎瞞不過父母的眼睛。

於是在嬰女的誘導下，她走進了徐朗的診所。

「那本日記，是我暗示那個男人帶回去的。」嬰女的語調沒有絲毫起伏，麻木地陳述道，「我就是想讓你們發現她的屍體，想讓你知道有兩個人為你而死，你該為此痛心疾首，滿懷愧疚而死。」

紀洵看著她的眼睛：「那你殺了他們，後悔嗎？」

旁邊的紀景揚嘆了口氣，他的傻弟弟到底對靈這種生物認知不足，還把嬰女當作和自己相同的物種交流。殊不知在惡靈眼中，人跟動物沒有區別，別說殺死兩個，就算死掉千萬個，於他們而言也無關緊要。

果然，嬰女否認道：「有什麼好後悔。死了，是他們命不好，跟我命不好是同樣的道理。」

紀洵：「每年那麼多人死去，卻不是人人都能變成靈。你比其他人多了一次重活的機會，卻還說自己命不好？」

嬰女：「⋯⋯」

紀洵：「換作是我變成了靈，為一個不值得的人執迷不悟，浪費重來一次的好機會，想想都會後悔得要死。」

說完，他心情複雜地搖了搖頭，收回了視線。

審訊結束後，幾人正準備離開，常亦乘卻忽然叫住紀洵：「戒指借我。」

紀洵一愣，很快反應過來。常亦乘多半要為幻覺的事跟嬰女單獨聊幾句，而他的戒指又有淨化的作用，的確應該拿去防身、避免失控，於是便直接取下無名指上的黑玉戒指遞了過去。

常亦乘接過戒指，等他們走後便關上了房門。

空空蕩蕩的審訊室，嬰女不安地看著站在牢籠外面的黑衣男人，如同看到又一位死神向它舉起了命運的鐮刀。

常亦乘卻攤開掌心的戒指，冷聲問：「哪來的？」

面對男人的質問，嬰女不敢不答。但這道題，它沒聽懂。

它用剩下的掌骨支撐起身體，退到牢籠的角落：「我沒見過這枚戒指。」

常亦乘並不意外，狹長的眼尾垂下來，盯著它提醒：「黑霧。」

嬰女的頸骨發出「咯噔」一聲，想起來了。

那團夾雜著微弱紅光的黑霧，自它半年前渾渾噩噩醒來的時候就在井裡了。它不知道黑霧從何而來，但理所當然地把它當作自己的東西，放到了徐朗身上。

康夢雨在診所被屍嬰鑽破肚子的時候，它便遠遠地控制徐朗，將黑霧放進了女孩的屍體之中，想用一具不會腐敗的怪異屍體，在乾坤陣中引起紀洵的恐慌。可那到底是什麼東西，它卻無法確定。

嬰女顫抖道：「我只知道它……它能延遲衰竭，讓人不生病，讓桃花不謝。」

就這點功能，都是它意外得知的。

寄生到「初覓」店主身上前兩個月，嬰女發現這具身體很不好用，好像承受不了它的靈力似的，一天比一天衰弱。後來它靈機一動，從井裡取出黑霧隨身攜帶，情況才終於好轉。

想到這裡嬰女就暗自悔恨，早知如此，它就不該把黑霧送出去。這才幾天而已，店主就又不好用了，害得它只能每晚現出原形、減少寄生的時間，以此來延長這具身體的使用期限。

如果今晚它能寄生在店主身上，眼前的男人或許就不敢揮刀亂砍……

懊惱的念頭剛在腦海中升起，嬰女不小心對上常亦乘寒冽的雙眼，忽然又不確定了。

他真的不敢嗎？

未必。

嬰女腦中百轉千回的時候，常亦乘的目光一寸寸冷了下來。

從「初覓」回觀山的路上，紀洵向紀景揚講述了戒指的來歷，兩人都只當它是普通靈器。但常亦乘心裡無比明晰，它不是普通的靈器，它的作用更遠遠不止於此，這些細節無需由嬰女來向他介紹。

「想清楚再說。」他低聲開口，「哪來的？」

嬰女忙答：「我不知道。」

一陣浸骨的殺意迎面而來。

「真的不知道！」嬰女嚇得嗓音都變尖了，身上殘缺的紅裙由於本能的自保而滲出鮮血，「我半年前從井裡醒來它就在了，我沒騙你！」

它一邊說，一邊不住地往四周張望，滿心希望剛才離開的三個人能快點回來，隨便如何處置它都好，只要別跟這個男人單獨待在一起就行，它不想再多體會一次比死亡更恐怖的痛苦。

幸好常亦乘沒再追問。他收回手，低頭細心地將戒指放進上衣口袋，再抬起頭時，臉上短暫的溫和蕩然無存，取而代之的，是眼底掠過一道薄冷的陰影：「今天的事，不准跟任何人提。」

嬰女蜷縮在牢籠裡連連點頭。

它死死地盯著地面，等那道漆黑頎長的影子逐漸遠去，始終沒敢再出聲。

與此同時，審訊室外。

鄭自明先行回特案組寫報告了，紀洵跟紀景揚站在電梯附近等常亦乘。

紀景揚邊玩手機邊說：「剛才人多，沒來得及問你。」

紀洵：「嗯？」

紀景揚語氣幽怨：「你捫心自問，好好想想，到底有沒有把我當哥哥看待？」

「應該沒有。」紀洵秒答。

紀景揚：「……」

弟弟不假思索的樣子，像極了叛逆期的問題少年。

他重新組織好語言：「這就是你一聲招呼都不打，單獨跟常亦乘行動的原因？」

紀洵濃密的睫毛顫了幾下。

這事細究起來，無非就是早上出門前，紀景揚提過今天有要緊事，加之上午紀洵打電話對方沒接，他就很自覺地不去打擾了。

見他不說話，紀景揚撓撓頭：「沒有怪你的意思。只不過你對靈了解不多，常亦乘又說不準什麼時候就失控，今天你能平安無事，只能說難得運氣好了一回。」

紀洵點頭：「嗯，我知道了。」

他平靜的回應讓紀景揚無法放心。在紀景揚看來，紀洵之所以從小就懂事、不需要別人操心，全是由於他在紀家備受冷落，才會養成把許多心思都藏起來的習慣。

紀景揚思忖片刻，認為有必要盡到哥哥的責任：「你剛才跟嬰女說那些話，是同情它的遭遇嗎？」

「事情全是它自己做的，」紀洵回道，「沒什麼可同情的。」

「？」

不應該啊，紀景揚納悶地想，審訊結束前紀洵說的那番話，那誠懇中帶著一絲惋惜的語氣，都快趕上觀山的前輩教導年輕一輩靈師的樣子了，而那居然不是因為同情？

紀景揚想通了：「啊，你是故意的對不對？」

紀洵轉過頭，遞來一個困惑的眼神。

紀景揚：「你為康夢雨和徐朗感到憤怒，故意刺激嬰女，好讓它被依法超度之前的最後幾天，都活在悔恨之中！」

「……」

紀洵想不通他在紀景揚心裡到底是哪種形象，怎麼一會兒同情惡靈，一會兒又故意刺激人家，活像個精神病患似的。不過仔細一想，剛才那番話好像是說得衝動了點，不像他平時的性格。大概是第一次遇到惡靈作祟的事件，一不小心就講出了真實感想。

見他沉默不語，紀景揚更加篤定：「我理解你的感受。」

紀洵哭笑不得：「你又理解什麼了。」

「雖然你跟兩名死者不熟，但畢竟人死了，你心裡難受也是很正常的。」紀景揚拍拍他的肩膀，「人死不能復生，別太難過了。」

紀洵麻木了，他並沒有十分難過。他從小就是個孤兒，別的孩子還在父母懷裡撒嬌的時候，他就學會了接受天人永隔的事實。如今長大了，更是很難為別人的離世感到傷心欲絕。

「比起為死掉的人難過，」紀洵輕聲說，「我其實更希望『初覓』的店主能活下來。」

紀景揚頓了一下，才說：「誰不希望呢。但鄭自明應該跟你提過，她被惡靈寄生太久，就算天王老子來了也救不了她。」

話還沒說完，紀景揚就先看見常亦乘從拐角處走了出來。

常亦乘徑直走到紀洵面前，從口袋裡拿出戒指：「謝謝。」

「不客氣。」紀洵笑著接過來，重新把戒指戴上。

常亦乘沒說什麼，只用目光靜靜地打量著他。

三人進了電梯，等快到一樓時，常亦乘才忽然垂眼看向紀洵，低聲說：「你有戒指，或許能救她。」

「初覓」的店主被安排在樓上某個房間內休息。

說是休息，實際上也不過是等死罷了。特案組已經聯繫了她遠在外地的親人，病床邊懸掛的吊瓶，正在盡量延續她生命的時長，希望能讓她的家人見上她最後一面。

至於她本人……

紀洵站在床邊，蹙眉觀察床上昏睡不醒的女人。離開寄生的嬰女，虛假的紅潤臉色早已從她臉上消失。真正的店主形容枯槁，眉眼間彷彿盤旋著一層濃濃的死氣，就連呼吸聲也輕得幾乎無法聽見。

但更令紀洵感到驚訝的是，她連長相都和他白天見過的不太一樣。像，但又不完全像。

「你見到的，是嬰女與她互相融合的樣子。」紀景揚見慣了類似的情形，體貼地解釋道，「被惡靈寄生太久的身體，樣貌會慢慢發生變化，直到惡靈離體，才能變回她原本的模樣。」

紀洵：「那豈不是本來認識她的人，見了面都不知道她是誰？」

紀景揚點頭：「先不說這些了，你能治嗎？」

紀洵實在沒有把握。他得到黑霧不過一天的時間，治過最嚴重的傷就是常亦乘自己割的那一刀，剩下的，就是今晚回到觀山後，為自己簡單處理過一些小傷口。猝不及防被叫來救一個生命垂危的人，他的確沒幾分信心。

可她還沒死。

紀洵不想放棄近在眼前的生命，思考片刻後，說：「我想試一試。」

不得不說，這枚戒指治癒的效果著實驚人，紀洵調動起體內的靈力，發現幾小時前過度消耗帶來的疲累已經蕩然無存，靈力再次在他身體裡活躍了起來。

他伸出右手，將掌心貼在對方的額頭上。黑霧糅雜著些許紅光剛一出現，昏睡的女人突然劇烈掙扎，整張病床發出嘎吱作響的動靜。紀景揚連忙召喚枯榮，四散的金光將紀洵護在裡面，而紀洵則感受到了奇妙的變化，並為此驚訝了片刻。

眼前的事物全部變出了泛黃的色調，很像存放多年的老照片，但又多了分怪誕的感覺。

可他竟然並不害怕。彷彿冥冥之中存在的本能，熟練地引導他穩住心神。

一股力量在阻擋黑霧的侵入，彷彿是嬰女殘留在她體內的靈力還在負隅頑抗。

泛黃的輪廓中，紀洵終於看清了，店主左邊的太陽穴處，出現了一抹黑色的印記。他下意識動動心神，控制霧氣往那邊集中而去。霧氣宛如生出了意識，靠近後便一點點吞噬掉那抹印記。

女人掙扎得更厲害了。整個身體像一張反折的弓般折了過來，甚至很有幾分詐屍的詭異。

緊接著，她猛地彈坐起來，接連吐出好幾口黑血，然後就垂頭坐在那裡一動也不動。

紀景揚嚇了一大跳：「……不、不會直接一波帶走了吧？」

無聲的沉默在房間裡蔓延開來，只有被風吹動的窗簾還在徐徐揚起又落下。

彷彿過去一個世紀那麼久，店主終於動了。

她揚起頭，迷茫地打量過四周的擺設，憔悴的臉上滿是驚恐：「你們是誰啊？」

居然真的醒了過來。

紀洵收回手，勾起的唇角和微彎的雙眸組合出一個清淺的笑意。紀景揚激動壞了，不顧店主還在一臉疑惑的狀態，就抓住對方的雙手連聲恭喜。

而全程袖手旁觀的常亦乘，見到眼前的一幕，則慢慢地闔上了眼。

今天在幻覺裡看見的一幕再次浮現。

他面前站著一個人。那人手腕瘦削，手掌薄而白淨，無名指戴著一枚通體烏黑的戒指，將短刀遞過來的動作略顯隨意，聲音卻是笑著的：「折了你的刀，用這把賠你，行嗎？」

他想看清那人的模樣，對方偏又抬手指向他身後：「看，今晚是月圓夜。」

無需回頭，常亦乘也記得，窗外終年積雪的連綿山脈上，一輪圓月高懸在天邊，清輝明亮，將世間的一切都照出澄淨的顏色。

他卻寧願辜負那晚的月光，去看看那人的眼睛。

「你睡著了嗎？」

近在咫尺的聲音打斷了他的思緒。

常亦乘渾身一震，睜開眼，對上了紀洵那雙清澈的雙眸。

NOT A HUMAN

第五章 入職儀式

私はたぶん人ではない

私はたぶん人ではない

NOT A HUMAN

折騰了一個晚上，紀洵回到世紀家園時已接近凌晨四點。

觀山後勤部的效率確實驚人，之前慘不忍睹的樓道已經打理乾淨，連七〇二室被血手穿破的防盜門也換了一扇新的。若非親身經歷，否則很難想像這裡居然發生過惡靈作祟的事件。

簡單洗漱過後，紀洵關燈上床，他原以為事件塵埃落定肯定能馬上入睡，誰知在床上翻來覆去好半天，卻總忍不住回憶起之前的一幕。

當時場面其實相當混亂。店主一清醒，就被明顯不是人的枯榮嚇到了，紀景揚的連聲恭喜更讓她摸不著頭腦，不顧虛弱的身體就滿床找手機要報警。

紀洵轉頭想找常亦乘幫忙，結果一回頭，發現這人靠在桌邊閉著眼，完全沒關心周圍的情況。因此他就走過去問了一句：「你睡著了嗎？」

常亦乘的眼睛輪廓很鋒利，像他那把殺氣騰騰的短刀無量。

但他睜眼的剎那，紀洵從他驟然一縮的瞳孔中看到了無盡的孤寂，又沉又冷，宛如終年不見陽光的深海冰川。兩人隔得很近，紀洵的身影成了那片孤寂中最清晰的顏色。

幾秒的剎那間，紀洵竟無端地有些難過，直到常亦乘推開他走出去，都沒能緩過來。

凌晨時分，紀洵回憶起當時的感受，仍然感到不可思議。

常亦乘今天中了幻覺，出來後情緒始終不太穩定，突然間露出什麼表情都說得過去。可他怎麼也莫名難過了一場？

糾結好半天，紀洵翻過身，決定想不明白的事乾脆就先別想了。

◎

紀洵一覺睡到了中午。

難得混亂的生理時鐘，總算讓他找回了大學生寒假期間該有的快樂，他懶洋洋地挪進浴室洗漱完畢，出來點了份外賣。外賣送達的時候，昨天上午去店裡訂的新電腦也送到了。

吃過飯，紀洵就坐到客廳書桌前，幹起了大四生該幹的正事。

論文提綱早就刻進了他的記憶裡，沒過一會兒，鍵盤聲就時快時慢地響起。

再回過神來，夕陽的餘暉潑灑在白牆上。

紀洵揉揉後頸，吸取教訓，特意將文檔上傳到網路雲端上保存，才下樓解決今天的晚飯，順便再去超市買點食材。結果還沒走到超市，紀景揚就打了電話過來，叫他去一趟觀山。

紀洵心裡震了一下，以為他把店主治出問題來了，謹慎詢問：「出了什麼事？」

「沒出事。」紀景揚語氣還算正常，「電話裡說不清楚，反正你來就是了。」

換作以往，紀洵根本無法想像，短短兩天裡他會頻繁出入觀山的辦公大樓。

按照紀景揚事先提供的消息，他徑直搭乘電梯上了五樓。

觀山的辦公大樓不高，地面上總共只有五層。來到頂樓後，紀洵放眼望去，發現樓道間的裝飾比其他幾層多了分肅穆感，懷疑這裡也跟其他公司一樣，越是高樓層就越接近公司核心管理層。

紀景揚站在走廊裡等他：「這邊。」

紀洵加快步伐過去，開口先問：「『初覓』的店主還好嗎？」

「好得很。上午鄭自明代表特案組過來，跟她說明了前因後果。她其實迷迷糊糊也有點印象，記得自己半年前不小心掉到井裡，看見了一具穿紅裙的骷髏，後來的事她就記不清了，這也很正常，被惡靈寄生都會變成這樣。人算是被你救活了，就是身體虛弱，已經轉去普通醫院治療了。」紀景揚換了口氣，又說：「提醒你一句，做好心理準備。」

說完，也不等紀洵搞清楚該做哪方面的心理準備，就推開了面前那扇沉重的木門。

然後紀洵就愣住了。

裡面的陳設只是間普通的會議室，但坐在會議桌前的兩個人則完全超出了他的想像。第一位是個戴眼鏡的年輕男人，一身剪裁精良的羊毛大衣打理得極其工整，有種放在金融公司都不落下風的精英風範。紀洵認得這人。

屈簡，出身於紀家的旁支，傳聞是年輕一代裡最優秀的靈師。具體有多優秀他也不清楚，反正以前紀景揚是這麼說的。

不過此時此刻，屈簡並不重要。重要的是他身旁那位滿頭銀髮、身穿紫色外衣的女性。

——紀家現任當家，紀秋硯。

按輩分來算，紀洵該叫她一聲高祖母。紀洵三歲那年第一次見到她，轉眼便過了十八年。多年之間，紀秋硯的容貌沒有發生任何改變，儘管頭髮白如冬雪，臉上卻沒有一絲皺紋。如果戴上帽子，想必會被人當作四十出頭的優雅女士。但只要再看看她的眼睛，就會收回之前的想法。

普通人哪怕活到七、八十歲，也無法像她那樣流露出看盡生死再歸於平靜的眼神。私底下經常有人議論，紀家的老太太是否擁有不老不死之身。

紀老太太常年住在老宅，深居簡出很少露面，今天忽然出現在觀山的辦公大樓，還特意把紀洵叫來見上一面，難怪紀景揚事先提醒他要做好心理準備。

紀洵還有點懵懵懂懂。幸好紀景揚及時從背後輕輕推了他一下，示意他往前兩步，他便走到會議桌前，禮貌地問：「您找我？」

紀秋硯笑道：「好孩子，站過來讓我看看。」

紀洵只好繞過會議桌，站到老太太面前。他以前從未跟紀秋硯如此近距離地接觸過，不清楚這老太太有著怎樣的性格，就只能低垂眉眼，任由她看著。

「手伸出來。」紀秋硯說。

紀洵猜到紀秋硯到底想看什麼，便伸出戴著黑玉戒指的右手。

紀秋硯把手搭了上來。光看手，也知道紀秋硯是位養尊處優的老太太，除了指腹有些薄繭以外，剩下便是溫潤細膩的觸感。

紀秋硯不動聲色，雙手摩挲過紀洵的手背。紀洵感覺到一陣微涼的氣息，自手背穿透到掌心，再從他的右手內部舒緩地往上，最後停留在無名指處迂迴探尋。

紀景揚在旁邊伸長脖子，暗自為紀洵捏了把冷汗。

被惡靈長期寄生的人，能救回來的屈指可數。以往的倖存者裡，寄生時間最長的也就兩個半月，根據嬰女的交待，她從去年夏天就寄生到「初覓」店主身上，無論怎麼想，店主都是必死無疑才對，可偏偏被初出茅廬的紀洵治好了。

正因如此，才驚動了已經很少露面的紀老太太。

紀景揚看出紀老太太這是在用靈力試探紀洵，卻看不出這到底是何用意。

戒指是從嬰女那邊得來的靈器，按照規矩，靈器被誰撿到就歸誰，所以他倒不擔心老太太要求紀洵把戒指充公，但就怕戒指有什麼問題連累了紀洵。

所幸一刻鐘後，紀秋硯收回靈力：「坐吧。」

紀洵聽話地回去坐下，沒打算察言觀色、揣測對方的心意。老太太比他年長一百歲不止，要是心中想法能被他看出來，那人家這麼多年豈不是白活了。

坐下來後，老太太身邊的屈簡終於開口：「聽說你最近正在找工作？」

紀洵：「……」

這人誤打誤撞，居然說出了和徐朗死前相似的臺詞，搞得他很怕屈簡突然「咻咻咻」地朝他扔來一堆Ａ４影印紙。

「依我看就別找了。」屈簡沒等他回答，直接說，「來觀山。」

紀洵一愣，倒是旁邊的紀景揚立刻面露喜色，彷彿隨時能跳起來為他祝賀。

但紀洵果斷道：「不好意思，我只打算當個獸醫。」

屈簡從善如流：「觀山不禁止靈師閒暇的時候做點無關緊要的副業。」

紀洵聽懂了。其實可以理解，古往今來，多少家族的後人都沒有自主擇業的權利。以前他能置身事外，全是因為他體內靈力無法使用。現在靈力活過來了，紀家要求他進觀山也是情理之中。

聽屈簡的意思，做了靈師也不妨礙他以後兼職做獸醫，是還算滿人性化的規定。不過他做為普通人生活這麼多年，潛意識裡還是不想涉入太深，但這次「內部招聘」驚動了紀老太太出馬，就是不容他拒絕的意思。

紀洵想了想：「我沒有靈，怎麼做靈師？」

屈簡回答得輕巧：「找一個就行。」他推了下鼻梁上的鏡框，「觀山到時會安排人跟你一起行動，不會讓新手出事。」

倒也不是不行。紀洵暗自琢磨著，既然和善靈共生，是要人與靈雙方達成共識，到時候他來者皆拒，或許就能穩住廢物人設，直接被掃地出門。

這樣一來，必須找個信得過的靈師搭檔才行。紀洵下意識望向紀景揚，不料屈簡卻直接建議：「你對這行接觸得晚，理應得到照顧，找個認識的人也好。我看，就讓常亦乘陪你？」

也行。常亦乘雖然情緒不夠穩定，但勝在能打，而且不像會打小報告的人，確實是值得一抱的好大腿。

紀洵答應下來：「最後一個問題。」

屈簡：「說。」

紀洵：「進你們公司，不會耽誤我寫論文吧？」

屈簡的精英臉孔出現了崩裂的跡象，他掐住虎口，緩了緩才說：「論文、答辯、畢業典禮，都不會耽誤，保證你能順利拿到文憑，行嗎？」

紀洵彎起眼笑：「謝謝，那我就放心了。」

一切談妥後，紀老太太讓紀洵去樓下等著。

她單獨把屈簡留下來，不慌不忙地品起杯中的茶水，似乎有話要交待。屈簡不敢催促，只能安靜地等著。

等半杯茶水見底，紀秋硯才緩聲吩咐：「查查近期哪裡有靈出沒，你也跟去，但不要驚動紀洵他們。」

屈簡不以為意：「他荒廢那麼多年，就算靈力復甦，又能有多大的本事，何必麻煩您這麼費心。」

紀秋硯輕輕撥了撥茶蓋。屈簡眼中閃過一絲驚恐，連忙開口：「我會保護好紀洵的。」

「不，給我盯緊常亦乘。」紀秋硯說，「謝家常年在北邊活動，他們當家的無緣無故介紹晚輩來濟川長住，我對他不放心。」

更何況……

紀秋硯再次端起瓷杯，借飲茶的動作，蓋過眼中浮現出的算計。

她活了一百多年，從沒聽說過，謝家出過什麼姓常的旁支。

◎

紀洵告別紀景揚，在大廳裡等了一會兒，等來了神態高傲的屈簡。

他無奈地嘆了口氣，如果能選擇的話，實在不想跟屈簡私下接觸，畢竟以往每年在老宅碰到，屈簡就沒給過他好臉色。

談好入職，接下來就該辦入職手續。

紀洵原本只當這是學神對學渣的鄙視，但後來紀景揚告訴他：「屈簡還沒學會說話，就找到了第一個共生的靈，那時人人都誇他是千載難逢的天才。」

屈家只是紀家的旁支，人少、實力也不強，但偏偏這一代出了個屈簡，連帶著他全家都威風了起來。結果好景不長，屈簡七歲那年，紀洵的母親懷孕了。

曾祖父一番吹捧，讓還未出生的紀洵被寄予厚望，也讓那段時間的屈簡如履薄冰，唯恐幾個月後會被紀洵取代天才的位置。

這一切，在紀洵出生後劃上句號。

——不過是個廢物而已。屈簡在紀老太太面前不慎說出的話，正是他心裡對紀洵的真實評價，他就是打從心底瞧不起紀洵。

兩人一路無話。紀洵不了解觀山的樓層構造，只能安靜地跟屈簡走進電梯。

漫長的幾分鐘過去後，電梯門打開了。若非親眼所見，紀洵很難相信鬧區的地底，居然隱藏著如此特別的場所。

不像辦公大樓的地下室，反而更像通往古墓的幽徑。走廊兩邊的牆面上，連綿不斷地描繪著靈師與惡靈戰鬥的場景，即便紀洵從前對此一竅不通，等他一幅幅看過去，也能領會到其中的慘烈與悲壯。

長達數百公尺的通道走完，場景突然開闊。他們眼前出現了一座高聳的石碑，石碑之高，竟是一眼望不到頭。紀洵仰頭望去，只見深色碑身上流動著無數個閃爍的篆書文字。在昏暗的光線下，乍看宛如夜空中忽閃的群星。

屈簡聲調平緩：「古往今來，所有靈師的名字都在上面。」

他這句話說得很小聲，好像不敢驚擾那些長眠的靈師一般，聽得人不自覺地放輕了呼吸。

紀洵的目光一行行掃過那些流動的名字，發現其中有許多人的姓氏，都不是紀、謝、李三姓的任意一個。

「那些都滅族了。」屈簡說，「把手放到碑上，等你的名字出現，就意味你成為觀山的一員。」

紀洵一步步走到碑前，剛要抬手，內心忽然湧現出強烈的疑惑。他停住動作，側過臉問：「把手放上去，得到石碑的認可就能成為靈師？這是誰定的規矩？」

清冷的音調在空曠的環境裡響起，產生了層層蕩開的回音，像一句句平靜卻不滿的質問。

屈簡低聲回答：「當然是天道。」

紀洵睫毛顫動幾下，內心的疑惑更深。他說不清那些疑惑源自何處，彷彿身體本能的抗拒一般，不斷對面前這種不合常規的「入職手續」產生了越來越多的訝然。

「天道憑什麼決定這一切？」紀洵認真地問。

屈簡冷笑一聲，以前他怎麼沒看出來，這除了臉以外一無是處的廢物，居然還挺有反骨精神的。他取下眼鏡，用力揉捏眉心：「我只告訴你一句話。」

「嗯？」

「加入靈師一行，就必須遵循天道而為。天道是世間萬物的規則和道理，不能忤逆。」

紀洵嘗試解讀他的意思：「所謂天道是一種無形的力量？古時候的靈師，就是一步步揣摩它的意思，然後定下這些規矩？」

屈簡咬緊牙關，要不是今天紀老太太指名要紀洵加入觀山，他現在就想動手收拾紀洵。罷了，別跟廢物認真較勁。

「你喜歡這樣理解也行。」屈簡翻了個白眼，「快點把手放上去，我還有事，沒功夫陪你囉嗦。」

紀洵只好表示：「那我試一試吧。」

他習慣性地伸出右手，輕輕觸碰碑身。一秒、兩秒、三秒……

半分鐘過去了，紀洵問：「不好意思，請問要放多久？」

屈簡雙手抱懷，眉頭緊鎖。從他牙牙學語時、成為靈師至今，從來沒遇到過這種情況，但凡體內有靈力的人，誰的名字不是轉眼就出現了？

見他不說話，紀洵只好自作主張，決定換成左手試試。

石碑依舊毫無反應。

不知不覺間，屈簡皺緊的眉頭漸漸舒展開來。

幼年時，因為紀洵得到的那句「天縱奇才」的判詞，屈簡整整體會了長達十個月的焦慮，害怕被人超過、害怕不再受到重視、害怕父母對自己露出失望的眼神。當得知紀洵體內的靈力活過來時，屈簡再一次感受到了曾經的恐慌。但目前看來，紀洵似乎得不到天道的認可，那麼就注定無法成為靈師，哪怕他靈力再強也無濟於事。

很好，這才該是廢物應有的結局。

屈簡重新戴上眼鏡，語氣恢復了平緩：「算了，你回來吧。」

話音未落，石碑驟然迸發出一片耀眼的光芒，橫掃過昏暗的空間。

紀洵被那片光照得眼花，下意識抬手一擋，等再把手放下時，就看見「紀洵」二字從碑身冉冉升起，再匯入繁星般躍動的文字中消失不見。

「……」紀洵一時無話可說，敢情剛才是網路延遲？

他回過頭，捕捉到屈簡眉眼間沒來得及收起的遺憾，無所謂地笑著問：「這算是辦完手續了嗎？」

屈簡「嘖」了一聲，掉頭就走。等回到一樓大廳，屈簡才不冷不熱地掏出手機：「開藍牙，我分享一個APP給你。你還在試用期，等找到共生的靈後，可以從上面接單。最近沒事的話，多讀讀靈師一行的規則，免得以後再鬧笑話。」

紀洵欲言又止，止言又欲。屈簡不耐煩了：「又怎麼了？」

「就，我們剛辦完那種弄神弄鬼的入職手續，」紀洵為難道，「你突然跟我說APP，會不會有點跳Tone？」

屈簡：「……」

他深吸一口氣，怒吼道：「與時俱進懂不懂！」

紀洵安裝好名為「觀山文化」的APP，沒有馬上回家，而是出門右拐，走進了附近一家咖啡店。紀景揚跟他約好，等辦完入職手續就在這裡碰面。

這家咖啡店生意不太好，放眼望去只有身穿花襯衫的紀景揚一位顧客，紀洵在吧台點完單，徑直走過去坐下。

「搞定了嗎？」紀景揚見面就問，等聽完紀洵的轉述，便直接當場愣住。

直到咖啡送上來，他才拍桌大笑：「屈簡當時的臉色很難看吧？他那麼循規蹈矩的人，說不定會把今天的事當作他人生道路上的一個汙點，以後見你一次翻一次白眼。」

紀洵納悶：「你們難道不覺得那個入職儀式很奇怪嗎？」

「靈師本來就是一種奇怪的職業，我們在家耳濡目染，早就習慣了。」紀景揚笑著說，「屈簡雖然人不怎麼樣，但他確實沒騙你。」

就像現代社會需要法律的限制，世間萬物的發展也自有天道約束。人們常說善有善報、惡有惡報，實際上也是天道的其中一環，否則人人都只憑心情行事，世界早就大亂了。

靈師體質特殊，就更該將天道奉為鐵律，時刻警醒自己。屈簡做為一名優秀的年輕靈師代表，當然會為紀洵的無知而震怒。

到底還是吃了沒文化的虧。紀洵輕聲說：「我之前不懂，真的不是故意要氣他。」

紀景揚好心安慰：「從小他給過你多少臉色看，一報還一報嘛。而且這事你也別太往心裡去，反正最後名字寫上了，過一陣子等你找到共生的靈，就是正式靈師了。」

提起找靈，紀洵就憂心忡忡地抿了下唇角，他把自己的消極怠工計畫全盤托出，詢問道：「你覺得可行嗎？」

紀景揚斂起笑容，張口想勸幾句，最後卻只能咽回去。他多少可以理解，紀洵對靈師、紀家、觀山，都沒有他們那樣的歸屬感。這些年來，紀洵以普通人的身分在正常的世界長大，縱使今天紀老太太露面、表現了對他的重視，多年被冷落的隔閡卻並非短期內就能消除的。

末了，紀景揚只能給出模棱兩可的答案：「不一定。」

能夠共生的靈和靈師，兩者間必定擁有某種默契。一旦與紀洵匹配的善靈察覺到他的靈力存在，哪怕紀洵不主動，靈也會找上門來。紀洵能拒絕一次兩次，倘若次數多了，難免會引起觀山的注意。

「何況如今靈師人少，靈卻很多。」紀景揚解釋道，「觀山每年都有靈師在外巡遊，尋找即將消亡的靈。一旦有所發現，就會通知大家去找它。」

像紀洵這種沒靈伴身的新人，肯定不能不去。

紀洵默默喝起咖啡，心想這算不算集體尋寶活動。

「那巡遊靈師的判斷標準是什麼？」他放下咖啡杯問。

紀景揚說：「靈快死的時候，附近會發生怪異的環境變化。」

舉個最簡單的例子，就是向來風調雨順的富饒之地，忽然遭遇持續數個月的乾旱。

紀景揚：「古時候不懂的人以為是山神震怒，綁了活畜、甚至是小孩扔進山裡，祈禱能夠平息山神的怒氣。」

紀洵心領神會：「其實是山裡有靈快死了？」

紀景揚點頭：「但找到靈的人，並不代表能與之共生。」

正因如此，但凡哪裡發現了有靈快要隕滅的跡象，就會有許多靈師從四面八方趕過去，衡量自己與對方的默契度。

但還有一點，紀洵沒弄明白：「如果有兩人同時選中了一個靈，而靈反選了其中一位，那剩下的那個人，不會因此記恨，殺了對方把靈搶過來嗎？」

他本來是出於好奇隨便問問，不料紀景揚臉色猛地一變：「千萬別打這樣的主意。」

店內舒緩的音樂流淌在四周，充足的暖氣也惹人犯睏，服務生遠遠靠在櫃檯邊，打起了哈欠。十分閒適的氛圍，卻被紀景揚接下來的話清理得一乾二淨。

他說：「靈師入行第一條規矩，殺人奪靈，有違天道，死無葬身之地。」

紀洵心中一震。

既然紀景揚說得如此確切，難道以前……果真發生過殺人奪靈的事？

晚上十點多，兩人在咖啡店外告別。

世紀家園跟紀景揚家在完全相反的方向，紀洵婉拒了紀景揚送他一程的提議，見路邊不好叫車，就一邊研究觀山文化APP，一邊往捷運站走去。

APP設計得很古樸，就是下面一排很有現代風格的區塊名稱，打破了UI呈現出的氛圍感，顯得有點不倫不類。

紀洵強忍住吐槽的欲望，不斷默念著「與時俱進」。一眼掃過去，發現共有五個區塊，分別為「個人資訊」、「資料庫」、「行規」、「任務」和「積分榜」。

除了個人資訊以外，資料庫裡記載了有史以來所有善靈與惡靈的特徵，行規就是屈簡要求他牢記於心的靈師準則，這兩項內容繁多，只能以後再慢慢研究。

紀洵先點進任務區域，裡面幾乎每過四、五分鐘，就會出現一條新的任務資訊。

他移動手指點開第一條，發現是外地一家私立醫院有死者詐屍，資訊介面下方分別有「接單」和「分享」兩個按鈕。紀洵還不算正式靈師，他的接單按鈕是灰色的，根本點不動。等他再刷新一次，介面就出現了已有靈師接單的標注。

他大致往後瀏覽幾頁，綜合下來發現惡靈作祟通常發生在深夜，白天很少能見到，他這時正好撞上了高峰期，而且APP裡匯聚了全國各地的資訊，才導致版面內容一直在更新。

除此以外，有些棘手的任務也會放置很久，多半要等厲害的靈師、甚至觀山出面組織，才能想辦法解決。

看得差不多了，紀洵切換到積分榜。結合前面的任務區域，稍微玩過遊戲的人就能馬上看懂，靈師完成任務後可以獲得相應的積分，觀山為了鼓勵大家的積極性，還專門為此搞出一個貢獻排行榜。

包括紀洵在內，所有存活於世的靈師名字都在上面，總共四百七十六人。高懸在第一名的就是他兩小時前剛見過的紀老太太，往下則分別是姓謝和姓李的兩位當家。

聽說這三位大師現在已經不太出手了，照理說排名不該這麼高。如此看來，積分榜恐怕早在手機發明以前就已經存在，只不過隨著時代更新，換成了另一種更方便直觀的方式來記錄大家的貢獻。

紀洵認識的靈師不多，翻到二十三名時停了停，一眼掃過屈簡的名字，就繼續往下滑。直到他翻累了，才終於在三百多名的序列看見了紀景揚。

紀洵驚訝地瞳孔震動。紀景揚都排到三百多名了，竟然還沒刷到常亦乘的名字？

不會吧，他眨了下眼，索性跳轉到最後一頁，首先毫不意外地看見自己排在倒數第一，然後繼續往上看了幾眼，終於找到常亦乘了。

倒數第十。

「……」

這資料是不是有Bug，以常亦乘的身手怎會淪落至此。

紀洵一頭霧水地點進去，接著就明白原因了。常亦乘註冊成為靈師的時間還不滿一年，而且那幾項任務列表後面，都註明了「輔助完成」四字。

紀洵想起紀景揚說過，世紀家園那次，就是他先接完單再問常亦乘要不要一起。也就是說，這人從來沒有主動接過任務。加上他入行不久卻惡名遠揚，除了沒心機的紀景揚以外，恐怕沒幾個人敢找他搭檔。

紀洵得出結論，剛要退出APP，就迎面撞上了一個人。

「不好意思。」他連忙道歉，不料一抬眼，先看見與他視線齊平的黑色頸環。

常亦乘垂下眼眸：「沒事。」

紀洵收起手機，見他拎著不遠處一家便利商店的塑膠袋，便問：「出來買東西？」

常亦乘點頭，看不出來心情如何，但總給人一種低氣壓的感覺。難道昨天幻覺的負作用那麼大？

「你還好嗎？」紀洵輕聲問，「要是還難受，我可以試試用戒指幫你治療。」

常亦乘皺了下眉，沒說需要還是不需要，只是看了他一眼，轉身走到路邊的長椅坐下，從塑膠袋裡拿出一盒加熱的炒麵，撕開包裝。戶外風大，炒麵的熱氣轉眼就被吹散，不過他吃得也快，囫圇幾下就咽進去半份。

他動作俐落，吃相並不難看，但紀洵沒來由地感覺這一幕有些眼熟。

好像曾經也有誰坐在他面前，餓了很久似的，吃飯吃得又急又猛，看得他都擔心那人會噎到。可任憑他絞盡腦汁，也死活想不起來那是誰，難道是上學時在食堂見過這樣的人？

一股來自靈魂深處的本能，促使紀洵下意識開口勸道：「誰教你這樣吃東西的，吃慢一點，這裡沒人跟你搶。」

話剛說出口，他就後悔了。

因為常亦乘猛地抬起頭，目光沉沉地望向他。

那一瞬間，紀洵神經一顫。他又從常亦乘的眼睛裡看到了那片孤寂的冰川，只是這一次，冰川之中彷彿多出了耀動的火光，隨時能迸發出來，將他燃盡。

男人的喉結急促地滾動幾下，愕然半晌，才啞聲問：「你剛才，說什麼？」

「沒什麼，你當我隨便說說就好。」

紀洵驟然緊張起來，琢磨不透剛才是怎麼想的，為何會衝動地脫口說出那樣告誡的話來？這話對小孩說也就罷了，哪能跟一個成年人講，實在很不禮貌。

然而接下來，常亦乘竟當真放慢了速度。

紀洵莫名有點愧疚，這不該是報答救命恩人的方式。他沉思許久，等常亦乘把空盒扔進垃圾桶時，走上前說：「我今天加入觀山了，他們說讓我以後跟你一起行動。要不然我去說服七〇一室的房東，讓你早點搬家，也方便我們來往？」

常亦乘沒吭聲，低頭一言不發地看過來，藏在陰影裡的手指微顫。

被比自己高出半個頭的男人垂眼注視著，紀洵平白感受到巨大的壓力，清清嗓子問：「還是說，你不租那間套房了？」

靜默幾秒，常亦乘錯開視線，忽地低聲笑了一下：「謝謝。」

他一笑，紀洵就想起他在雜貨店揮刀亂砍嬰女的畫面，驚得腦子也跟著一抽：「不客氣，倒數第一和倒數第十，本來就該互相幫助。」

常亦乘：「……？」

深夜寂靜的街道，常亦乘站在樹下，聽紀洵在旁邊跟房東用手機溝通。

「嗯，樓下徐先生遇害，六〇一室的住戶也搬走了。是啊，兩層樓只有我一個人住……您說得對，找個朋友住在對面，我晚上在家也不用那麼害怕。」

「我朋友是做什麼的？」紀洵側過臉來，目光反復在他身上掃視幾下，一本正經地胡說八道，「專業武術運動員。」

常亦乘：「……」

那邊大概成功被他亂編的頭銜說服，很快紀洵便彎起眼笑：「好，謝謝您。」

聽上去像是搞定了。掛掉電話，紀洵說：「房東人蠻好的，聽說了社區情況後，就願意提前把房子租給你幫我壯膽。一個月九千元，按季度支付，合約委託給樓管代簽，沒問題的話，可以先拍一張身分證發過去。」

常亦乘回憶幾秒才說：「身分證放在公司。」

「那之後再說吧。」紀洵看了看時間，「我要去趕末班捷運了，你打算哪天搬來？」

「明天。」

「好，房東在樓管那放了把鑰匙，明天我帶你去拿。」

捷運站入口就在幾公尺外的地方。常亦乘轉過頭，看著紀洵的身影逐漸遠去，直到他站上手扶梯，徹底消失在視野範圍之後，依舊一動也不動地愣了許久。

直到一輛救護車呼嘯而過，將他的意識重新喚回，常亦乘才從口袋裡摸出手機打開。

他的手機很不符合當代年輕人的風格，裡面的應用程式屈指可數，最顯眼的，就是單獨放在一頁的觀山文化APP。常亦乘將其點開，翻到積分榜的最後一頁，微涼指腹輕輕觸碰過紀洵的名字，眉間的溝壑更深一層。

出身於紀家、神似但不完全相同的相貌、能將黑霧化作戒指救人，還有剛才不經意說出的帶了點訓誨意味的話……

記憶裡的眼睛，又和紀洵的眼睛重疊在一起。

常亦乘頸間的符文隱約現形，他彎下腰，撐住額頭的手背骨節屈起，牙齒用力咬緊嘴唇，直到腥甜的鮮血味滲出，才勉強把體內的躁動鎮壓了下去。

如果紀洵當真是幻覺中見到的那個人，那這些年究竟發生了什麼事，他的名字為何也能上榜？

一大早，紀洵就被敲門聲吵醒了。

他睜開眼盯著天花板回了一會兒神，才坐起來揉揉睡亂的頭髮。經過客廳時，順手披上昨天扔在沙發上的外套，走到玄關看了電子門鈴一眼。

常亦乘面無表情地站在門外，腳邊只放了個行李箱，好像就已經是他全部的家當。紀洵萬萬沒想到，居然有人搬家如此積極，才早上八點就到了。

他無奈地打開房門，轉身往浴室走：「等我十分鐘，再帶你去拿鑰匙。」

常亦乘「嗯」了一聲，猶豫了一下，選擇靠在門邊等他。

到了大樓管理室，紀洵向樓管說明來意。房東提前向對方打過招呼，樓管便拿出保管的鑰匙和準備好的合約書：「麻煩出示一下身分證。」

常亦乘可能沒在外面租過房，不知怎麼想的，直接把身分證遞給了紀洵。

「……」紀洵只好接過來轉交給樓管，遞過去時不小心瞄到了一眼。

除了沒戴頸環以外，身分證上的照片跟常亦乘本人相差不大，可見長相英俊的人是不會被派出所的拍照技術拖後腿的。

直到此刻，紀洵才知道常亦乘的具體年齡，比他大兩歲，一月一日出生，剛滿二十三歲不久。紀洵心想他在元旦過生日，真是想忘記都難，然後就聽見登記資料的樓管笑著閒聊問：「常先生是晉州人？」

「嗯。」

「來濟川多久了？」

「半年。」

樓管看出他是個不愛聊天的人，就沒再繼續攀談。倒是紀洵詫異地挑了下眉。離開管理室後，他好奇地問：「謝家的靈師通常都住在晉州，你怎麼會來濟川？」

不料常亦乘卻否定道：「我不是謝家的。」

紀洵愣了愣，他分明記得紀景揚說過，常亦乘是謝當家介紹進入觀山的。靈師一行只剩最後三脈，常亦乘明顯不是紀家的人，又說自己並非來自謝家，剩下就只有靈師人數最少的李家，可李家並不住在晉州。

紀洵絞盡腦汁也沒想通其中緣由，常亦乘接著又淡聲回答他剛才的問題：「我來濟川，是為了找人。」

一陣凜冽的寒風吹過，刮落枝頭搖搖欲墜的枯葉。紀洵隔著那些紛紛揚揚的落葉，抬眼望去：「找到了嗎？」

常亦乘抿唇靜了幾秒，才轉頭望向另一邊：「不確定。」

被風托起的樹葉終於落了地。黑衣青年站在一片蕭瑟的景色中，瘦削的下頜線繃緊，視線不知落在哪裡，無端讓紀洵心裡悶得發慌。

紀洵很輕地眨眨眼睛，有些納悶。他這幾天是怎麼了，以前也沒發覺自己擁有如此強大的情感共鳴能力，莫非這也跟靈力恢復有關？

「既然說不確定，就代表有線索了？」最後他勉強扯出一絲笑容，「祝你早點找到那個人。」

常亦乘深吸一口氣，聲音很低：「嗯。」

做為世紀家園的老住戶，接下來的幾小時，紀洵帶常亦乘在周圍熟悉了一圈環境，順便買了些生活必需品。中午由他做東，在社區外一家餐廳吃完了午飯。

回到家後，紀洵開門前，扭頭看了眼七〇一室門前那一大堆剛買好的東西，友好地問：「需要我幫忙整理嗎？」

常亦乘搖了搖頭。

「那你加油。」紀洵指了下自家的防盜門，「我這幾天都在家寫論文，有事可以直接找我。」

常亦乘應了聲「好」。

結果轉眼一週過去，紀洵開學提交了論文初稿，他也沒來敲過門。

大四下學期，名義上已經找到工作的紀洵不用天天去學校，中途去找導師溝通過一回論文意見，就回家繼續修改論文。有時候出去散步或購物，也沒跟常亦乘打過照面。

觀山文化APP的積分榜上，常亦乘還停留在倒數第十的名次，任務積分始終沒更新過，眼看就快被倒數第九的仁兄彎道超車。紀洵不由得感慨，還真是一心一意到濟川找人。不過同樣掛名、在觀山摸魚的他，也沒資格評論別人就是了。

風平浪靜的日子，在不久後的某天傍晚被打破。

當時紀洵剛洗完澡，頭髮還沒吹乾就接到了一通電話。來電的號碼他沒有保存過，卻自動顯示「觀山文化有限公司」，他滑開接聽，手機那頭響起略有幾分失真的電子音：「紀洵？」

「是我。」紀洵問，「你是誰？」

電子音根本不回答他的問題，只宣布道：「懷疑有靈即將消亡，請立刻前往社區正門準備出發。」然後通訊就中斷了。

紀洵：「？」

你們公司的出差通知還能再更隨便嗎？哪個靈要死了，善靈還是惡靈，它在哪裡，它還能撐多久？

就在他滿頭問號的時候，安靜多日的門鈴終於響了起來。

一開門，常亦乘站在外面：「走嗎？」

問得十分直接，顯然也收到了通知。

紀洵見他揹了個背包：「是出遠門嗎，還需要帶行李？」

「……」常亦乘看了他一會兒，才問，「你沒看手機？」

紀洵愣了剎那，恍惚間想到了觀山文化APP，猜測位置多半是通過程式直接發送。

既然常亦乘跟他同路，目的地在哪就不是當務之急。紀洵返回房間拿出行李箱，隨意收拾了幾天的行李，一股腦地全塞進去。他跟在常亦乘身後搭乘電梯下樓，走到社區大門外，看見一輛停在路邊的白色商務車正打著雙黃燈。

司機探出頭來，不耐煩地招了招手，那人竟然是屈簡。由此可見，觀山人手有多麼不足，連年輕靈師裡的傑出代表都逃不掉兼職司機的命運。

紀洵半是驚訝半是疑惑地上了車，才總算有空看手機。APP介面自動彈出一張地圖，地圖標記的紅圈位置，是距離濟川市九百多公里遠的望鳴山。

紀洵的第一反應，是覺得這座山的名字很奇怪。望和鳴組合在一起，分辨不出是什麼意思，而它整體連起來的諧音則很像「望冥山」，未免也太不吉利了。

沒等他理清頭緒，屈簡就說：「從濟川過去沒有直達航班，坐高鐵更方便。票已經買好了，晚上七點啟程，你們到那邊差不多凌晨一點左右。從當地高鐵站坐夜班臥鋪巴士到望鳴鎮下車，記得別睡過頭，到時會有人接應你們。」

他說話的時候，紀洵已經用導航程式估算了一下路程，發現這趟旅途起碼要耗費十幾小時，才能抵達望鳴鎮。紀洵斟酌道：「這麼遠，等我們趕到的時候，靈會不會已經去世了？」

話音未落，屈簡嗤笑一聲。他掀起眼皮瞄向後照鏡，很想譏諷幾句，結果偏偏撞上常亦乘眼中的凌厲寒光，帶了點看他不爽的陰冷色調。

屈簡沒跟常亦乘打過交道，但短短半年內，他也從其他靈師口中聽說過謝家送了個瘋子來濟川的傳聞。他暗自冷靜了一下，心想自己高居靈師積分榜，前途無量，用不著跟一個瘋子和一個廢物逞口舌之快。何況按照紀老太太的囑咐，此行他需要暗地裡跟蹤紀洵他們，行事理應低調，沒必要太早引起對方的不滿。

屈簡換上平靜的語氣：「如果沒有外因傷害，只是注定的命數將至，那麼靈跟人不同，它們的彌留期會有好幾個月。」

所以區區半天的行程，根本耽誤不了正事。為了避免紀洵再拿基礎常識來煩他，屈簡乾脆一口氣把該交待的全交待了。「巡遊靈師只能根據當地異變，推算出靈出沒的大致範圍。它具體藏在望鳴山的哪片山頭，只能等你們到了之後再慢慢查找。還有，觀山向來提倡資訊共用，其他地方肯定也有靈師收到消息。當心點，別被人搶先了。」

紀洵表面誠懇道謝，內心毫無起伏。他只打算湊個集體尋寶活動的人頭，倘若有人能率先和靈共生，對他而言反倒能省去許多麻煩。再說望鳴山的靈，也不一定跟他合拍，此次出行全當去見見世面就可以了。

十幾分鐘後，高鐵進站口近在眼前。紀洵忽然想起另一件重要的事：「既然巡遊的靈師無法確定它的具體方位，那麼他們沒見過它，怎麼確定它是善靈還是惡靈？」

商務車緩緩停靠在路邊。

「它對人類懷抱善意或者惡意，就要麻煩你們找到它，再自行分辨。」屈簡轉過頭，食指勾下眼鏡，「祝兩位好運。」

紀洵恍然大悟，原來不是集體尋寶，是聚眾開盲盒。

◎

從前紀洵常聽紀景揚說，做靈師一行，風險雖大，收益卻高。

紀洵並不清楚靈師的具體收益，只知道他自己未滿周歲時，父母就雙雙死於惡靈之手，留下的遺產也足夠供他衣食無憂地生活到現在。

他入職只簽了份應付學校的表面合約，暫時也沒領過工資，今天總算先從出差待遇裡，感受到了觀山文化的闊綽。

五個多小時的高鐵而已，居然為倒數第一與倒數第十買了兩張商務艙臥鋪車票。車廂裡有兩名先前上車的乘客，看起來像一對情侶，見他們兩人進去，客氣地打了聲招呼。

紀洵性格還算平和，坐下來跟他們隨便寒暄幾句，一回頭，就看見常亦乘從外面洗漱回來，一言不發地去上鋪睡覺了。

情侶裡的男生咋舌：「你朋友好酷啊，從見面開始一句話也不說。」

紀洵笑了笑，套用紀景揚當初的臺詞：「他不太愛說話。」

男生點頭表示理解，便跟女朋友湊在一起用平板電腦看綜藝去了。

七點剛過，紀洵完全沒有睡意。他坐在下鋪，先上網查了下望鳴山的資訊。

望鳴山頂峰約四百多公尺高，位於望鳴鎮境內，山上植被茂盛，夏可避暑、冬可賞雪，風景秀麗宜人，只是礙於各方面因素限制，一直沒能妥善開發。直到去年，有位祖籍望鳴鎮的富商回饋家鄉，決定斥巨資在山上修建一處度假酒店，以此帶動周邊的旅遊發展。

這原本是件造福當地的好事。眼看酒店修到一半，怪事卻毫無預兆地發生。

望鳴山的氣候突然變了。

往年冬季總是白雪皚皚的山上，不僅沒下雪，氣溫還始終維持在二十度以上。等到元宵節過後，各地開始回暖，它又驟然下了一場大雪。

到這裡為止，大家都以為是普通的氣候異常，誰知前幾天雪剛化完，望鳴山直接入夏了。

當地人在網路上議論紛紛，懷疑會不會是修建酒店時，不小心挖斷了什麼不該挖的，才會招來四季紊亂的異象。

換作濟川這樣的大城市，如此奇觀肯定早就被網友們送上熱搜了。可惜望鳴鎮是個不出名的小地方，除了住在這裡的居民討論熱烈以外，並沒有引起多少輿論關注。

當地論壇內的貼文很快就被翻完，網路上再無其他有用的資訊。紀洵退出瀏覽器，想起上回跟常亦乘單獨行動，紀景揚為此頗為委屈，便切換到通訊軟體，想著至少跟紀景揚打聲招呼：『觀山派我和常亦乘去望鳴山了。』

過了快半小時，紀景揚回道：『抱緊大腿，平安回來！』

紀洵：『？』

請問你之前在委屈什麼，要我是嗎？

幾秒後，紀景揚甩來一條連結：『雖然情況不同，也不知道有沒有用，反正你多少學幾句。』

紀洵第一時間覺得問題並不簡單。他盯著聊天窗口中，《活學活用：菜雞求大師帶我飛語錄一〇〇條》的標題遲疑片刻，終究還是鬼使神差地點了進去，然後第一句話就差點讓他嗆到。

『你們男生果然好厲害哦！』

「……」紀景揚這不可靠的人，腦子裡成天都在想些什麼鬼東西！

紀洵強忍住摔手機的衝動，正想捲起袖子打字噴回去，螢幕就被頭頂上方的陰影覆蓋住了。他僵硬地抬起頭，對上常亦乘漆黑如墨的雙眼。

「啪」的一聲，明明沒幹壞事的紀洵，心虛地將手機反過來拍到了桌上。

所幸常亦乘似乎沒看見螢幕上的內容，只說：「早點睡，養精蓄銳。」

很合理的一句建議。

紀洵乾巴巴地應了聲：「哦，好。」

等男人又躺回去，他才拿回手機，紀景揚總算發了條有用的資訊過來。

『如果遇到其他靈師，留點心，別讓人知道你沒有靈。畢竟靈師裡面也不全是好人，小心他們欺負你。』

紀洵：『我倒數第一的名次掛在靈師榜上，能瞞得住？』

紀景揚：『名次跟靈的數量又不相關！反正盡量別太早洩底，在我們這行，自己有幾個靈、分別有哪種能力，不願意說別人也不能強求。你看常亦乘瞞得多好，仗著自己能打，至今沒把他的靈放出來。』

紀洵：『難怪你在我面前只放出過枯榮，原來是隱私。』

紀景揚：『說笑了，我確實只有一個枯榮。』

不愧是排名三百靠後的選手，坦蕩得讓人無話可說。

直至列車到站，紀洵也沒怎麼睡著。

出站後，他按照車站的標示牌指引，找到了開往望鳴鎮的客運。

這是一輛早該被淘汰的雙層臥鋪巴士，狹窄的空間內糅雜了各種氣味，地上四處散落著沒打掃乾淨的果皮紙屑。

他們買票買得晚，只剩下最後一排五張床位的上鋪、靠右的那兩張床。床單和被子遍布可疑的汙漬，紀洵看了一眼，就打算今晚和衣而睡，等明早下了車，先把熏了一整夜的衣服換掉再上山。

另一邊，常亦乘放好背包，揚揚下巴，示意他去睡靠窗的那張床。

紀洵一百八十幾公分的個子撐著扶手上了床，頓覺空間逼仄地喘不過氣，但轉念一想，常亦乘比他還高，心中的不適感就化作了濃濃的同情。

果然常亦乘上來後，先微不可聞地皺了下眉。紀洵難得能從他臉上看出隱約的嫌棄，頗有興趣地欣賞了一會兒，才盡量往旁邊挪出點位置：「你睡過來點吧。」

中間那張床位的大哥體型偏胖，看著都覺得擠。

常亦乘說：「不用。」

紀洵：「要不要我跟你換？」

他對自己的實力很有自知之明，清楚知道上山後需要抱人家大腿，現在他能做的，就是讓常亦乘在路途中可以好好休息。

結果常亦乘還是搖頭拒絕。紀洵沒再勉強，等巴士啟動後，強烈的睏意終於席捲而來。

車裡大多數人也睡著了，鼾聲和夢話聲混在一起，奏響了一首不太和諧的交響曲。

很吵，但是很熱鬧。

常亦乘側過臉，看見床邊的窗簾脫了勾，要掉不掉地垂在那裡，把沿途皎潔的月光放進來，灑落在紀洵漂亮的眉眼間。

他就這麼專注地看了一路。

NOT A HUMAN

私はたぶん人ではない

第六章
畫中人

私はたぶん人ではない

NOT A HUMAN

第二天，紀洵是被熱醒的。

他身上還穿著從濟川出發時的冬裝，一睜眼，就看見明晃晃的烈日掛在窗外。

再一轉頭，見常亦乘已經脫掉外套，單穿一件寬鬆的黑色長袖T恤，袖口折到肩頭，露出手臂流暢的肌肉線條。車上其他醒來的人，也在埋怨望鳴山附近這詭異的破天氣。

紀洵拿出手機看了眼，早上八點，二十七度。

他一邊想著還好行李箱裡塞了件薄T恤，一邊也脫掉外套和毛衣問：「快到了嗎？」

常亦乘說：「下一站就是。」

幾分鐘後，司機在臨時停靠月臺踩下剎車。

昨晚出發時，屈簡說下了車會有人接應，紀洵拿上行李箱站在路邊，沒看到接應的人，倒是先看見前方一百公尺處的酒店門前，那塊想忽略都不行的迎賓橫幅。

「**熱烈歡迎參加觀山團體建設的各位來賓下榻本酒店。**」

……團體建設。

紀洵眼皮跳了幾下，突然不是很想過去了。

無奈他跟常亦乘外貌出眾，原地停留不到半分鐘，就被酒店門口一個中年男人認了出來。那人急匆匆地跑上前，對照過手機裡的資料：「常亦乘和紀洵，對吧？你們好，我是特案組的張喜，這次由我負責接待各位。」

紀洵跟他握手：「特案組還負責接待工作？」

張喜帶他們往酒店走：「其實不用，主要是我閒著沒事幹。」

「……」

辦完入住手續，紀洵也明白張喜為什麼會閒著了。

望鳴鎮當地沒有特案組，他是從隔壁縣抽調過來幫忙維持秩序的。可能他們這片風水好，以往在特案組做了十幾年，總共就碰到過兩起惡靈作祟的案子，每天上班都不知道該幹嘛。張喜屢次申請調職，上面都沒有批准，讓他原地待命，以備不時之需。

終於，隨著此次「團建」展開，張喜總算有活可幹，從昨晚接到命令開始，就馬不停蹄地趕到望鳴鎮張羅了起來。

「山上的酒店還沒修好，沒辦法住人，只能安排你們住在鎮上。觀山出錢把這裡包下來了，其他幾位先到的靈師也住在這裡。」

張喜說話很急，開口又是一長串：「我連夜安排建築公司的人全部從山上撤離，山下也設了關卡防止居民誤闖，不過望鳴山太大，說不定會有人偷溜上去。所以我們開會討論決定，確定靈的詳細位置以前，先不要布乾坤陣，以免傷及無辜，可以嗎？」

紀洵沒好意思說，他根本不懂如何布陣，只能淺笑頷首表示同意。

「謝謝理解。」張喜說，「那幾位靈師已經先行上山，你們打算馬上出發，還是休息一會兒再走？」

紀洵從來沒參加過此類活動，轉頭徵詢常亦乘的意見。誰知常亦乘垂眼看著他，打算讓他做決定。

最後還是張喜建議道：「山上比鎮裡更熱，你們先上去休息半小時，換身衣服再走吧。」

觀山財大氣粗的公司設定不崩，為每人準備了一間豪華大套房。

紀洵確實熱得不行，進房間後先洗完澡，再換了一身清爽的夏裝出來。

等時間差不多了，他打開房門，正好遇見住在對面的常亦乘也開門出來。常亦乘也換了件短袖T恤，不過他的衣服全是黑色系，除了款式略有不同，也看不出有什麼差別。

除了手機、房卡和乾糧礦泉水以外，兩人都沒帶其他行李。

上山找靈是件很看運氣的事。順利的話當天就能有收穫，運氣要是差了點，起碼要耽擱三五天，累了自然要回來休息。

張喜是位敬業的好同志，早早在樓下等著，準備送他們去望鳴山腳。

上車後，張喜先遞來兩張列印的實景地圖：「我以酒店為中心，把望鳴山分出了四個區域，先來的幾位靈師分別去了南邊和北邊，規矩你們比我懂，剩下兩邊挑一個吧。」

靈師在開闊地帶找靈，不能一窩蜂地擠到一塊。無論山上住的是善靈還是惡靈，把人分散出去找，才是效率最高的做法。

紀洵接過地圖，問：「我們要選哪個方向比較好？」

「你定。」常亦乘像極了安心摸魚的老員工。

紀洵：「我從小運氣就不好，去年每次有招聘會，我不是生病就是出門被堵在路上。最後決定不選了，就去以前實習過的那家寵物醫院，結果人家老闆炒股破產，直接關門大吉。」

否則按他在學校的成績，也不至於最後簽了觀山。

常亦乘不置可否，彷彿勢必要把摸魚進行到底。

「你不怕跟著我倒楣的話，」紀洵拿他沒辦法，隨手一指，「東邊吧。」

張喜好奇地問：「為啥選東邊？」

紀洵：「路看起來比較好走。」

「……」

◈

東邊的路確實好走。

一條盤山公路從山腳蜿蜒而上，通往半山腰修到一半的度假酒店。遠遠望去，看不到酒店的全貌，只能依稀窺探到一點水泥建築的邊角。

到了這裡，張喜就不能再送了。

「我問過建築公司的工人，都說那段時間在山上沒發現有什麼異常，就是一座很正常的山。望鳴鎮這片地方窮，好不容易有個拉動旅遊資源的機會，大家都不想放棄。」張喜很客氣地說，「所以這一趟，就麻煩各位了。」

鄭重其事的語氣，讓紀洵有些觸動，便認認真真地點了下頭。

告別張喜，兩人沿盤山公路往上走。約莫半小時後，紀洵就深切地體會到張喜沒有胡說，望鳴山確實比鎮上更熱。

山間枝繁葉茂的樹木被烈日曬垂了頭，樹葉打著乾燥的捲，讓更多毒辣的陽光從縫隙間落下來。遠處的湖面泛起粼粼波光，如同一面巨大的鏡子反射出陽光，晃得人眼前也出現了光斑。

紀洵擰開礦泉水瓶潤了潤喉嚨：「以你的經驗，靈一般會住在哪裡？」

常亦乘：「要看是哪種靈。」

不同的靈喜好也不一樣，像嬰女那樣死人化成的靈，就習慣找個能遮風擋雨的地方待著。倘若是隻山間野兔變成的靈，那就得往洞穴裡找。

聽完他的解釋，紀洵啞然失笑，指向湖泊說：「如果是條魚，我們該不會還要跳進水裡……」

調侃的話戛然而止。

紀洵微瞇起眼，看向指尖的那一端：「那裡是不是有人？」

常亦乘轉頭望去，點了點頭。距離隔得太遠，加上那人背對他們，只能依稀分辨出是個戴斗笠的人，正慢悠悠地往湖裡甩出魚竿。

還真如張喜所言，有人偷偷溜上山來釣魚了。

紀洵：「是不是該過去勸他離開？」

釣魚是件很消磨時間的事。紀洵有個老師就是這樣，早上出門往湖邊一坐，回過神來天都快黑了，為此沒少被師母吐槽。

目前還不清楚望鳴山上的靈是善是惡，萬一是後者，等到入夜之後，恐怕就不光只是天熱的問題，而是生命攸關了。

常亦乘：「如果他住在這裡呢？」

紀洵順著他的目光望去，原來被樹木擋住大半視線的湖邊還有個院子，他想了想：「至少去提醒一句吧。」

「你以前——」常亦乘可能不想節外生枝，頓了一下才繼續冷聲問道，「也像這樣，見了誰都願意救？」

「初覓」的店主如此，連臉都沒看見的釣魚人也是如此。好像只要對方還活著，他就總會想去試著救一救。

紀洵：「不然呢。何況你第一次見到我時，也直接出手救了我不是嗎？」

常亦乘：「假如人家恩將仇報呢？」

紀洵笑了起來：「那只能算我倒楣。」

說完他便轉身朝湖泊的方向走去，沒看見男人眼中，閃過了一絲微妙的情緒。

那片湖看起來遠，實際走起來更遠。饒是他們人高腿長走得快，都花了大半個小時才到。釣魚的人不知去哪了，湖岸邊空空蕩蕩、沒見到一個人影，只剩下那個孤零零的院子。

看清眼前的景象，紀洵下意識「咦」了一聲。

之前看不清楚，現在走近了才發現，院子的格局竟是面朝山崖、背對湖。

太不合常理了。

即便紀洵只是個動物醫學院的學生，也聽說過建築設計都講究背山面水，如此更能提升家中運勢，怎麼眼前的院子卻是反過來的。

除了格局古怪，院子也是一片破敗的跡象，明顯無法住人。幾間平房早已毀了大半，黃土黑瓦落了滿地，砸毀了正前方的半堵院牆，連帶著牆邊幾株不知名的植物也遭了殃。

雜草遍地的院子中央，突兀生長著一棵枝繁葉茂的大樹。

此時正值中午，陽光本該是最為猛烈的時候，紀洵卻感覺到了一陣幽幽的涼意。

可能是多心，也可能是直覺，他總感覺近在咫尺的院子不太對勁，遂將靈力集中到右手，一縷淡而縹緲的霧氣轉眼便環繞在他的手腕周圍。

常亦乘把無量握在手中：「別離我太遠。」

他嗓音很低，最後兩個字被一陣嘈雜聲蓋了過去。

起風了。

微風吹拂過山間數不清的樹木，發出近似於嗚咽般的聲響。風越來越大，毛骨悚然的嗚咽聲從四面八方圍繞過來，呼嘯著撞進院內。院中那棵大樹伸展開寬大的枝椏，隨風搖晃彼此碰撞，像一個人遇到悲痛欲絕的慘事，搖搖晃晃地拍手哀鳴。

常亦乘眉頭擰緊，走到坍塌的圍牆邊，從被石塊壓住的空隙裡扯下一片樹葉，拿在手裡仔細辨別。

紀洵湊上前：「這是桑葉吧？」

常亦乘答非所問：「院子裡面，種了楊樹。」

說完，他直接走進院子，繞過坍塌的房屋，朝院子後方看去。

紀洵緊隨其後，可惜他比對方矮了半個頭，視線剛好被尚且完好的圍牆擋住。不過反正已經知道院子後面就是堰塞湖，乾脆就沒湊這個熱鬧。

等常亦乘收回視線，他才輕聲問：「看出什麼名堂來了？」

「有棵死掉的柳樹。」常亦乘說完，反過來問他，「知道楊樹的別稱嗎？」

紀洵抬起眼，望向仍在搖晃拍打的大樹樹冠，不確定道：「……鬼拍手？」

俗話說，前不栽桑，後不栽柳，院中不栽鬼拍手。

俗話還說，背水面山鬼門開。藏於深山裡的荒宅，把該犯的忌諱全犯了。

古怪的院子，消失的釣魚人。一陣寒意從紀洵的指尖竄了上來。

「難道釣魚的不是人，而是靈？」他緊張地問道，「我不該來湖邊？」

如果當真如此，紀洵簡直要對他的運氣心服口服了。

看地圖隨手選了東邊的區域而已，就那麼剛好撞到靈出沒的區域？

以眼前布局詭異的院子來看……說不定還是個惡靈。

常亦乘倒是依舊鎮定：「如果是靈，你不來，它也會請你來。」

他環視過荒蕪的院子，最後目光停留在還未坍塌的那間房子，踩著沒過腳踝的雜草走了過去。

話雖這麼說，紀洵跟在他身後，心中仍然難免懊惱，乾脆把戒指的霧氣放遠了些，像把人保護起來似的，環在常亦乘身周。

常亦乘腳步忽頓：「……不用管我。」

「就當我將功補過吧。」紀洵說，「我知道你能打，可多層保護不是好事嗎。」

常亦乘轉頭：「怕我發瘋？」

紀洵：「……」

戒指的黑霧縈繞在男人的周圍，好似為他平白加了層凶神惡煞的特效，乍看之下的確有點嚇人。紀洵雖怕，但又沒特別怕。主要還是他見過常亦乘失控後的難受模樣，多少想避免類似的情況再次發生。

沒等他想好怎麼解釋，常亦乘先輕輕摩挲過自己頸側，看著他說：「我不會徹底瘋掉。」可能擔心他害怕，篤定的語氣裡還帶了點安慰的意思。

紀洵笑了一下：「嗯，我相信你。」

聽完他的回答，常亦乘才繼續邁步往屋裡走去。

唯一完好的這間屋子位於院子中軸線，正對院門方向的牆邊立著一個矮櫃。以矮櫃為中心，左右兩邊分別擺放了一套桌椅，看起來像以前的堂屋。

紀洵跨過腐朽的門檻，視線掃過落滿灰塵蛛網的家具，最後在看見矮櫃上方的掛畫時，瞳孔猛地一縮。

那是一幅山水畫。

畫裡有一片廣闊無限的湖水，一處綠蔭環繞的院子，和一道戴著斗笠釣魚的背影。

常亦乘同樣注意到了這幅畫，他用指腹在掛軸邊緣抹了一下，沾到一層厚重的灰塵。掛畫上遍布受潮的斑點，且畫中的院子不顯破敗，明顯是很久以前就掛在這裡不曾取下。

可畫裡釣魚的人……

究竟是故意模仿，還是畫中人從裡面走到湖邊，引他們過來？

一旦意識到後一種可能性的存在，屋外刮過院落的風聲都變得清楚了幾分。楊樹搖晃的影子映在斑駁的牆面上，倒真像個頭戴斗笠的人正在不斷拍手。

堂屋敞開的兩扇門被吹得「吱呀」作響，牆上的白灰也隨風簌簌落下。

紀洵看向那幅畫，默默往常亦乘身邊靠近了些。

常亦乘不愧是見慣大場面的人，只抬頭往木梁黑瓦的屋頂看去。

紀洵剛想問他在看什麼，忽然呼吸一滯。

他碰了碰常亦乘的手肘，指著掛畫說：「它好像動了。」

「嗯？」

「之前它是背對我們的。」紀洵小聲說，「對吧？」

可現在，他甚至能看見畫中人從太陽穴到下巴的小半張臉了。

常亦乘直接湊近觀察，給出肯定的答案：「它動了。」

話音未落，畫中人似乎聽見他們的討論，藏在斗笠下的臉又轉過來一些。

紀洵驚地一把抓住常亦乘的手腕，明明心裡嚇得厲害，眼睛卻不聽使喚地死死盯著掛

畫。

這一次，他看清了畫中人的側臉。

是個老人，青白的臉色透著股死氣。

紀洵手抖了一下，害得常亦乘的左肩也被他的動作帶地往下斜了斜。

他看畫看得太過專注，絲毫沒有留意到戒指散發的霧氣越來越濃，幾乎變成一縷縷半透明的絲線，沿著常亦乘被他抓住的手腕往上而去。

常亦乘蹙眉一愣，低下頭來。山上天熱，從酒店離開前他換了件短袖T恤，這時霧氣拂過他的小臂，在他手肘邊繞了一圈，就慢吞吞地鑽進了他的袖口。

男人握刀的右手，骨節用力到發白。

霧氣渾然不覺得自己失禮，貼近他的皮膚一寸寸游過，中途碰到他肩上的陳舊傷痕，還停下來盤踞在那裡，釋放出薄弱的靈力，微涼的觸感令常亦乘的靈魂也為之顫慄。

可紀洵還在全神貫注地觀察那幅掛畫，根本沒意識到從自己手中蔓延出的霧氣，剛幫身邊的人撫平了多年前留下的一道舊傷，又悠悠地爬過對方線條分明的鎖骨。

常亦乘的呼吸變得紊亂起來。

從他的角度已經看不清霧氣了，因為它出現在他的頸環周圍，宛如長出無數隻小手般，輕輕撫摸過他脖頸的皮膚。

失控時才會出現的金色符文還在沉睡之中，霧氣卻不依不饒，還想從頸環與皮膚的細微縫隙間滲進去。它試了幾次沒能成功，鬧脾氣一般，圍著他的喉結打轉。

繃緊的神經，在這個瞬間出現了崩裂的跡象。

金色符文感應到了霧氣的召喚，一點一點地開始甦醒。

千鈞一髮之際。

紀洵顫聲道：「畫裡的臉完全轉過來了。」

他驚恐不已地扭過頭，下一秒，腦子裡「嗡」的一聲，被詭異掛畫刺激出的恐懼蕩然無存。

「對不起，對不起。」紀洵嚇地趕緊鬆手，腳下踉蹌著往後連退好幾步，「我、我……不是，它……」

隨著他手忙腳亂地撤退，霧氣縱使依依不捨，也一併被他拉扯了回去。

常亦乘喉嚨裡發出低啞的喘氣聲，望過來的眼神有些渙散，又極其熾熱。

紀洵整個人都不好了。他一邊忙不迭地道歉，一邊瞪著收回了霧氣的戒指，死活沒想通這玩意兒在幹嘛，怎麼還趁他觀察掛畫的時候，偷偷摸摸去……騷擾別人？

霧氣雖然散了，但剛才那種微涼的觸感，仍然殘留在常亦乘的皮膚上。

他盯著紀洵看了很久，又猛地低下頭，握緊了短刀的刀柄。冰冷刀刃在刀鞘裡響起急促的嗡鳴聲，一如他胸膛裡完全失去節奏的劇烈心跳，久久無法平息。

除他以外，只有一個人的靈力，才會喚醒符文。

因為所有的符文，全是那人一筆又一筆親手畫上去的。

紀洵不知道常亦乘在想什麼，只看男人頸間若隱若現的印記，懷疑自己的性命今天可能要交待在這裡了。他抱著隨時準備留下遺言的打算，小心詢問：「你還好嗎？」

回答他的，是狂風拍打門板的巨響。

風太大了，吹地整間屋子都開始猛烈搖晃。紀洵屏住呼吸，分不清這是畫中人的手段，還是常亦乘發怒的預兆。

電光石火之間，常亦乘突然抬眸：「快走！」

紀洵來不及細想，兩人一前一後衝出了堂屋。

衝刺的慣性讓紀洵往前踉蹌幾步，還沒站穩，身後就傳來房屋倒塌的轟然巨響。

紀洵驚魂未定，再往後看，只看到橫梁與牆壁斷裂後的滿目廢墟。

倒塌掀起的塵土撲面而來，他捂住口鼻咳嗽幾聲：「這惡靈是想活埋我們？」

常亦乘：「未必是惡靈。」

紀洵睫毛顫了顫，眼中寫滿了困惑。他下半張臉被手擋住，襯托得眼尾兩顆褐痣更加醒目。

常亦乘看著他的眼睛說：「或許只是在嚇唬我們而已。」

好像也有幾分道理。跟在世紀花園一上來就被屍嬰追殺不同，紀洵畢竟還好端端地站在這裡，除了嗆了幾口灰以外，沒有遭受任何實質性的傷害。

滿院的風也停了，楊樹靜靜地舒展開枝椏，俯視樹下的兩人。

危機暫時得以解除，就該聊聊意外的小插曲了。紀洵抿抿唇角，剛張開嘴，常亦乘也緩聲開口。

「你剛才……」

兩個重疊的男聲說出相同的字句，一個冷冽，一個溫潤。

紀洵的心都快從口中跳出來了，很怕對方拋出一句「你剛才為什麼指使霧氣騷擾我」。

還好常亦乘停頓半拍後，問的是：「你剛才，看清畫裡的正臉了？」

紀洵愣了一瞬，被意外插曲打斷的恐懼重新漫上心頭。

掛畫中，面色青白的畫中人身體不動，維持悠閒垂釣的姿勢，只有頭顱一點點地全部轉了過來。當時紀洵與它隔畫相望，竟從山水畫朦朧寫意的筆觸裡，看到一張栩栩如生的清晰面孔。

畫中人長得很怪，鬆垮的皮膚快掉到脖子下面，拖得眼尾嘴角也往下垂著，整張臉像水摻多了、無法成形的麵團，黏答答地掛在那裡。

紀洵：「你見過這樣的靈嗎？」

常亦乘：「沒。」

否定的回答沒有超出紀洵的預料，常亦乘入行不到一年，參與的任務寥寥無幾，想來應該也沒見過多少靈。

「那我查一下資料庫。」紀洵拿出手機，「欸，沒訊號？」

螢幕上方「無服務」三個字闖入眼簾，讓紀洵澄澈的瞳孔染上了一層陰霾。他按了下電源鍵，看向螢幕照出自己詫異的面容，和他頭頂蔥蘢的楊樹。

自從踏進院子內，楊樹繁茂的樹冠就擋住了炎炎烈日，堂屋的掛畫更是讓他忽略了光線的轉變。紀洵仰起頭，透過楊樹望向烏雲密布的天空。

天上哪還有什麼太陽。

他下意識想起剛開始觀察那幅掛畫時，常亦乘有過一個抬頭看屋頂的動作，頓時福至心靈：「看到那幅畫的時候，我們就進了乾坤陣？」

常亦乘點了下頭。

這開盲盒的運氣也是絕了，不愧是我，十連抽全是R卡的非洲人。紀洵揉揉眉心，見對方頸間的符文還沒消除，忍不住倒抽一口涼氣。

霧氣趁他不備，到底鬧了多大的禍？但常亦乘此刻與他溝通無礙，不像即將失控的模樣，難道是強行按捺住了發狂的衝動？

思來想去，到底還是不知名的靈更為令人膽寒。紀洵捏緊指骨，輕聲問：「現在該去找陣眼？」

男人沉沉地看他一眼，才錯開視線：「嗯。」

院中的屋子塌了個乾淨，只剩一棵楊樹還突兀地立在中央，散發出令人不適的陰森氣息。但顯眼之處不代表一定會是陣眼，他們的當務之急，是需要先確定乾坤陣的範圍有多大。

「跟緊我。」常亦乘低聲囑咐了一句，拎著短刀往院門走去。

菜雞抱大腿的首要準則，就是要乖乖聽話。

紀洵跟得很緊，甚至到了亦步亦趨的地步，結果就在男人打開院門的下一刻，差點撞上對方挺拔的後背。

「……」

常亦乘話少，做事也很果斷，絕不會無緣無故地停下腳步。

紀洵心神一凜，視線掠過身前這人的肩膀往外看去，然後便睜大了眼睛。

院門前的山崖消失了。

或者說，整座望鳴山都消失了。

他們面前是茫茫不見邊際的深色湖水，寂靜如同不見天日的深淵。

院門前方不遠處，一座五、六公尺寬的石梁拱橋憑空出現，橋身很長，左右欄杆間隔雕刻出威風凜凜的石獅子。石獅神態各異，共同之處，就是嘴裡都燃著熒熒鬼火。

兩人默契地都沒說話，慢慢沿著拱橋臺階走上去，看見了拱橋的那一端，有一處完好無損的院子。

院子的格局似曾相識。前栽桑，後栽柳，院中有棵鬼拍手。

紀洵一驚，回頭再看他們出來的院子，竟在短短半分鐘內直接變了模樣。

之前的斷垣殘壁彷彿都是他妄想出來的畫面，身後十幾公尺遠的位置，白牆、黑瓦、朱漆門一應俱全，配合四周綠樹成蔭的景致，顯出幾分清閒避世的格調來。

可紀洵的心情，卻愉快不起來。

拱橋向來是中間最高，他站在這裡，足夠看清乾坤陣的全貌。

他們被困在水中央，周圍是一個又一個完全相同的院子，經由一座又一座毫無二致的拱橋連接在一起，形成了首尾相接的圓環。

怪象連連，別說紀洵不敢輕舉妄動，就連常亦乘也神情凝重。

他稍彎下腰，抽出無量在面前的石獅上刻出一道痕跡。

紀洵看懂他的目的，也湊過來圍觀，豈料卻只能眼睜睜地看著那道痕跡，在他們面前徐徐消失。

這裡做不了記號。

那麼，倘若他們為了尋找陣眼，繼續往前多走一段路……

勢必就會分不清，自己究竟是從哪所院子，進入了乾坤陣。

◎

與此同時，彎彎曲曲的盤山公路。

屈簡一臉煩躁地扔掉外套，一邊把襯衫袖口折到小臂處，一邊歪過頭，用臉和肩膀夾著手機彙報：「我問過特案組的人，包括紀洵他們在內，今天上山的靈師總共有五人，另外三個都是謝家的。」

手機那頭，紀秋硯的聲音聽不出情緒：「李家沒人來？」

「沒有。不過李家靈師本來就不多，又成天派人守著那位半死不活的病人，不愛出來走動也是正常的。」

紀秋硯對他的話不予置評，只說：「你上山後，可曾見到紀洵他們？」

「還沒有。」

說到這裡，屈簡就很想翻白眼。山下那個特案組的成員是個死腦筋，非說他研究過靈師們的規矩，死活不准屈簡走跟紀洵一樣的方向，強烈要求他去還沒人選的西邊。

觀山跟特案組是合作關係，平時打起交道，沒有誰壓誰一頭的說法，一切都按規定辦事。屈簡積分排名第二十三的頭銜，在張喜那裡得不到任何優待。

最後他只能忍氣吞聲地選了西邊的入山口，再跋山涉水橫穿望鳴山，經過半山腰的酒店工地，總算進入了東邊的區域。

靈師雖然體質特殊，但到底還是人類。屈簡從昨晚告別紀洵二人後，就連夜驅車趕到望鳴山，本來就有點疲累了，還被迫多走了那麼長的山路，想起來就叫人……

他忍無可忍，終於還是翻了個大大的白眼。

紀秋硯看不見他的表情，叮囑道：「你小心一點，就算被發現，也不能跟常亦乘打起來。」

屈簡心裡有數，應了聲後，又問：「不過現在山上有六個靈師，其他四個全是謝家的人，萬一大家碰頭後起了衝突，我要不要……護著紀洵？」

紀秋硯好半天沒有出聲。屈簡喉嚨咽了咽，心中湧上喜悅與感慨糅雜的情緒。

靈師一行，向來不以血緣遠近論關係，而是純粹比拚實力。所以像紀景揚或紀洵那樣的吊車尾，就遠遠不如姓屈的他，更能和當家的老太太接近。

可即便如此，紀老太太默不作聲的態度，也讓他有了點唇亡齒寒的驚懼。屈簡心中百感交集，不自覺地走了下神，等回過神來，才發現自己走到了一個院子面前。

他只掃了一眼，就斷定這院子必定有古怪，當即提起精神，推門道：「我明白了。您放心，我一定會低調行事……」

後面的話被他整句咽了回去。

院子裡，紀洵和常亦乘轉過頭，神色微妙地與他對視。

屈簡當場愣住。過了幾秒，他才趕緊看了手機一眼，發現原來不是紀老太太不說話，而是根本沒有訊號。再看頭頂壓抑的天色，竟是不知不覺走進了乾坤陣，正面跟紀洵兩人撞上了。回想起自己推門時說的話，屈簡不禁汗顏。

真是……好低調啊。

屈簡的臉一陣青一陣白，尷尬少頃，才清清嗓子問：「什麼情況？」

常亦乘皺眉，冷冰冰地看著他，沒說話。倒是紀洵沒忍住，反問道：「你又是什麼情況？」

屈簡把下半輩子的演技全用上了，才憋出一句：「昨天你們走後我不放心，過來看看。」

紀洵：「……」

演技之差，很難不讓人懷疑，但現在不是糾結屈簡目的的時候。紀洵思路很清晰，示意對方過來，把從他們兩人上山至今遇到的事從頭到尾講了一遍。當然，省略了自己的霧氣無故騷擾常亦乘的資訊沒說。

幾分鐘過去，屈簡也從社死的窘迫裡緩和了過來。他恢復了平時雷打不動的精英臉孔，開門往外看了一眼，果然看見了紀洵口中描述的連環建築。

「我遇到的跟你們不一樣。」屈簡闔上門，「我是走著走著，眼前就出現了這個院子。」

紀洵：「你沒看見釣魚的人嗎？」

屈簡搖頭：「我連湖都沒看見。」

怪事。紀洵蹲下身，撿起一根樹枝，在地上畫出院子起初的布局。

湖泊原本在院子後方，屈簡打著電話，沒留意觀察院子後面的風景，確實說得過去。可他和常亦乘進的那個院子，前面可是矗立著巍峨的山峰。

屈簡總不能……一路穿山而來吧。

又或者，其實他們兩組人，起初看見的並非同一個院子，只是不知不覺之中變成了殊途同歸的結果？

這樣一來，說不定正如常亦乘起初判斷的那樣。即便他們不進院子，望鳴山的靈也會想法設法請他們來。

紀洵輕咬著下唇，樹枝在地上點了點，正要將自己的分析說出來，就見常亦乘忽地握緊刀柄。

「有人來了。」他說。

紀洵什麼都沒察覺，約莫兩、三秒後，屈簡也才警惕地望向院門。

咚咚咚……

沉悶的叩門聲突如其來，為詭譎的環境增添了一分駭人的氣氛。

紀洵立刻起身，與常亦乘交換了一個眼神。男人做了個手勢，讓紀洵往後退，等他站到安全的角落，才走過去開門。

頭戴斗笠的青臉老人，將魚竿拴在背上，雙手捧著魚簍往前遞來。它宛如剛從湖裡爬出來，渾身淌著水，滴滴答答弄濕了腳下的地面。

「行行好，賞點水喝吧。」

一時間，院子裡的三人都沒說話。

青臉老人個子很矮，一身深褐色的粗布長袍吸滿了水，掛在它枯瘦的身體上，不住地往下滴水。可它偏捧出個魚簍，揚起那張鬆鬆垮垮的臉，好聲好氣地跟人討水喝。

但沒人能囂張地來一句「不給」。乾坤陣明顯是青臉老人設下的，在它的陣裡，剛開始就跟人家翻臉，並不利於接下來尋找陣眼。

三人之中，紀洵手裡剛好拿了瓶礦泉水。他沒有貿然上前，而是以詢問的目光望向常亦乘。

常亦乘盯著青臉老人看了一會兒：「給它。」

「好。」紀洵這才從角落裡走出來。

就在他準備把礦泉水瓶放進魚簍的時候，青臉老人驀地張開了嘴。

老人的嘴張得異常大，彷彿臉上的骨頭全都可以活動，直接將鼻子和眼睛從原來的位置擠開。它伸長脖子，占據大半張臉的嘴巴邊緣鬆弛得像個沒繫緊的口袋。

紀洵一愣，這是讓他把水倒進去的意思？

就滿意外的，他以前也沒做過餵人喝水這種事。擰開瓶蓋後，衡量一下他跟老人的身高差，索性從院門前的矮臺階走下去，才找到了一個相對順手的高度。

屈簡在旁邊看了直搖頭，新手就是新手，一點警惕心都沒有。

紀洵這瓶水是在路邊買的，就是最常見的五百五十毫升的那種礦泉水，倒進青臉老人那張畸型的大嘴裡，沒過幾秒瓶子就空了。

老人滿意地咂咂嘴，眼鼻回到原位：「謝謝啊。」

「不客氣。」紀洵看著剛倒進去的水，又從老人鬆垂的下巴附近滴了出來，內心一陣詫異，這靈怎麼還漏水呢。

「各位遠道而來，一路辛苦了。」青臉老人緩緩說道，「老朽正想找人解悶，不如歇一晚再走吧。」

紀洵問：「只需要歇一晚就行？」

老頭布滿皺褶的臉上，擠出一個耐人尋味的笑容：「能過完今晚，當然就能離開。」

接著便不管他們作何反應，拖著滴水的身子一步步走上了拱橋。乾坤陣內光線幽暗，從背後望去，它像沒有腳似的，只能靠拖到地面的濕重衣襬，推搡著前行。

直到老人走遠，紀洵才稍微鬆了口氣，剛才他表面裝得淡定，其實握住礦泉水瓶的手一直在發抖。

常亦乘低聲問：「還好？」

紀洵點點頭，將倒空的礦泉水瓶放在旁邊。他還沒來得及說話，屈簡就迫不及待地冷哼一聲：「真不怕白白丟了性命，連靈的底細都不清楚，就敢靠那麼近。」

紀洵看他一眼，認真地問：「那你知道它是什麼嗎？」

天地良心，紀洵絕對沒有故意為難他的意思，就是想到自己跟常亦乘都是排名倒數的吊車尾，理論知識肯定遠遠不及屈簡豐富，才以虛心請教的態度問了這麼一句。

但屈簡一顆並不強韌的精英心臟，卻為此隱隱受挫。

因為他從未見過長這副模樣的靈。

屈簡愣了半天，憋出一句：「看他的打扮和談吐，肯定是從古時候存活至今的靈。」

「……」紀洵既沒瞎也沒聾，這麼明顯的資訊不至於需要別人提供，「意思就是你也不知道了。」

常亦乘不知故意還是無心，很輕地低笑一聲。

屈簡握緊拳頭，眼前兩人真是不知者無畏。跟靈打交道不是照本宣科那麼簡單的事，屈簡從三歲進乾坤陣開始，也遇到過幾次資料庫裡沒有資訊的靈，碰上這種情況，本來就要慢慢分析才能得出答案。紀洵跟常亦乘入行時間短，才以為經驗豐富的靈師就能一眼看穿靈的真身。

屈簡暗自發牢騷的時候，紀洵心裡也犯起了嘀咕。

常亦乘脖子上的金色符文還沒消失，剛才他一笑，紀洵的心跳也跟著不安加速，總覺得身邊跟了顆不定時炸彈，不知道什麼時候會驟然引爆。可惜他的霧氣剛闖完禍，他也不敢再隨便將它放出來。

思來想去，紀洵只能先談正題：「倒水給他喝的時候，我看見它喉嚨裡面是空的。」他伸出雙手，比劃出一根粗水管的形狀，繼續說，「差不多像這樣，它會不會連內臟也沒有，整個身體都是空的？」

屈簡聞聲蹙眉，在腦子裡仔細過了一遍早就背完的資料庫，發現確實沒有相關的資訊記載。他搓搓手指，扭頭看向快要走過拱橋最高點的青臉老人，終於下定決心：「不管怎樣，跟上去看看。」

紀洵：「走遠了可能會迷路。」

要不是擔心會陷入連環建築的圈套，最後徹底迷失在茫茫湖心中，他跟常亦乘也不至於待在原地，等來了「低調行事」的屈簡。

屈簡聽他說完，總算找回了差點遺失的自信心：「這有何難。」

說完他打了個響指，一團白色煙霧從他指尖迸出，落地後化作一隻半人高的吊睛白額虎。白虎噴出炙熱的鼻息，張嘴便是一聲氣勢逼人的虎嘯，聲浪震得楊樹葉子紛紛掉落。

紀洵一瞬間眼睛都亮了。做為學動物醫學的人，他一眼就能看出，這白虎即便不是靈，也是一隻身強體健的成年猛虎，毛髮光滑、骨架粗壯，看得他差點想伸手揉一揉白虎的腦袋。

屈簡從他羨慕的眼神裡得到了些許安慰，刻意清清嗓子朝白虎說：「你守在這裡，等我們回來。」然後轉而對兩人揚揚下巴，「行了，快走。」

他沒有等人的習慣，說完就直接走到了最前面，跟後面兩人拉開了幾步距離。

紀洵最後看了白虎一眼。正要轉身上橋之際，常亦乘忽然湊過來，在他耳邊低語：「布袋翁。」

溫熱的氣息拂得紀洵耳朵發癢，他愣了一下，才詫異道：「你認識那個靈？」

常亦乘比了個噤聲的手勢：「小聲些。」

紀洵不明所以，還是選擇壓低音量，邊走邊問：「資料庫裡都沒記錄，你是怎麼確認的？」

「……以前，」常亦乘語焉不詳，「聽人提過。」

可惜那人只是隨口一提，說世間有種靈，是由戰亂時運送軍糧的布袋化成的，它們見過太多生靈塗炭的慘烈戰場，成為靈後，便只愛往人跡罕至、沒有戰爭的地方走，望鳴山的偏僻自然不必多說。

剛才常亦乘看青臉老人根本接不住水，就已經對它有所懷疑，加上紀洵見到老人喉嚨內空空如也，才最終確定了答案。

紀洵見他不願多說，猜想所謂的「人」，恐怕就是常亦乘到濟川要找的人。眼下不是閒聊過往的時候，他想了想，問：「為什麼不告訴屈簡？」

常亦乘語氣冰冷：「我不相信他。」

不止屈簡，這世間所有的靈師，他都不信任。

NOT A HUMAN

私はたぶん人ではない

第七章 布袋翁

私はたぶん人ではない

NOT A HUMAN

布袋翁走得很慢。

等三個年輕男人來到拱橋中間的位置時，它才依靠長袍的推搡，挪動到快下橋的地方。拱橋兩邊的鬼火，暗沉沉地照出橋面拖曳形成的水漬。那些水漬沿著拱橋的弧度往兩邊流淌而去，滴落進橋下的湖泊裡。

屈簡蹲下身，沾了點水放到鼻邊：「好重的水腥味。」

所以，青臉老人還真是從湖裡爬上來的？

知曉布袋翁真實身分的紀洵瞇了下眼，想不通一個由布袋演變而成的靈，沒事往水裡跑幹嘛，想測試自己的防水程度嗎？

他們不敢跟得太近，在橋上等了一會兒，等布袋翁不慌不忙地挪到下一個院子前，才隔著一段距離跟上。

布袋翁沒有發覺他們的跟蹤——又或者它發覺了卻並不在意。總之它捧著魚簍，站在院門前揚起頭張望幾眼，才慢悠悠地推開了朱漆大門。

「吱呀——」

門板打開的聲音在幽深寂靜的環境裡響起，顯得格外陰森。

布袋翁費力地爬上臺階，沒有轉身，反手關上了院門。

屈簡上次推門就暴露了自己的行蹤，這次沒敢貿然上前，停留在原地思考片刻，忽地一回頭，望向他們走過的拱橋。再開口時，嗓音微顫：「不對。」

紀洵疑惑地看著他。屈簡沒再說話，而是轉身一口氣跑過拱橋。

靈師遇到複雜的地形時，為避免永遠迷失在乾坤陣中，放一個與自己共生的靈在原地當標記，是很尋常也很正確的方式。可當屈簡一把推開院門的時候，他的心也瞬間涼了一片。

隨後跟來的紀洵二人環視院子，發現消失的不僅是白虎，還有紀洵之前放在門邊的礦泉水瓶。它們像常亦乘在石獅子上刻下的印記一樣，消失得無影無蹤。

紀洵不由得同情地看了屈簡一眼。他聽說靈師跟靈的關係往往比家人更為密切，他們就過一座橋的時間，屈簡就遺失一隻威風凜凜的白虎，想想都叫人惋惜。

「我感受得到它的氣息，但它不在這裡。」

關鍵時刻，屈簡沒有辜負他的排名，取下眼鏡揉揉眉心，分析道：「院門的開闔是關鍵，每次推開或者關上，外面就會換成另一個院子。所以哪怕我沒看見你們說的背山面水的院子，卻跟你們到了同一個地方。」

那樣的話，即便他們馬上把連環建築裡所有的院子都找一遍，也不能確定自己能進哪個院子，很可能找了半天，進的都是同一個空院。

紀洵換了個更方便理解的說法：「這裡的院門，跟哆啦A夢的任意門有點類似。」

屈簡看著他，點了下頭。反倒是常亦乘冷聲問了句：「那是什麼。」

「……」紀洵詫異地側過臉，「你不知道任意門？」

常亦乘：「我應該知道？」

「？」

廢話，世界上有幾個年輕人沒看過哆啦A夢，誰小時候沒盼望過可以擁有一扇來去方便的任意門？

紀洵和屈簡難得想法一致，用一種「你難道沒有童年嗎」的微妙眼神，上下打量他幾眼。

常亦乘愣了幾秒，似乎明白了什麼，淡淡地挪開視線。

不知為何，紀洵本能地感覺到，常亦乘不爽了。他看向屈簡，轉移話題：「既然每個院子都長得一樣，不如就別到處跑了，先帶你去看看那幅掛畫。」

屈簡如今跟他們是一艘船上的人，當下也只能審時度勢，跟他從前最看不起的紀洵一起行動。

堂屋的擺設，和紀洵他們初進院子時相差無幾。

不同之處，就在於眼前的堂屋很新，桌椅似乎常有人勤勞擦拭，摸上去一塵不染。而掛在正面牆上的那幅掛畫，也全無受潮損壞的痕跡。

這一次，他們得以看清掛畫的全貌。作畫人或許不想破壞自己的得意之作，只在畫面左邊一根樹幹的不起眼處，寫下一列龍蛇飛動的落款：『贈垂釣老者，壬辰年早春，範崇汝』。

從字面意思來看很好理解，水墨畫的作者叫範崇汝，而他作畫的目的，就是想將畫送給湖邊釣魚的老人，也就是紀洵他們見到的布袋翁。

屈簡盯著畫中老人看了半天：「你之前說，裡面的人會動？」

「嗯，但它現在沒動。」紀洵想了想，「或許跟院子有關係，我們現在見到的，都是當年的原景重現。」

可這麼一來，布袋翁引他們入陣，把荒廢的院子恢復成原樣，究竟想叫他們看什麼？總不能是讓他們實地考察古代建築吧。

紀洵想不到答案，轉頭看向身旁沉默許久的男人：「你有頭緒嗎？」

常亦乘垂下眼眸：「等。」

屈簡聽不懂他的說話方式：「等什麼等。」

還是紀洵馬上反應過來：「老人叫我們今晚住在這裡，你的意思是，等天黑後自然會有事發生？」

常亦乘眼中不爽的情緒消散了點：「嗯。」

等倒是沒問題，可乾坤陣裡沒有日月星辰，手機時間又由於靈力影響而變得不準，他們該如何知道天什麼時候會黑？

正當幾人一籌莫展之際，外面又起風了。楊樹樹冠被風吹動的「嘩啦」聲，瞬間蓋過了所有人的呼吸聲。

常亦乘眉頭一擰，突然提刀走到屋外。狂風把他的衣襬吹得鼓起來，從背後望去，宛如一面出征時揚起的戰旗。

下一瞬，紀洵神經一凜。

他跟屈簡幾乎同時感受到，有什麼正從院子外面靠近。紀洵說不清那是什麼，只能用潛意識去判斷，猜測應該是一個……不，一群陰氣很重的東西。

那群東西的行進速度很快，轉眼已經快到院門外。屈簡推了下鏡架，垂在身側的右手連打兩次響指，眨眼間，他的左右就同時出現了兩個靈。

一個是通體泛光的蛇，它扭曲著爬上房頂木梁纏穩，瞪起一雙幽綠色的豎瞳盯緊院子，吐出猩紅的蛇信。另一個模樣更怪，是漂浮在半空中的一團烏雲，離它稍近一點，甚至能聽見雲中雷聲微鳴。

不愧是積分榜上排名前列的靈師，隨便就能甩出兩個靈。要不是緊張的氣氛不允許，紀洵真的很想稱讚對方一句「大戶人家」。

他低頭看了自己的戒指一眼，猶豫片刻，還是把霧氣召了出來。

輸人不輸陣嘛。

院子裡做好應戰準備的時候，院子外面也有新的進展。那群陰氣濃烈的東西停在了院門外，院門從外面被推開的聲音隨之響起。

紀洵瞳孔一縮，冷不防想起一句話。

——背水面山鬼門開。

宛如聽到他的心聲一般，伴隨後背猛然竄起的涼意，滿院燭火「砰」的一聲燃了起來，一時間竟將昏暗的院子照得猶如白晝。

屈簡忍不住爆了句粗口。紀洵心裡也是一片無語，布袋翁能不能公平點，兩邊人馬還沒正面對上呢，你就先把我們三個暴露出來是什麼意思。

不過借著明亮的光線，他也看清了來的是什麼。

——一群人。

穿著打扮都像古代人，有男有女，有老有少，總共六位。

這院子不算太大，按理說那六位一走進院子，就能看見正對面堂屋裡的三人，可他們像瞎了一般，不但沒被驚動，還說說笑笑地往堂屋走來。

常亦乘故意往中間站了點。六人似乎還是看不見他，有個小孩往他身上撞了一下，懵懵懂懂地捂住腦袋繼續往前走。

紀洵額頭的冷汗都滴下來了。而且走近後他才注意到，其中兩個夫妻模樣的中年人，和一個穿綠裙、紮雙平髻的豆蔻少女，臉色看起來健康紅潤，而剩下那對奴僕打扮的老人與約莫五、六歲大的小男孩，膚色則跟布袋翁十分接近。

都是一臉青白的死色。

「娘親娘親，」正在此時，小男孩「啪嗒啪嗒」地跑到中年女人面前，「我的紙船呢？」

拋開小男孩詭異的膚色不談，他說話奶聲奶氣，還挺可愛的。而他的母親並沒發現孩子臉色有異，笑著彎腰將他抱起來：「潼兒忘了？方才在山下看花燈的時候，你把紙船放進河裡了呀。」

綠裙少女捂嘴輕笑：「他能記得什麼，就惦記著吃進肚子的甜糕呢。」

「甜糕吃了容易積食，」中年男人坐到椅子上，示意那兩名奴僕，「煮碗山楂湯來，大家各自喝了早點睡。」

兩名奴僕應了聲「是，老爺」，就施施退場，大概是煮湯去了。

紀洵：「……」

他默默收起霧氣，朝常亦乘招了招手，等對方過來後，換了個舒服的站姿：「來吧，看電視劇，看他們繼續演。」

常亦乘「嗯」了一聲，將無量收回刀鞘中。

他們倆的靈器收起來方便，動作也不大，害得屈簡陷入了尷尬的境地。不讓靈回來，兩個顯眼的傢伙杵在那裡，遮擋看戲的視線。收回來呢，又顯得他剛才的大張旗鼓太過浮誇。

糾結了幾秒，屈簡還是一招手，讓一蛇一雲回到了他的體內。

過了一會兒，兩個死氣沉沉的奴僕端著幾碗湯回來了。紀洵特意觀察了一眼，碗裡裝的就是普通的山楂湯，而非驚悚片裡經常出現的古怪食物。

還真是在兢兢業業地走劇情？布袋翁的喜好有點清奇啊，紀洵不禁在心裡吐槽了一句。

等幾人把湯喝完後，守候在旁邊的兩名奴僕就上前收拾。另一邊，長相儒雅的老爺發話了：「今日都玩累了，早些回房休息吧。」

名叫潼兒的小男孩當即撇嘴：「爹，我睡不著。」

他爹笑著問：「為何睡不著？」

潼兒歪歪腦袋，拖長聲音納悶道：「為何呢？」

本來還在專心收拾餐具的兩名奴僕，也跟著歪了下頭，異口同聲道：「為何呢？」

剛才還算溫馨的氛圍，畫風突變。

幾聲拖長的疑問聽得紀洵一震，心中隱約浮現出答案。

屋子裡寂靜了剎那。忽然，臉色青白的三人同時轉過頭，目光直直看向在旁邊看戲的紀洵三人，瞳孔在眼眶裡來回打轉：**「你們說，為何呢？」**

那聲音像從四面八方傳來，還帶了點盤旋的回音。

紀洵倒抽一口涼氣，剎那間毛骨悚然。

這幾人看得見他們！

「啊。」穿綠裙的少女一拍巴掌，笑盈盈地說，「想必是沒人陪你們吧。」

面容秀麗的夫人頓時憂心忡忡：「這可如何是好？」

老爺也憂慮地摸摸鬍子：「叫你貪玩，這下可好。你娘親與姊姊，還有我，今晚都有人陪了。你們三個沒人陪，千萬要小心啊。」

最後那句話，也不知是說給潼兒聽，還是說給紀洵他們聽的。

屈簡建議道：「這裡先聽他們的。據我所知，今天上山的一共有六位靈師，那對夫妻和女兒有人陪，或許是謝家那三個靈師答應了他們的要求。」

話音剛落，潼兒跳下椅子，「咯咯」地笑了起來，稚嫩的童聲彷彿貼在耳邊似的，聽得紀洵不寒而慄。他不敢妄下決斷，轉頭看向常亦乘。

屈簡哽了一下，莫名有點鬱悶。常亦乘思忖片刻：「跟他們走。」

既然兩人都這麼說，紀洵就放心了，見潼兒和兩名奴僕已經朝外走去，三人便邁步跟上。

出乎意料的是，那主僕三人並沒有往院中其他房間走，而是打開院門，徑直走向外面的拱橋。

紀洵皺眉：「難道是一人住一間院子？」

「很有可能。」屈簡說，「我是不要緊，可你……」

他沒把話說完，但話裡的意思顯然不言而喻。

紀洵懶得搭理他，常亦乘更不會接這句話。屈簡討了個沒趣，抽抽嘴角也不說話了。

眼看過橋後的第一個院子近在眼前，奴僕中稍有點駝背的那位停下腳步，屈簡輕哼一聲：「那我就住這裡，兩位好走。」

「拜拜。」紀洵無奈，只能跟他揮揮手，和常亦乘跟著剩下兩人，繞過這個院子繼續往前。

沒了閒雜人等，常亦乘才低聲說：「怕嗎？」

紀洵笑了一下：「怕啊，趁下一個院子還沒到，陪我說一下話吧。」

常亦乘：「說什麼？」

「不知道，其實我心裡亂得不得了。」紀洵想了想，決定還是抓緊時間交流陣中怪事，「這家的老爺，多半就是畫畫的範崇汝。他既然能為布袋翁作畫，說明兩人關係不差，還是說他後來發現布袋翁不是人，就跟人家鬧翻了？」

常亦乘：「要是鬧翻了，畫會取下來。」

也是。不管他們今晚看到的劇情發生在哪個時間點，等千百年後的紀洵他們進入荒宅時，那幅畫還好好地掛在牆上。

「那布袋翁要我們在這裡住一晚，到底想讓我們看什麼？」紀洵問。

常亦乘靜默幾秒，說：「也許，它也不知道。」

紀洵：「？」

他只愣了一下，很快就明白過來了。布袋翁至今沒有傷害他們，甚至除了把他們引進乾坤陣外，與他們遇見時的言行舉止還很有禮貌，沒有做出讓人反感的舉動。

但正因如此，他們才對陣眼一點頭緒都沒有。

跟世紀花園裡嬰女布下的乾坤陣不同，紀洵現在體內有了靈力，待在裡面也不會出事，所以布袋翁拖延時間不讓他們出陣，也傷害不了他們之中的任何一個人。

紀洵：「它想讓我們……等一件事情發生？」

「不止。」常亦乘看向前面一老一少的身影，「它特意把我們分開了。」

六位靈師被分開，跟六個早已死去的「人」單獨相處。

什麼情況需要這樣準確的、一對一的局面？

紀洵想到一個可能性：「監視！」

常亦乘看著他，點頭。

「從這個角度就說得通了。」紀洵說，「這裡是布袋翁的乾坤陣，它能用靈力控制裡面發生的任何事。如果要害我們或者嚇我們，完全可以把最有殺傷力的東西拿出來。」

然而布袋翁沒有。

紀洵抿了下唇：「你說得對，它自己也不知道這一晚會發生什麼事，所以要我們監視範家的六個人，幫它找出答案。」

分析到這裡，第二個院子也到了。

潼兒跑到門邊，歪著頭看過來，等著看今晚誰會陪他。

「這小孩一看就很皮，說不定會惹你生氣。」紀洵笑著說，「我來陪他吧，這個我擅長。」

常亦乘神情古怪，問出個莫名其妙的問題：「你養過小孩嗎？」

「當然……」紀洵快到嘴邊的回答，一下被他咽了回去。

是啊，他一個未婚男大學生，哪來的勇氣去應付小男孩？是網路上小屁孩的新聞看太少，還是生活中的臭小鬼太少見了？居然平白生出一種自己能跟小孩子打交道的自信。可話都說出去了，再收回來也是打臉。

紀洵乾咳一聲：「總之，今晚我就住這了。」

「嗯。」常亦乘沒有反駁，只是沉沉地看他一眼，走出去兩步又退回來，稍低下頭，「放心，我不會再讓你出事。」

輕淺的呼吸與冷調的嗓音混在一起，讓紀洵恍惚了剎那。

等他回過神來，常亦乘已經孤身跟著最後一名奴僕，走向了吉凶未卜的那座拱橋。

◎

因為這句臨別前的承諾，紀洵整個人都有點呆住了。

怎麼說呢，常亦乘最後幾個字的語氣太鄭重了，好像這句話從他說出口前，早在心裡反復掂量過無數次，就為了在這一刻說出來，讓紀洵真切地感受到他的堅決。

而且……為什麼要說「再」？

紀洵跟著潼兒走進西邊的廂房，百思不得其解。自從兩人相識以來，雖然遇到過一些麻煩，但最後都成功化解，算不上出了多嚴重的事。

還是說，常亦乘是在為上次自己陷入幻覺，害他獨自面對嬰女而感到愧疚？

「啪嗒啪嗒」的腳步聲打斷了紀洵的思考，他轉過頭，見潼兒從屋子左邊跑到右邊，又從右邊跑回來，完全沒有上床睡覺的意思。果然是個小屁孩。

這間屋子不算奢華，但布置得很仔細，足以見得父母對他的喜愛。紀洵環視一圈，找到離床最近的軟塌坐下，嘗試跟他搭話：「你到底睡不睡覺？」

小男孩停下腳步，瞪著圓溜溜的眼睛跟他對視。其實看習慣之後，小男孩青白的臉色也沒那麼嚇人了。細看之下，他五官其實長得滿好看的，要是個活人，肯定是個粉雕玉琢的小朋友。

不過再漂亮，也不會有⋯⋯

紀洵抿抿唇角，想不通腦子裡在想什麼，他想感嘆這小孩不會有誰好看來著？

一個模糊的念頭在他腦海裡鑽來鑽去，可就是遲遲抓不住。這種感覺並不好受。失憶的人還能回想起一點殘缺的畫面，紀洵愣了半天，卻連個人影都沒想出來。最後只能簡單粗暴地理解為，他剛才可能是自戀了，想說這小孩不會有小時候的他好看。

小男孩不說話，紀洵就換了個坐姿，把手肘擱在矮几上：「你看我做什麼？」

「幫我鋪床。」潼兒扠著腰說。

⋯⋯行，不就鋪床嘛。這點生活技能對於獨居多年的紀洵來說，他還是會的。他站起身，轉向拉攏了深色床簾的雕花木床，剛準備掀開床簾，身後就響起一聲刺耳的尖叫。

紀洵的耳膜都險些被叫破，他轉身看向小男孩，見對方滿臉驚恐地退到牆角，正朝他瘋狂搖頭。

「……你的床，不在這裡？」紀洵驚訝地問。可這屋子裡只有一張床啊。

潼兒渾身顫抖，結結巴巴地說：「下、下面！」

床底？

紀洵遲疑了一下，終究還是鼓起勇氣，拿了盞蠟燭，半跪在地上朝床底照去。

他原以為會看見什麼恐怖的東西，結果裡面並不可怕，只不過散落著幾個小孩的木雕玩具而已。他伸手把玩具掏出來，也沒看出任何問題。

不知不覺，屋子裡安靜了下來。紀洵把木雕玩具放回去，視線餘光忽然看見一雙小孩的鞋，正停在他的身後。

他動作一僵，聽見陰森森的童聲笑著對他說：「我睡床底。」

「……？」你們家虐待小孩嗎？

紀洵回頭睨他一眼：「真的睡床底？」

潼兒連連點頭，語氣天真：「對呀，娘親讓我睡這裡的。」

OK，你們家確實虐待小孩。

紀洵：「那你的被子在哪裡？」

小男孩指了下旁邊的櫃子。

紀洵走過去打開櫃子，從裡面抱出一套被褥。他個子高，鑽到床底行動不方便，再說他也不是真心想來範家帶小孩，就略有幾分敷衍地將被褥堆到地上，稍微扯平幾下。

潼兒：「你鋪得沒有我家的下人好。」

「因為我不是你家的下人。」紀洵站起來，「現在能睡覺了嗎？」

潼兒沒再說話，規矩地脫掉外衣，真就爬進了床底，抱著一個木雕玩具，乖乖蓋上被子睡了。紀洵看不懂，但他大為震撼。

床底下很快傳來小男孩平穩的呼吸聲，像是睡著了。留下紀洵站在原地，不知所措。他重新打量了一遍屋子，這裡面沒有什麼可疑的地方，裝被褥的櫃子他也打開過了，裡面並無異常。

唯一剩下的……

紀洵最終將視線落在被床簾擋住的雕花木床上。

他動動手指放出霧氣，往前兩步，輕輕掀開了床簾。

床上也有一套被褥。被褥高高拱起一些，依稀能分辨出是一個人的形狀，這人個頭很小，估計就跟潼兒差不多高。紀洵濃密的睫毛顫了幾下，他深吸一口氣，把被子拉了下來。

一個粉雕玉琢的小男孩，出現在他眼前。

床上躺的是潼兒。

可這樣的話，床底下睡的那個，是誰？

紀洵掀開被子的手停在原處，一時間不敢動彈。搖晃的燭火映在牆上，將屋內所有擺設的影子都拉長扯大，像一隻隻蟄伏在橫梁上的怪物，隨時能撲下來將他吞噬殆盡。

本就安靜的院子，此刻變得更為寂靜。除了燭芯燃燒的劈啪聲，便只有紀洵和潼兒的呼吸聲輕輕響起。

呼吸？

紀洵意識到什麼，將手指伸到小孩的鼻前，放了足足半分鐘後，才慢慢地收了回來。

床上這個，沒有呼吸。

死了，還是本來就不是活物？

紀洵的心臟跳得飛快，他稍往前頃身，借著晦暗燭光凝目觀察了一會兒，心神一動，又取下旁邊的蠟燭，往床底照過去。

之前那個潼兒睡得很香，可能夢到燈會上吃過的甜糕，還美滋滋地咂了下嘴。

再站起身，把蠟燭放回燭臺時，紀洵指尖微顫。

剛才是他疏忽了，沒發覺兩個小男孩雖然長得一樣，但卻有處細微的差異。床上的潼兒臉頰的肉不夠緊緻，按理說五、六歲的小孩正是臉蛋嫩得能掐出水來的年紀，不可能像上了年紀的成年人那樣，會出現皮膚鬆弛的現象。

而在這個乾坤陣裡，恰好有一位鬆鬆垮垮的靈。

莫非床上這位……是布袋翁的衍生周邊？

紀洵被他突如其來的腦洞逗得扯了下嘴角，笑過之後，卻又愣了剎那。

憑什麼斷定不是呢？

潼兒一看就習慣睡在床底，說明早在今晚之前，範家就有如此獨特的習俗，而範崇汝又跟布袋翁交好。要是出於某種原因，布袋翁送幾個跟自己相似的東西給他，想必範家老爺也不會拒絕。

紀洵搓了搓暴露在空氣中的手臂，後悔上山時沒多帶一件外套。

不知道乾坤陣外面現在究竟是幾點，反正待在屋子裡，他的確產生了夜間降溫的實感。當然不可否認，這點微涼的寒意裡，也摻雜了一點害怕的影響。

大晚上的，紀洵跟兩個詭異的小男孩共處一室，不由得開始羨慕起屈簡和常亦乘。他們今晚至少還有善靈作伴，不像他只能獨自一人面對恐懼。

彷彿聽到他的心聲，指間的霧氣忽然圍著他的手腕繞了一圈，整個升騰起來搖晃幾下，似乎想告訴他，他並不孤獨。

紀洵看著霧氣，有點無語，他還沒忘記這玩意兒今天幹了什麼壞事。

霧氣又一點點地縮了回去，倒真像能體會到他的情緒似的，硬生生讓紀洵看出了點委屈的意思來。他抱著試一試的想法，決定給霧氣一點教訓，故意沒理睬它，轉而繼續觀察床上的小男孩。

結果這一眼，讓他的心跳亂了一拍。

就在他被霧氣打岔的那片刻裡，小男孩的臉色變灰了些。

紀洵以為自己看錯了，揉揉眼睛又仔細看了一會兒，才確定他沒有看錯，對方的臉色確實在緩慢地變差。

時間一分一秒地流逝，直到一支蠟燭燃盡，小男孩再也不復第一眼看見的那樣可愛。他的骨骼消融了小半，因為躺著的姿勢，整張臉的皮膚往裡凹陷了少許。

眼前詭異的現象讓紀洵又驚又怕，他釋放出霧氣護身，猶豫片刻，終於伸手去碰觸小男孩的臉。指腹如實將觸感傳遞回大腦。

縱橫交錯的細小紋路，粗糙的質感，像摸到了一個布袋。

◎

不知過去多久，床底傳來了潼兒半夢半醒的哼唧聲。

紀洵一低頭，就看見潼兒從床底爬了出來。這畫面乍看之下十分驚悚，但再驚悚，也比不上他慢吞吞地揚起小臉時，為紀洵帶來的震撼感。

潼兒的臉色變正常了。

他還沒徹底清醒，愣愣地揉了下臉蛋，才奶聲奶氣地抱怨道：「天亮得好早呀。」

紀洵轉頭望向昏沉的窗外，愕然意識到，不是乾坤陣內真的會天亮，而是「劇情」中潼兒的這一晚已經過去了。他沒有計時工具，只能根據蠟燭燃燒的速度粗略估計，這裡的一晚，差不多等於兩個小時的時長。

「天亮了，你要做什麼？」紀洵問。

潼兒拉扯幾下衣服，從地上爬起來時，小屁孩的靈魂也跟著復甦了。他扭頭朝他做了個鬼臉，拉開房門往外面跑：「去找姊姊玩囉！」

出了院子，潼兒宛如腦中自帶乾坤陣專用導航，根本沒有猶豫，直接繞過院牆，往後面那座拱橋跑去，紀洵不得不趕緊跟上。

外面照舊是橋院相連的迴圈建築。潼兒似乎知道哪些院子是空院，一連跑過好幾座橋，再次繞過一座院子時，總算扯著嗓子大喊道：「姊姊！」

紀洵循聲望去，剛好看見兩個走上拱橋的背影。潼兒歡笑著甩下紀洵，奔向穿綠裙的少女。而橋上另一個人也在此時轉過頭來，好奇地打量著紀洵。

紀洵愣了愣，發現那是一個沒見過的女生。

女生大概十六、七歲，紮成雙馬尾的長長鬈髮染成了櫻花粉色，身上穿了套短袖襯衫配格子裙的高中制服，領口處還紮著一個粉色蝴蝶結。

紀洵腦子裡閃過一句名言：穿得越粉，打人越狠。

眼前這位打人狠不狠尚且未知，反正看他的眼神還算友好，想來就是屈簡所說的，另外三名上山的靈師之一。

見紀洵也往橋上走，女生問：「你是哪家的靈師，以前沒見過你，叫什麼名字？」

「紀洵。」

「哦——」她拖長音調回道，「新晉的倒數第一就是你呀，長得倒是挺好看的。」倒數第一本人沉默半拍，不太想回應這句褒貶兼備的話。

女生笑了起來：「我叫謝星顏，你不一定認識我，但總該聽說過謝作齋。」

紀洵確實聽說過，他走上前問：「謝當家是妳爺爺？」

「答對了。」謝星顏又問，「你一個人來的嗎？」

紀洵說：「三個。」

只是回答出人數而已，謝星顏的眼睛竟一下子亮了起來，細看之下，神色中還帶了點期盼已久、終於等到的喜悅。

「人總算到齊了。」她連步伐都輕快了許多。

紀洵一瞬間毛骨悚然：「什麼意思？」

謝星顏看出他的警惕，眨眨眼睛：「別緊張，我是說，這一夜總算可以過去了。」

潼兒和綠裙少女沒在下一座院子停留，繼續往前走。

等再跨過一座拱橋後，紀洵也從謝星顏口中得知了更多的資訊。

謝家的三名靈師一大早就到了望鳴山，他們分成兩組，分別搜索望鳴山的南北兩個方向。直至上午九點多，謝星顏和她姑姑這組，在樹林裡發現了一處荒廢的宅院。

進入荒宅後，幾組人馬的遭遇大同小異。都遇到布袋翁跟他們要水喝、都聽見範家六人商量今晚沒人陪、都被分散到不同的院子過了一夜。

只不過謝星顏起初看到的範家六人，都是一副死氣沉沉的模樣。

「你在範家弟弟的房間裡，也看到床上躺著的人了吧？」謝星顏問。

紀洵點了下頭。謝星顏：「那就跟我們遇到的情況一樣了。」

先到的謝星顏三人，陪範崇汝和他的妻女度過一晚後，他們的臉色都恢復了正常。「天亮」後，他們被範家三人帶到了一處院子集合，發現沒有分配到靈師的三位，還是那副青白的臉色。

正在謝星顏三人面面相覷的時候，布袋翁又來敲門了。

謝星顏開門後問他：『你說歇一晚就能離開，現在我們能出去了嗎？』

布袋翁搖頭：『不行啊，人沒有到齊，再等等吧。』

於是在紀洵三人進入乾坤陣的時候，謝星顏他們等來了第二個夜晚。

此時走在前面的姊弟倆又無視了一座院子。

紀洵思忖片刻，問：「妳經歷的兩晚，是重複的嗎？」

謝星顏鬱悶地點點頭：「對啊，所以我才說，人總算到齊了。」

六位靈師，分別對應上了範家六個人。如果把布袋翁的乾坤陣看作一個六人參與的劇本殺，紀洵他們則是參加遊戲的玩家，必須全員到場，遊戲才能開局，劇情才能得以展開。

紀洵突然感到一陣強烈的心緒不寧，人到齊後，會發生什麼事？

答案在他們走完拱橋時揭曉。

又一個謝星顏站在拱橋下的院門外，看過來的眼神寫滿驚訝：「妳是誰？」

之前的謝星顏一愣，隨即質問：「妳又是誰，居然敢冒充我？」

頭頂密布的烏雲，在這一刻變得更加壓抑。

紀洵以前沒見過謝星顏，面對兩個長相打扮都一模一樣的女生，根本不知道該如何分辨真假。孤立無援的驚恐漫上心頭，他剎時後退幾步，不敢再跟身邊的女生離得太近。

「你是哪家的靈師？」院門前的謝星顏急得跺腳，「快點過來！」

橋上的謝星顏扭頭制止：「不要過去，你看她身邊連個範家的人都沒有，肯定有問題。」

「呸！我跟範家大小姐出院子的時候走散了，才被妳這鬼東西撿了便宜！」

「別信她。你不是親眼看見了嗎，我和範家大小姐一起出來的。」

滲人的寒意一瞬間席捲了紀洵的心臟。

他看見了嗎？

十幾分鐘前的經歷，仍然鮮明地印刻在記憶裡，紀洵稍加回憶便想了起來。

沒有，當他和潼兒走到那處的時候，謝星顏與綠裙少女就已經上橋了。

見他不說話，橋上的謝星顏急了：「不是吧你，我一路上那麼熱情地跟你共享情報，你居然還懷疑我？」無論真假，她到底還是高中生的年紀，鼓起腮幫子氣鼓鼓地說，「好，我把共生的靈召出來，你總能信了吧？」

「不就是靈而已，」另外那位不甘示弱，「當誰沒有似的，來比一比呀，誰放得晚誰就輸。」

我沒有靈，謝謝。紀洵在心裡吐槽了一句，眼看範家姊弟越走越遠，當即明白眼下的重點並不是真假謝星顏，而是再放任她們爭執下去，他們三個都會迷失在連環建築中。

「都別吵，也別放靈。」紀洵抬手示意她們停下，「繼續往前走，小心迷路。」

兩個謝星顏同時怒哼一聲，但也都怕跟丟了，糾結幾秒後，很不情願地跟上了。

紀洵懸著的心，並沒有因此落回去。他不敢跟兩者之中的任何一個靠得太近，默默放慢腳步走在最後，琢磨著要是其中一個，也是像床上的潼兒那樣由布袋做成的話，那她的皮膚應該也會有些鬆垮才對。可不論哪一個謝星顏，都看不出異常。

聯想到範家六人本來的身體狀態，紀洵猜測，也許布袋翁的戲法效果也跟各自的體質有關，身體越好，複製出來的布袋人就越逼真。

一路上，謝星顏們還在嘰嘰喳喳地拌嘴，聽得紀洵半是害怕半是無奈，只盼趕快見到謝家其他靈師，把棘手的問題交給別人去苦惱。然而當又一個院子映入眼簾時，紀洵愣在原地，耳邊響起命運無情的嘲笑聲。

真假謝星顏異口同聲：「常亦乘?!」

哦，是的，常亦乘認識謝當家，那他見過謝當家的孫女也很正常。

可不正常的是……院門前的桑樹邊，兩個常亦乘渾身散發出強烈的戾氣，手裡各自握著一把無量，輪廓鋒利的眼中已經燃起濃濃的殺意。

範家的奴僕站在院門外，笑盈盈地迎向潼兒姊弟倆，完全沒有在意周圍一觸即發的危險。

留意到這邊的動靜，模樣相同的黑衣男人同時側過臉，看向紀洵。

此時此刻，紀洵心中沒有害怕，只剩下一片麻木。這都快打起來了，可見以常亦乘的性格，絕對不會像謝星顏那樣，願意暫時和平地真假並行。

紀洵輕聲地問前面的女生們：「你跟他，熟嗎？」

「不熟。」兩人一起答完，然後怒瞪對方一眼。

認人的責任毫無懸念地落到了紀洵身上。他頭疼地揉揉太陽穴，無名指間微涼的戒指碰到皮膚，讓某個尷尬的畫面瞬間浮現在他的腦海中。而戒指裡的霧氣似乎察覺到他的想法，竟躍躍欲試地飄散了出來。

時間緊急，放手一搏吧。

紀洵快步下橋，視線掃過左右同樣英俊的男人：「先把刀收起來，行嗎？」

兩人看著他，都沒說話，倒是配合地把短刀收回了刀鞘。連收刀的動作也是如出一轍的乾淨俐落。

紀洵運轉體內的靈力，將霧氣分成粗細相同的兩縷，抬起手時，深吸了一口氣：「不好意思啊，麻煩讓我，不是，讓它……」

他原本想斟酌地使用禮貌點的用詞，可被兩個殺氣騰騰的黑衣青年注視的壓力，普通人根本扛不住。

於是，眾目睽睽之下，紀洵脫口而出：「騷擾一下。」

眼看霧氣升騰而起，紀洵的心也跟著跳到了喉頭。

左右兩個常亦乘收了刀，但又沒完全收，同樣好看的手指都搭在刀柄上，隨時能夠抽出短刀，將他碎屍萬段。

紀洵的腦神經已經繃到最緊了，右邊的常亦乘竟然低聲開口：「你是紀洵嗎？」

「……」

真是讓人壓力陡增的好問題。

也是，陣中已經出現兩名複製人，誰能保證紀洵就是他本人呢？

紀洵不安地抬起眼，發現左邊的常亦乘雖然沒說話，但低頭看過來的眼神裡也帶有幾分觀察的意味。任何辯解在此刻都顯得蒼白無力，他只能簡單地點了下頭，集中精力，讓分散的霧氣輕輕繞到兩個常亦乘的頸邊。

近來他頻繁使用靈力，濃稠霧氣中糅雜的深紅色變少了些，體內的靈力也不知不覺增強了許多，但紀洵仍然不敢保證這招一定管用。

霧氣已經覆蓋了頸環表面，顯得男人身上的戾氣更重了一層。短刀的嗡鳴聲從左右兩邊同步傳進紀洵耳中，他連眼睛都不敢眨，屏息仔細觀察。

很快，霧氣中閃爍出金色的柔光。

兩個都有。並且兩人唯恐他太好判斷一般，彼此的呼吸也逐漸低沉起來，似在苦苦壓抑失控的徵兆。

紀洵的心卻反而靜了下來。周圍嘈雜的聲音消失了，眼前的一切又變成了昏黃的暖色，如同用戒指幫雜貨店店主治療時的畫面那樣，他看見兩人臉上都出現了黑色的印記。

右邊質疑過他身分的那位，只有一道淺淺的印記從太陽穴延伸到下頜。

照理來說，這就是體內摻雜了他人靈力的表現。

可左邊這位……

紀洵一眼掃過去，眸中流露出駭然之色。

兩道濃烈的印記糾纏在一起。

一道從他額心蔓延開來，沿著兩邊眉骨往下化分開無數條分支，纏繞住他身體每一寸骨頭，宛如囚禁犯人的鐵鍊般遍布他的全身。只看一眼，就能體會到其中傳遞出的、令人窒息的壓迫感。而另一道，則環繞過男人的頸間微微漂浮，像要在層層禁錮之中，為他留出喘息的空間。

紀洵試著用霧氣去觸碰兩人的印記，右邊那人顫了一下，印記中明顯表現出抗拒的意味，而左邊的兩種印記，卻給了截然不同的反應。

霧氣剛碰到分散最廣的那道時，紀洵指間驟然一疼。他無暇細想，本能地察覺到危險與敵意，連忙換了頸間那道再試。

這一次，一股柔和的氣息沿著霧氣傳回了他的身體。毫無抵禦的意思，溫柔得像他接觸自己的靈力一般，居然讓紀洵產生了某種「收回來也沒問題」的錯覺。

以前紀洵懷疑過，金色符文會不會是觀山加鑄的鐐銬，一旦常亦乘快要喪失理智，就施以懲罰阻止他繼續傷害別人。但是現在，紀洵隱隱約約地明白了。

他猜錯了。

符文是某個人為了防止常亦乘徹底癲狂，而特意設下的一道保護。

意識到這一點後，答案也不言而喻。

紀洵收回霧氣，與左邊的男人對視一眼，彎起唇角笑了笑。

右邊那個正要有所動作，常亦乘二話不說，伸手攬過紀洵的腰直接將他護到身後，同時轉身抽刀，手中寒芒乍現。

前後不過一秒的時間，複製人的動作到底還是慢了半拍。他才剛把刀拔出來，自己的腦袋已經飛離身體，落在地上滾了幾圈。沒有頭顱的身體走了兩步，陡然一軟，像失去支撐的布袋那樣倒了下去。

紀洵聞到濃烈的水腥味在空氣中四處瀰漫，他終於鬆了口氣，轉頭看向旁邊目瞪口呆的兩個謝星顏，笑著問：「你們誰來試試？」

「砰」的一聲。

他遇見的第二個謝星顏瞬間化作一隻空蕩蕩的布袋，原本站立的地方流淌出大片的水漬。真正的謝星顏正要拍手歡呼，突然臉色一變：「他們走遠了！」

三人來不及談論複製人的怪事，轉身朝橋上追去。

所幸範家的奴僕年紀大，走路慢，紀洵他們一路追趕，總算在對方進入院子時趕到。常亦乘仗著自己腿長，直接抬腳踹開關到一半的院門，替後面兩人守在那裡。

好不容易進入院子，結果下一秒，紀洵就當場愣住。

院中飛沙走石，電閃雷鳴。放眼望去滿是紀洵叫不出名字的靈，在交織成網的刀光劍影中彼此廝殺。仔細一數，每個靈的數量都是雙份，就連包括屈簡在內的幾名靈師也各自甩出靈器，跟辨不清真偽的複製人混在一起，打得風生水起。

院子裡範家六口人縮在角落，興致勃勃地伸長脖子，圍觀這場不分敵我的大亂鬥。

一時間，院中地動山搖，竟隱隱有了崩塌之勢。

謝星顏大喊：「住手，你們別打了！」

眾所周知，這句話從來沒有任何用處。一個留寸頭的陌生靈師，甩出長鞭逼退屈簡的同時怒吼一句：「你他媽又是真的還是假的！」

「我……」謝星顏一時語塞，轉頭看向紀洵。

紀洵頭皮發麻，他不知道這幾個人是怎麼打起來的，只知道要是繼續打下去，恐怕會出人命。他下意識動動手指，全身的靈力瞬間迸發。

謝星顏一驚，只見無數縷霧氣猛然飛了出去，像一張密密麻麻的網甩到院子中間，然後迅速朝四周分散開來。

眨眼之間，紀洵的視野內滿是昏黃色。劇烈的心跳超出了他所能負荷的程度，但他身子只搖晃幾下，站穩後就連忙看向離得最近的那條蟒蛇。

蟒蛇眼邊有道黑色印記。

紀洵鬆開那縷霧氣，簡短道：「這個。」

話音未落，黑色的身影如閃電般殺進戰地。常亦乘出手極快，一道刀光劍影閃過，蟒蛇便忽地矮了下去，變成一灘詭異的水漬。

院中忙於廝殺的靈師還沒發現這邊的情況，紀洵卻已再次辨別出兩個冒充的靈。如今不用他出聲，只要他收回霧氣，常亦乘的無量就會立刻趕到，將其斬於刀下。

太多了，紀洵心想，院中連人帶靈起碼有數十個之多，他的速度應該再快一些。

他急促地喘了口氣，試著將左手在霧氣中一抓，竟然當真扯出了更多霧氣，縱橫交錯的霧氣猶如烏雲壓城，轉眼便縈繞過所有還在活動的人與靈。

謝星顏腦子裡「嗡」的一聲，這是倒數第一該有的實力？

但面前的混亂不容她驚訝，經過最初的震驚後，謝星顏很快清醒過來，她四下掃了兩眼，輕巧地幾步跳上屋簷，摘下領口粉色的蝴蝶結，將其化作一把長弓：「先找人！」

紀洵的意識有些恍惚，只能迷迷糊糊地聽到這聲提醒。他強撐起精神，視線在兩個屈簡間來回掃視，然後收回了其中一縷。

一隻泛起粉色光芒的箭矢攜著爆裂之聲呼嘯而來，直接擊穿那人的胸膛，把人釘進了身後的牆上。真正的屈簡從惡戰中抬起頭，臉上滿是詫異之色。

他看見了什麼？

常亦乘和謝星顏正將真假難辨的靈和靈師逐個擊破，而他們判斷的依據，卻是紀洵手中那一縷縷收回的霧氣。

就在屈簡錯愕不已的時候，浸骨的冷水兜頭潑下。

他一轉身，看見謝家那位年長的女性靈師倒在地上，而常亦乘根本沒看倒在地上的屍體，反手又是一刀劈出，疾馳的弓箭同時落下。

之前朝謝星顏怒吼的靈師，先被一刀劈開胸膛，再被一箭射穿眉心。

周遭忽然靜了下來。

隨後，便是一聲又一聲的布袋崩裂聲響炸開。

屈簡站的位置不好，被四濺的湖水澆了滿身。他狼狽地抹了把臉，與剛才還跟自己打紅了眼的兩位靈師沉默相對，幾人都不知發生了什麼事。四散的霧氣在此時一併收了回去。

紀洵站在緊閉的院門前，臉色蒼白，目光掃過院中三人，輕聲問：「可以停手了嗎？」

他說話的語調向來柔和，但這一句，屈簡卻莫名聽出了幾分威嚴，比生平第一次被紀老太太問話時更叫人膽寒，也令他感到陌生。

那裡站著的，是紀洵嗎？

紀洵緩緩呼出一口氣，沉重的眼皮半闔下來，忍不住納悶地想，眼前的地磚怎麼越來越多，難不成布袋翁閒著沒事，還複製起地磚來了？

直到黑暗襲來的一刻，紀洵才恍然大悟，原來是要暈倒了。

意外的是，他沒有像預料中那樣摔到地上，而是跌進了一個寬闊的懷抱裡。

NOT A HUMAN

第八章 雷池陣

私はたぶん人ではない

私はたぶん人ではない

NOT A HUMAN

再醒過來時，人還在乾坤陣裡。

紀洵不知道躺在誰的床上，一睜眼就看見其他五人或坐或站地守在旁邊，人人面色凝重，乍一看還以為他死了，人家正在集體默哀呢。

他用手撐著坐起來：「什麼時候了？」

「還沒到晚上。」靠在門邊的常亦乘低聲答完，又問，「你怎麼樣？」

紀洵活動了一下四肢，點頭說：「好像沒事了。」

屋子裡一個圓臉的中年女人，朝他親切地寒暄道：「你叫紀洵對吧，剛才真是謝謝你了。」

暈倒前的記憶回籠，紀洵輕描淡寫地回了句「不客氣」，才好奇地問：「你們為什麼會打起來？」

他不問還好，一問屈簡的臉色就更難看了。另外那個留寸頭的靈師也皺了下眉，鬱悶的表情裡帶著點尷尬。中年女人責備地看了那人一眼：「怪我沒攔住。」

眼前溫聲細語的女人叫謝錦，是謝星顏的姑姑，也就是謝當家的大女兒。

他們三人天亮後，和紀洵一樣跟著範家的人出來。不知該說運氣好還是不好，沿途都沒遇見其他人，直到進了這座院子，才發現陸陸續續有和自己長得一樣的人也出現了。

名叫韓恆的寸頭靈師是謝家的旁支，他性子急，跟生性傲慢的屈簡沒說幾句就吵了起來。光是兩人吵也就罷了，偏偏複製的那兩個也跟著吵，謝錦剛開始還想勸阻，可大家誰也不相信誰，最後質疑來質疑去，就變成了紀洵看到的那樣。

紀洵聽完，心中滿是無語。但他沒興趣評價別人的性格，轉而問道：「那我昏過去後，你們研究清楚這家人是怎麼回事了嗎？」

謝錦點頭：「大概有數了。」

說起來還要感謝脾氣暴躁的韓恆。昨晚是他留在乾坤陣的第二晚，他又不知道紀洵等人已經進來了，心想與其就這麼莫名其妙地待下去，還不如乾脆出手，看能不能有什麼變化。

於是他跟範家老爺進屋後，直接對人家動手了。

他力氣大，一下子就扯開了範家老爺的衣襟，發現對方胸口有個如碗一般大的傷疤。傷疤沒有癒合，能看清裡面的血肉與經脈。按理來說，受這麼重的傷，人早該死了。

韓恆留了個心眼，沒再揍人，放任範家老爺鑽到床底睡了兩小時。等他從床底爬出來時，又扒開人家衣服看了一眼，傷口卻癒合了許多。

「我跟著的那個駝背奴僕也是這樣。」屈簡插話道，「他鑽進床底時，我看見他背後的衣服陷下去了點，應該是背上有個大洞。可天亮後，我用手摸了一下，那個洞沒了，他的臉色也變得正常了。」

謝錦接過話題：「我們分析了一下，懷疑範家的六個人，恐怕各自都有危及生命的重傷。」

紀洵一愣，是什麼情況下，一家六口才會都傷得這麼嚴重？

他突然想起布袋翁的來歷，與常亦乘交換了一下眼神。常亦乘看懂他的意思，似乎有點不情願，但最後還是淡淡地說：「陣裡的靈，是布袋翁。」

聽完他的解釋，其餘四人恍然大悟。

布袋翁是戰時運送軍糧的布袋化形而成的，那麼範家六人很有可能就是在戰爭中遇到了布袋翁。戰爭的殘酷不必多說，只要稍加想像，就能知曉一二。

紀洵：「範家老爺跟布袋翁關係好，會不會是布袋翁見他們受了重傷，就用自己的靈力做出幾個傀儡一樣的人，幫他們續命？」

「那布袋翁就是個善靈囉？」謝星顏坐在桌上，晃著腿說，「這樣的話，它鬧這一齣是什麼意思呢。」

韓恆不耐煩地「嘖」了聲：「有毛病唄。依我看就別猜了，回頭遇見，我們六個人還對付不了它一個？」

「……」

紀洵詫異地看他一眼，總感覺這人的莽夫發言十分違和，有點像故意演出來的。

韓恆瞪眼與他對視：「看什麼看，我還沒問你呢，怎麼就你一個人沒被複製？」

「韓恆！你給我閉嘴。」在場輩分最高的謝錦訓斥完，轉頭向紀洵道歉，「不好意思，他就是太衝動了。」

紀洵卻是一愣：「對哦，為什麼我沒被複製？」

這話一說出來，人人臉上都泛起疑惑的表情。沒道理啊，總不能是布袋翁也瞧不起倒數第一，不屑於在他身上浪費小花招吧。

眼看氣氛陷入僵持之時，常亦乘抬起眼：「他給了水。」

四人的目光齊齊轉了過來。紀洵：「……你們都沒給嗎？」

謝星顏說：「我和姑姑的水在路上就喝完了。」

至於韓恆和屈簡，自然不必多說，也是沒給。

常亦乘冷冰冰地睨向韓恆：「分不清真假時，容易被誤殺。布袋翁知恩圖報，保護他，不行？」

韓恆梗著脖子想反駁，末了也只能把話咽了回去。

正在這時，外面傳來了院門叩響的聲音。謝星顏跳下桌子：「肯定是布袋翁來了。」

一行人沒有遲疑，紛紛起身離開屋子，往院子裡走去。

路過堂屋時，紀洵往裡看了看，發現範家六個人坐在裡面，木偶般一動也不動。他收回視線，來到院門邊，就看見性急的韓恆已經上前打開了門。

布袋翁還是那樣，全身滴水地站在門外。

「諸位人到齊了，想必也清楚老朽與範大官人的往來了吧。」它揚起皺巴巴的臉，慢悠悠地問道。

謝錦攔住韓恆，禮貌地回道：「您老人家一直在幫範家的人續命？」

布袋翁的脖子前後晃了幾下：「天下大亂，百姓民不聊生，範大官人與他妻兒奴僕，一家六口遇到那屠城的官兵，倒在老朽身邊，老朽豈能不救。」

「可望鳴山一帶，似乎沒發生過戰爭？」謝錦不解地問。

布袋翁說：「範大官人只想隱居避世，便一路逃難至此，原想著從此做山間野夫，潦草度日也就罷了。老巧看盡世態炎涼，也願做高山流水的知音，陪他們到壽終正寢。」

忽然，布袋翁平靜的眼神一變。它爬上院前的臺階，直直望向堂屋裡的方向，嗓子如淬了毒般暗啞乾澀：「可究竟是誰，是誰恩將仇報，明知老朽真身，還將老朽沉入湖底，害老朽千百年生不如死。」

紀洵一愣，剎時覺得屋裡那六個人的面目變得模糊了起來。

伴隨著淅瀝水聲，院中的楊樹隨風搖晃，似在為布袋翁拍手哀鳴。

「知人知面不知心。」布袋翁仰天長嘆一聲，「大限將至，若不找出那人，老朽死不瞑目啊。」

「把他找出來。」布袋翁說出了它的訴求。

紀洵問：「你是靈，能力遠在他們之上，怎麼會被沉湖？」

而且連誰害了自己都不清楚，難道是被人從背後敲了悶棍、扔進湖裡的？紀洵直覺事情恐怕沒這麼簡單。

布袋翁向下耷拉的眼裡閃過一絲恐懼，彷彿回憶起被害當天的過往。它抱緊手中的魚簍，身體顫抖起來，久久沒有開口。

它在害怕。

什麼東西會讓一個靈感到害怕？

沒等紀洵想出答案，謝錦和屈簡同時開口：「雷池陣！」

「那是什麼？」紀洵茫然地問完，就看見屈簡翻了個白眼。看來他的無知又刺激到了精英人士。

還好謝錦及時解釋：「是一種能夠將靈困在陷阱裡，逼迫它為自己辦事的陰邪陣法。不怪你沒聽說過，這陣法失傳已久，現在的靈師也不會了。」

現在的靈師是不會，可範家生活的那個年代……

紀洵：「你是被雷池陣困在湖底、出不來的？」

「我該回去了。」布袋翁避而不答。這回它沒再故弄玄虛，而是拖著鬆垮的身體往湖邊走去。然後當著眾人的面，它一步步走進湖裡，往湖心游去。

布袋翁瞬間吸飽了湖水，它本能地抬高魚簍，試圖借助浮力避免墜入湖中，但最終卻猛地一沉，整個消失在湖面上。

接著，乾坤陣裡響起了它的聲音。

紀洵聽不出聲音源自何處，既像從湖底傳來，又像是在耳邊迴響。

布袋翁說：「**還有三晚，還有三晚……**」

眾人望向一片死寂的湖面，一時都沒說話。

它臨走前表達的意思很明確，再過三晚，範家就會有人對它動手。

雖說陣中映射的都是早已發生的事實，但既然布袋翁自己並不清楚遭何人所害，那麼等三晚一過，得不到答案的善靈會不會黑化成惡靈？

到了那時，事情恐怕就難辦了。

長久的沉默過後，謝錦第一個開口了：「山中修建酒店前，先修了一條盤山公路。開山打洞難免會有很大的動靜，或許影響了湖中雷池陣的穩定。」

屈簡也分析道：「布袋翁的真身應該還在湖底，導致它只能釋放部分靈力，不能完全脫身。」

紀洵設身處地地代入了一下，就感受到了強烈的絕望。布袋翁被困在湖中千百年，好不容易能探知到一點外面的情況，自己的壽命又眼看快要走到盡頭，可到底還是出不去，只能日復一日地思考，到底是誰背叛了它。

這個問題在布袋翁心中，儼然成為超越生死的執念。否則它完全可以叫他們把它從湖底救出去，而不是一心只想找到當年謀害自己的凶手。

怪可憐的。

紀洵心裡不太舒服，輕聲問：「接下來該怎麼辦？」

謝錦估算了一下：「既然說了是三晚，再算上白天，就相當於我們還有十二個小時。」

她面相和善，性格也很有親和力，是那種小孩們都願意親近的長輩類型，這時安撫起大家來，也是溫聲溫語的音調：「離天黑還有些時間，不如分成兩人一組，在院子裡仔細找找，說不定能有線索。」

謝星顏拉拉她的衣袖：「姑姑，我跟妳一起。」

「這……」謝錦為難地看向剩下的四個男人，意識到這幾人還真不好分配。

韓恆跟屈簡之前就吵地打起來了，肯定不能讓他們倆搭檔。常亦乘的脾氣她也略知一二，要是讓他跟韓恆一組，她都擔心韓恆活不到今晚。剩下的紀洵看起來倒是很好相處，她又擔心韓恆會反過來欺負人家。紀洵剛竭盡全力救過他們，謝錦幹不出過河拆橋的事來。

思考再三，謝錦只好說：「韓恆跟我走。」

韓恆不爽地皺了下眉，勉強答應了。

謝星顏失望地問：「那我怎麼辦？」

她又不傻，之前韓恆質問紀洵為什麼沒被複製時，常亦乘那麼冷的人都開口幫紀洵說話了，說明這兩人關係肯定不錯。這樣一來，她豈不是要跟屈簡一組。

謝星顏嫌棄地撇了下嘴，她以前跟屈簡打過幾回交道，實在受不了紀家這個所謂的天才心高氣傲的模樣。

幸好關鍵時刻，屈簡想起紀老太太的囑咐，推了下眼鏡說：「妳跟紀洵一起吧。」

謝星顏轉頭問紀洵：「可以嗎？」

紀洵還沒吭聲，旁邊就掃來一道陰冷的視線。他下意識想拒絕謝星顏，卻在開口之前想起常亦乘身上鎖鍊般的印記，於是話到嘴邊變了風向：「行。」

那道若有似無的視線溫度更低了。

紀洵抿了抿唇角，側過身，朝常亦乘遞過去一個笑容：「不要緊，都在同一個院子裡，遇到危險我就喊大聲一點？」

常亦乘看他一眼，轉身就走。

紀洵：「……」

完蛋，好像生氣了。

◎

整座院子不大，卻是五臟俱全。

除了普通老百姓家常見的屋子，院落東北角還有一間書房。從書房窗戶望出去，剛好能看見堂屋屋簷和枝繁葉茂的楊樹，當年坐在書房中，想必能欣賞到一番好景致。只可惜如今紀洵站在窗邊，看著堂屋裡那六個人，只感到了布袋翁所說的「知人知面不知心」的惶恐。

他收回目光，轉而打量起書房的環境。

範崇汝一家逃難到望鳴山，從前的家當多半沒能帶走，書架上擺放的書籍看起來都很新，多半是後來添置的。即便這樣，每本書都分門別類地排列得整齊，加上屋內文房四寶俱全，可見範家老爺也算是個風雅的文人。

這樣的人，會對布袋翁恩將仇報嗎？

紀洵抽出一本細繩裝訂的詩集，才剛翻開，視線餘光就瞥見一個粉色的身影湊了過來。

「你跟常亦乘認識很久啦？」謝星顏從口袋裡摸出根棒棒糖，叼在嘴裡問。

紀洵算了下時間：「快一個月。」

謝星顏頓時瞪大眼睛：「那你有點厲害呀，不到一個月就跟他相處得這麼融洽，怎麼辦到的？」

被他救幾次命就能辦到，紀洵在心裡嘀咕了一句。見詩集沒什麼問題，就放回去抽出另一本：「順其自然吧，妳跟他……認識很久？」

謝星顏邊翻書櫃邊說：「大概一年多一點。不過你也看見了，他見到我連句話都懶得講。」

紀洵意識到這是一個好機會，他想了想，問道：「他說自己不是謝家的靈師？」

「……他連這個都告訴你了？」謝星顏壓低聲音，「你可別講出去喔，會替我們家添麻煩的。」

「嗯？」

謝星顏：「你知道現在還活著的靈師，總共就剩三家了吧？」

紀洵點頭。

「常亦乘不屬於任何一家的人。」謝星顏聲音越來越小，唯恐被其他人聽見似的，輕聲說，「沒人知道他是從哪來的。」

紀洵指尖一頓，詫異地問：「那謝當家怎麼會……」

謝星顏：「這話，說來就長了。」

從謝星顏有記憶的時候開始，她爺爺謝作齋房間的香壇裡就常年插著一支沒點燃的香。

小時候謝星顏調皮，有一回進入爺爺房間，想把香拿下來玩。結果還沒等她靠近，謝作齋就拽住她，一臉嚴肅地告誡她不許碰它。

「爺爺跟我說，這香叫做烽火香，是件靈器。」謝星顏說，「你接到過觀山的電話嗎，很神奇對不對？以前通訊沒那麼發達的時候，靈師之間遠距離傳遞消息，就全靠烽火香。」

烽火香的用法主要有兩種。一種擴散距離近，直接點燃後，能像傳遞烽火那樣示意附近的靈師趕過來，可以理解為在群組上傳送訊息。

第二種是兩支配對的香，上面加了特殊的限制，只要點燃其中一支，另一支就會自動被點燃，無論多遠都能探查到對方的位置，比較像一對一傳送的私訊。

當然烽火香沒有手機那麼方便，不能傳遞語音或文字資訊。但久而久之，大家約定俗成，知道烽火香一點，就是有靈師求助了。

她爺爺房間裡那支，就是第二種。

謝星顏聽完更好奇了，就問：『那您常年供著它，是在等什麼消息呢？』

『爺爺也不清楚。』謝作齋笑著說，『這香從我們家老祖宗開始就一直這麼放著了。等今後爺爺不在了，就會傳給下一任當家，世世代代地等待下去。』

謝星顏：『連在等誰都不知道嗎？』

這個問題，謝作齋倒是能回答。

他說：『等謝家的恩人。』

算起來，這事要追尋到一千年以前了。

那時候的謝家還不是名門望族，有回當年的謝當家和族人外出時，遇到一個棘手的惡靈，眼看就要全軍覆沒的時候，一位路過的青年出手相助，救下了謝當家一條性命。

青年本領雖高，脾氣卻不太好。面對謝當家的再三詢問，只說自己姓常，其他一個字都不肯透露，也不想要任何回報。

謝當家無奈，最後只能懇求對方收下一支烽火香，說自己會令族人世世代代供著這支香。將來青年或他的後代需要幫助時，謝家必定竭盡全力，萬死不辭。

結果那位謝當家到死，都沒等到另一支烽火香點燃，但謝家的祖訓，就這麼一輩一輩地傳了下來。

謝星顏聽完後，只把這當作一個故事，並沒有放在心上。

誰知就在一年前的深夜，烽火香被點燃了。

那天正好是元旦，全家都聚在一起，見到此景後，謝作齋哪還有心情團圓，連夜帶著謝錦和謝星顏他爸出發。

謝星顏年紀小去不了，但她有隻雀鷹化作的靈，可以將千里之外的情形傳到她的眼睛裡。於是她出於好奇，偷偷讓雀鷹跟了上去。

「他們一路各種交通工具都坐遍了，直到四天後，才趕到一座雪山山腳下，最後在一片沼澤地邊，發現了一個人。」謝星顏說完眨了下眼。

紀洵心領神會：「是常亦乘？」

「沒錯。你現在看到他，覺得他超厲害的對吧？可我爺爺他們發現的時候，他幾乎快死了。」

謝星顏都形容不出他那時到底有多慘。只記得常亦乘整個人倒在血泊裡，不僅身上的衣服看不出原本的顏色，就連整張臉都被血蓋住了。要不是胸膛還在微弱地起伏，她都以為爺爺他們到得太晚，人已經死了。

可即使昏迷不醒，常亦乘也沒鬆開他手中的那把短刀。

「那片沼澤陰氣太重，爺爺他們不敢久留，只能勉強把他最後那口氣吊住，帶回了謝家治療。他醒過來後，單獨跟爺爺聊了一次，爺爺就不許其他人接近他，還專門騰出一層整樓，就讓常亦乘一個人住。」

紀洵：「後來呢？」

「後來我忍不住好奇呀，瞞著大人讓雀鷹溜進那層樓裡，結果你猜他在幹嘛？」謝星顏沒有賣關子，自問自答說，「他在專心致志地看電視。」

紀洵：「？」

說到這裡，謝星顏就無言至極：「而且看的還是部出名的爛劇，你知道我心裡有多震驚嗎？那些演員的口型都是『一二三四五六七』，臺詞全靠後製配音完成，他好端端地看那個幹嘛？」

紀洵神經一凜，想起常亦乘說長句子時，咬字會過於清晰的習慣。

莫非……是看電視學說話的？

可轉念一想也不對，他醒來時都能跟謝作齋聊天了，顯然原本就會說話。還是說，他在學習一般人該如何發音？

紀洵被自己荒唐的念頭嚇了一跳。

謝星顏沒留意到他的神色變化：「不過我只偷看了幾秒就被他發現了。真是個好傢伙，直接拎著刀就殺了過來，要不是我水準還可以……好吧，其實是他那時傷還沒治好，否則別說雀鷹，恐怕連我的命都保不住了。」

書架上的書翻完了，兩人一無所獲，轉而去查看範崇汝的字畫。

紀洵打開一幅仕女圖，注意力卻完全無法集中：「之後妳就沒再見過他了？」

謝星顏依次翻開盛裝顏料粉末的瓷瓶：「我哪敢再去見他呀，嫌自己命太長嗎？但有件事，爺爺倒是告訴了我們，說常亦乘要去濟川找人，叫我們如果遇見認識他的人，記得告訴他。」

這件事紀洵是知情的，他不動聲色地問：「找誰？」

「不知道。」

「……」

「哦，不是我不知道喔，是他自己也不知道。」謝星顏一臉納悶，「你說這事怪不怪，他連對方年紀多大、叫什麼名字都不知道，就只說要找一個人。」

條件如此模糊，謝家縱使再想幫忙，也只能愛莫能助。

紀洵皺眉：「那他怎麼肯定，要找的人就在濟川？」

謝星顏咬碎棒棒糖，看著他說：「因為他懷疑那個人是紀家的。哎，你跟他關係那麼好，他要找的人會不會就是你呀？」

紀洵笑了一下：「我以前從來沒見過他，他找我幹嘛。」

「也是。」謝星顏點點頭，再次提醒，「他不是我家的靈師這件事，千萬不要告訴別人哦，一不小心會害到他的。」

紀洵不解：「哪怕常亦乘是其他家的靈師，又有什麼問題？」

謝星顏愣了好半天，才搖頭感嘆：「剛才在院子裡，我才覺得你有點厲害，現在我明白了，你確實是倒數第一。」

紀洵：「啊？」

「靈師一行，為什麼只剩最後三家，你沒聽說過嗎？」謝星顏驚訝地看著他，「那『殺人奪靈，有違天道，死無葬身之地』，你總該知道了吧？」

紀洵想起剛辦完入職那晚，紀景揚一本正經說出口的告誡，點了下頭。

謝星顏鬆了口氣，似乎在慶幸他還不算完全沒救：「這事說來就更長了。反正簡單來說，就是一百多年前，當時國內局勢有多混亂，不用多說你也能了解。亂世之下普通人難過活，靈師也一樣。」

靈師本來就是容易有生命危險的職業，經歷上千年的歷史演變後，民國時期的靈師人數早已不如從前，但細數下來，也還剩最後十幾家。為了活命，起初大家都在四處找靈共生，只盼能獲得更多的保護。

可是慢慢的，有人動了邪念。到處奔波還不一定有收穫，哪有直接殺人奪靈來得方便？

一場靈師之間的血腥屠戮，就此拉開了序幕。

有些弱小的家族被滅了滿門，還算強大的則自顧不暇，根本沒有餘力去救其他家的靈師。就連那時的紀家，都只能從北方遷徙到南方，躲避戰爭和同行的威脅。

眼看事態一發不可收拾之際，曾經殺人奪靈的靈師，卻一個接一個地離奇死亡。彷彿有一隻看不見的手，不願放任世間靈師自相殘殺下去，終於替天行道懲戒了那些惡人。

但也正因如此，靈師的數量在那幾年裡急劇減少。等天下太平的時候，只有始終堅持沒對人類出手的紀、謝、李三家，得以存活下來。

紀洵沉思片刻，理解了謝家為何要瞞住常亦乘的身分。

來路不明，突然出現。

無論他祖上是殺過靈師，還是被靈師殺過，都可能對被天道庇護存活下來的三家抱有敵意。謝家遵從祖訓、幫他隱瞞來歷已是冒險之舉，倘若這事被更多人知道，紀家和李家絕對不會坐視不管，更何況常亦乘，偏偏還容易控制不住自己。

雖說現在是法制社會，應該不至於清理門戶、斬草除根，但只要稍微想想……觀山必定不會讓常亦乘好過。

紀洵深吸一口氣，鄭重道：「我不會害他。」

進書房之前，他本來還想問問謝星顏，清不清楚常亦乘身上那兩道印記是怎麼回事，如今這單純的小女孩都全盤托出了，還是沒聊到印記，看來是對此一無所知。他只好按捺下心中的疑惑，專注地幹起活來。

範崇汝創作的字畫只剩最後一幅，他拿起來將其打開，隨著卷軸一寸寸翻開，畫中的景象也慢慢映入了眼簾。

謝星顏從旁邊瞄了一眼：「咦，這不是……」

「堂屋那幅？」紀洵接過她的話，語氣中難掩驚訝，「怎麼會有一模一樣的兩幅……不，不是，這幅不一樣。」

謝星顏愣了愣，目光一一掃過畫上的湖泊、院子和戴著斗笠釣魚的背影，又忽地看回院子：「院中沒有楊樹，外面也沒有柳樹和桑樹。」

說完她又指向左上角「壬辰年冬月十六」的字樣：「完成的時間也不同，這幅要早幾個月。」

紀洵將畫完全展開放到桌上：「不止，還有院門的朝向。」

經他一提醒，謝星顏默默挺直了背，眼中滿是驚詫之色。

被樹木遮掩了大半的院落，只在畫中露出不到一半的屋頂與院牆，乍看之下很難分辨它的朝向。可這幅畫上，院牆與樹幹相連的邊界下方出現了一抹不起眼的朱紅色，再一細看，屋頂的朝向也有所改變。

自從他們進入乾坤陣，這座院子的外觀已經讓紀洵看到膩得快吐了，所以無論是他，亦或是謝星顏，都不會忘記那扇朱漆的大門。

「你昏過去的時候常亦乘說過，你們見到的院子，是背水面山的格局。」謝星顏回憶了一下，「堂屋那幅畫上沒有朱紅色，畫的就是你們看見的院子。」

然而眼前這幅卻是反過來的，不僅背靠山崖面朝水，也沒在怪異的地方栽那些樹，變成了一座符合普遍風水認知的正常宅院。如果光是樹木不同，倒可以說是範家人後來多種了樹，可將整個院子的朝向都反轉過來……

布袋翁的能力不像紀洵，動動戒指就能將生命垂危的人拯救回來。潼兒早就習慣睡在床底，說明範家六人每晚都要靠床上的傀儡續命才能存活，以他們的身體條件能完成這樣的大工程嗎？

不可以，也沒必要。

謝星顏到底比紀洵資歷更深，很快就明白過來：「院子被布袋翁的靈力影響了。」

就像人被惡靈寄生太久，容貌會發生變化一樣。布袋翁每晚用傀儡在院中幫範家人續命，長年累月下來，四處遊走的靈力也會慢慢改變周圍的環境，而且這些變化都不受它本人的控制，而是遵從它的潛意識，變成它更偏好的模樣。

正所謂甲之蜜糖，乙之砒霜。在人類眼中過於陰晦的院落布局，說不定在布袋翁的認知裡，倒是不錯的聚靈寶地。

院子會受影響，那麼活人呢？

紀洵虛心請教：「他們跟布袋翁相處久了，會像被寄生那樣出現異變嗎？」

「異變是因為寄生的惡靈故意害人。布袋翁既然想幫忙，肯定不會讓他們出事啦。」謝星顏條理清晰，三言兩語就解開了紀洵的疑惑。

轉眼一個多小時過去，紀洵不確定什麼時候會進入夜晚，見書房內該翻的都翻完了，就拿上這幅畫，和謝星顏去院子裡跟其他人匯合。

謝錦和韓恆在範家兩位女眷房中，發現胭脂水粉的數量略有些多。想來是女人心思細膩，即便住在人煙稀少的山林裡，也怕哪天沒來得及回家睡覺續命，在外面暴露了難看的青白臉色。

常亦乘他們則在存放工具的草棚裡，找到些研磨顏料的小錘石臼。古時候畫畫遠不及現在方便，許多顏料都得自己動手將礦石磨成粉末保存下來。這幾樣工具，多半都是範崇汝在使用的。

紀洵這邊自然是拿出山水畫，讓大家看看畫中多出來的那抹朱紅色。

韓恆不耐煩道：「你們真信那老頭的話啊？說不定它是被其他人害了，還傻不隆咚地想把帳算在這家人頭上。」

「不要急躁。」謝錦頭疼地勸他，「提醒過你多少次了，說話之前先想清楚。」

韓恆：「這回我可沒亂說。你們想想，範家就靠布袋翁續命，沒事害它幹嘛？」

過河拆橋的事常有耳聞，但人還在河中間就先把橋拆了……確實是難以理解的操作。

難道布袋翁當真誤會了範家六人？

眾人不禁陷入沉思。紀洵蹙眉看向堂屋，也差點被韓恆提出的論點說服。反正換作是他，肯定幹不出宛如躺在手術臺上殺主刀醫生的事來。

從回到院子就始終沒說話的常亦乘，卻在此時低聲笑了一下。他這人平時總擺出一副陰沉的表情，突然笑一聲，而且還笑得那麼冷，直接讓周圍人都驚出了一身冷汗。

在場唯一跟他交過手的謝星顏人都僵住了，接著便小心翼翼地躲到謝錦身後。

瞧他把一個小女孩嚇成這樣，紀洵看不下去，出聲問：「韓恆的話，哪裡說得不對？」

常亦乘眼也不抬，低頭玩著手裡那把短刀，爍亮刀光映在他眼中，擋住了真實的情緒，只將他周身的氣息襯得更為陰鬱。

過了幾秒，他才說：「受制於人，哪有翻身做主自在。」

一線天機在紀洵腦海中閃現出來。

他穩住呼吸，輕聲問：「普通人能布陣嗎？」

謝錦答道：「很難。」

除了紀洵以外，其他靈師自幼就從畫符開始學起，靈力慢慢地見漲後，再學習各類陣法的式樣。等到再大一些，能夠自由控制體內靈力了，就能省掉繁複的步驟掐手成陣。

普通人體內沒有靈力，必須嚴格按照陣法式樣，將其原封不動地畫出來，再設法將某人的靈力引入其中才能奏效。

謝錦解釋完，又補充道：「但靈師一行對陣法式樣管控嚴格，不會讓外人輕易知曉。」

別說外人，就連以前沒有靈力的紀洵從小都沒機會接觸到這些。可如今是和平年代，才有閒心顧及到所謂的「保密制度」。

紀洵想起謝星顏提過的亂世紛爭，範家六口人不也是從戰亂中逃出來的嗎？誰能保證他們之中沒有人機緣巧合，從哪個死在路邊的靈師身上撿到什麼重要的東西？

至於靈力……

範家院子內外，最不缺的恐怕就是這玩意兒。

「我知道畫符會用朱砂。」紀洵聲音顫抖，「畫陣呢？」

謝錦臉色變了變：「也是朱砂。」

紀洵呼吸一滯，轉頭看向謝星顏，他記得在書房的時候，對方翻看過範崇汝作畫的顏料。

「我去拿來！」謝星顏一溜煙地跑進書房。當她抱著瓶瓶罐罐跑出來的時候，院中的燭火也亮了起來。

入夜了。

謝星顏顧不上其他，蹲在地上手忙腳亂地翻找一陣：「有了！」

她將其中一個青瓷瓶打開，展示給眾人看。青瓷瓶約有成年人手掌這麼大，裡面的紅色粉末只剩薄薄一層，而從瓶身內部沾到的殘餘粉末來看，這個瓶子曾經應是裝滿過才對。

範崇汝作畫愛用素雅的顏色，除了落款處蓋下的印章，就只有紀洵二人發現的那幅畫中，塗抹過幾筆朱色大門。

既然畫上沒有，那麼，他把朱砂用到哪裡去了？

韓恆捏響指骨：「那就是他沒錯了。怎麼樣，今晚我逮住他再揍一頓，還是現在我們就把他揪出來扔進湖裡？」

「等一下。」屈簡聽不得如此衝動的建議，「先不談他究竟畫了什麼，就算是他把雷池陣設在了湖裡，那也要布袋翁肯進去才行。」

這一次，紀洵比較贊同屈簡的意見。

布袋翁有釣魚的習慣，說明它雖然不善水性，但也習慣了在湖邊生活。它好歹是個靈，而非風燭殘年、腿腳不便的老人，以範家六人的身體條件，恐怕很難神不知鬼不覺地將它推下湖中。

難道，它是自己跳進去的？

布袋翁如何進入湖中，暫時還無從知曉。眼前最重要的，還是第二晚已經降臨。

沒有人回應韓恆衝動的提議，大家依次進入堂屋，等待接下來會發生的事。

範崇汝與家人坐於屋中，兩名奴僕端茶遞水地伺候著，六人的臉色也逐漸變得暗淡，看起來還真是藥不能停的節奏。

他們晚進了一、兩分鐘，潼兒不知為何四腳朝天地躺在椅子裡，蹬著兩條小腿鬧騰道：「我不管我不管！我就要下山去看花燈！」

「昨日不是才去過嗎？」範夫人耐心地勸導他。

潼兒氣呼呼地說：「燈會連開三天，我才去了一天！」

說著他甩手在空中一揮，打翻了駝背奴僕手中的茶盞。幸好那奴僕還算靈敏，堪堪避開了潑灑出來的滾燙茶水。

「潼兒！」範崇汝見狀，怒喝一聲。

小屁孩終於要挨罵了，幾位靈師做好了看戲的準備。結果等了半天，只等來範老爺好不容易憋出來的一句：「你怎能如此淘氣？」

眾人：「……」

就這樣？一點殺傷力都沒有。

誰知潼兒嘴角往下一撇，揚著一張青灰小臉就哇哇大哭起來，好像受了天大的委屈。範夫人哪看得了這樣的場面，趕緊上前，心疼地將他抱進懷裡，轉頭訓斥丈夫不該責備兒子。

由此可見，小屁孩都是這樣慣出來的。

紀洵被嚎啕大哭的動靜吵得頭痛，不禁懷念起家裡改到一半的論文。那些資料儘管難搞，但它們安靜乖巧，絕不大吵大鬧。

連好脾氣如紀洵都受不了了，其他人的臉色自然也好不到哪裡去。韓恆拳頭都硬了，要不是謝錦屢次用眼神示意他別衝動，估計早就上去暴打潼兒一頓了。

反倒是常亦乘表情沒什麼變化，只是淡淡地看著眼前雞飛狗跳的一幕，好像在他眼中，一言不合就扯開嗓子大哭的潼兒，不過是個無關緊要的擺設。

就在韓恆第N次想上前揍人的時候，範夫人總算捨得放大招了。她雙眸含淚，朝丈夫埋怨道：「要不是因為你，潼兒何必住在山上，我們全家何必活得不人不鬼！」

範崇汝臉上頓時浮現出愧疚之色。

範夫人一邊安慰孩子一邊罵他：「明知城門快要失守，你個死腦筋非得帶上書跑。若非耽擱那半個時辰，我們早已逃出城去，哪還會遇上官兵！」

「我、我……」範崇汝囁嚅著，自知有愧，半天說不出一句完整的話來。

範夫人抹了把眼淚，抱著孩子坐到旁邊，哽咽道：「早知如此，當初還不如死乾淨算了。」

幾位靈師露出了然的神情。看來官兵屠城那日，範家原本有機會全身而退，結果都怪範崇汝愛書如命，捨不得扔掉家中的藏書，拖拖拉拉耽誤了時間，才害得一家人遭遇不測。

紀洵垂眼，看著範崇汝悄然握緊的雙拳。泛灰的膚色下，源於自責而用力突起的骨頭彰顯出幾分怪異的色調，也表現出他身為一家之主的懊惱與悔意。

紀洵轉過頭，再去打量那兩位奴僕。

駝背的那個好像麻木了似的，一言不發地收拾著潼兒折騰出的爛攤子，將摔碎的茶盞撿到盤中，又慢悠悠地跪下來擦拭地上的水漬。另外年紀更大的那位，雖是站得恭敬，但他悄悄打量範崇汝的眼神裡，也露出了幾分埋怨的意思。

「娘，話不能這樣講。」始終置身事外的綠裙少女終於開口了，她笑盈盈地剝開幾顆瓜子，「我們也算有福之人，能遇上布袋翁出手相救。雖說活得不如尋常人，但總歸撿回了一條命，不是嗎？」

範家大小姐朝潼兒招招手，等弟弟掙脫母親的懷抱跑過來後，將瓜子餵進他的嘴裡：「你呀，成日就知道貪玩。前兩天我見布袋翁又來湖邊釣魚，還是一條魚都沒釣到，你水性那麼好，不如下次鑽進水裡幫它捉幾條？」

「……我靠。」韓恆瞪大眼睛，扭頭看向眾人，「該不會是她，用弟弟當誘餌？」

誰也沒有回答，但再打量起女孩唇邊溫柔的笑意，紛紛感到不寒而慄。

院中書房沒有鎖，人人都能進去。誰又能保證，那些朱砂就是範家老爺用掉的呢？

紀洵同樣也在盯著範家大小姐，可惜沒等他從女孩臉上看出陰謀詭計的痕跡，肩膀就被某個人碰了一下。

他抬起頭，看向身邊的常亦乘。對方與他交換過視線，示意他留心範崇汝。

就在這時，範崇汝忽然鬆了鬆手指，又再度握緊，彷彿下定了某種決心。他勉強扯出一個笑容：「是啊，布袋翁是我們的救命恩人，潼兒也該為它捉幾條魚。」

潼兒不樂意地大吼：「不要！」

「現在還提什麼捉魚！」範夫人仍在哭哭啼啼，「它要是真的好心，就該把我們治好。」

範崇汝皺眉：「不得對恩公不敬。好了，時候不早，都回房睡吧。」

此言一出，所有吵鬧都停了下來。

不滿意當前的生存狀態是一回事，無論如何先活過今晚，又是另一回事。

幾人陸陸續續往院門走去，紀洵他們也一併跟上。連環建築內的院子，也許每天都會挪動位置。出了院門，範家六人就分成兩個方向沿著拱橋離開。

今天和紀洵一起往前走的，是常亦乘與謝錦。

謝錦大概也聽說過紀洵倒數第一的頭銜，現在有空了，就熱心地關心道：「心裡害怕的話，可以告訴我們，說出來就沒那麼怕了。」

實際上，紀洵並沒有特別害怕。布袋翁的乾坤陣縱使有些詭異，但不像世紀家園時那樣，到處都是針對他一人的敵意，反倒讓他可以靜下心來思考。

紀洵搖了搖頭，問：「我只是沒想通，我們看到的一切究竟算什麼？」

謝錦解釋道：「你可以理解為布袋翁的記憶。」

「記憶？」

「對。院子裡的靈力源於布袋翁自己，相當於是它靈魂的一部分。」謝錦說，「它不過是把記得的一切，在我們面前還原出來。」

紀洵：「可是潼兒能跟我說話。」

布袋翁的記憶裡，肯定沒有千百年後才出生的他們，也不會有紀洵與潼兒討論鋪床之類的對話。

謝錦笑了笑：「跟你說話的是布袋翁。」

紀洵：「……？」

「它的目的是找出凶手，就會想盡辦法催促你往前查。我不清楚你跟潼兒聊過什麼，但多半是你當時不知所措，布袋翁才不得不以潼兒的身分，提醒你接下來該做的事。」

懂了，原來是遊戲裡的任務引導。布袋翁唯恐大家跟無頭蒼蠅似地在陣中亂轉，還專程一步步地引導他們，就連今早遇到的那些複製人，想來都是怕他們疏忽了床上的傀儡而刻意強調的。

「可是它為什麼不直接告訴我們？」紀洵不解地問。

謝錦看他一眼，眼尾的細紋都笑了出來：「你該不會忘了，我們本來上山的目的？」

紀洵一愣，然後啞然失笑。

確實差點忘光了。

他們一行人來到望鳴山，是要尋找即將消亡的靈，與此共生。

「靈與靈師之間是雙向選擇，它自知活不了太久，當然要借機觀察各位的品性。」

前面的範夫人停在一座院子前，謝錦見狀，最後對紀洵說：「你入行是晚了點，但我看你在院子裡露的那一手，其實很有天賦。只要肯努力，今後必定大有所為。」

面對長輩溫柔的鼓勵，紀洵沒好意思說，他已經不想努力了。

謝錦朝常亦乘點了下頭當作告別，轉身和範夫人一同進入了院子。

她一走，就沒人說話了。

拱橋兩邊，鬼火森然地在石獅子嘴裡躍動，像無數雙躲藏在黑暗中的眼睛，靜靜注視正在通過拱橋的幾人。

走夜路最怕的，就是這種誰都不吭聲的情況。紀洵忍不住問：「你今天心情不太好？」

常亦乘垂眸望過來：「嗯？」

「我沒跟你一起搜找線索，你就那麼生氣？」

換作其他人，紀洵未必能如此自信，但當旁邊站的是常亦乘時，他就莫名認定，對方就是在為「白天」搜查屋子的分組悶悶不樂。

常亦乘錯開視線：「沒。」

紀洵：「……」

他今天聽完謝星顏講常亦乘的過去，多少也理解了這人的性格為何如此孤僻。本來想著乾脆把話說開也好，結果他醞釀半天，只換來兩聲冷淡的「嗯」和「沒」。

但好在紀洵心中，彷彿隱約知道遇見這種情況該如何處理。他裝作不經意地問：「不提這些了。剛才在堂屋裡，大家都盯著範家大小姐的時候，你提醒我注意範崇汝。坦白來說，我也覺得他更可疑。」

果然，常亦乘猶豫半拍，終究還是接話道：「為什麼？」

紀洵不動聲色地偷笑了一下，分析說：「他內心有愧吧。如果只有自己變成這樣，他可能會覺得還能寫字畫畫就行。但涉及到家人，特別是孩子，說不定他就願意鋌而走險。」

從範夫人的話語裡不難發現，他們一家對布袋翁的感情十分複雜。

一方面只能依賴於布袋翁而生存，另一方面又懷疑對方沒有盡力救治，說不定偶爾還會想，布袋翁這麼做，是不是有什麼不可告人的打算。

人與人之間都容易互相猜忌，更何況人與靈，根本是完全不同的物種。

常亦乘皺眉：「為了孩子，就肯恩將仇報？」

「做父母的人，有時候容易魔怔吧。」紀洵變得不確定起來，「不過我父母去世得早，我對他們也沒有印象，純粹只能瞎猜，你覺得呢？」

他的意思表達得很明顯，自己是個從小無父無母的孤兒，對於親情的力量不夠了解，希望能夠參考常亦乘的意見。

不料常亦乘卻說：「不知道。」

「？」

常亦乘本就冰冷的語調，又低了幾分：「我一出生，就被他們扔掉了。」

話音落下，紀洵尷尬地蜷了蜷指尖：「不好意思啊。」

常亦乘不置可否，抬眼望向前方，潼兒已經連蹦帶跑地竄下拱橋，朝朱漆的大門跑去。

「你到了。」他說。

紀洵回過神來，只能倉促地留下一句「天亮見」就跟了過去。

院門合攏前，他從門縫裡朝外看去。

常亦乘沒有馬上走開，而是背對鬼火重重的拱橋，浸在無邊無界的昏暗中遠遠地看著他，似乎想目送他平安地進院子。

有那麼短暫的瞬間，紀洵的心跳漏了一拍。

NOT A HUMAN

私はたぶん人ではない

私はたぶん人ではない

第九章
不值得救

NOT A HUMAN

正所謂熟能生巧。

紀洵一進房間，不需要人提醒，就自覺地從櫥櫃裡拿出被褥幫潼兒鋪床。

潼兒可能是之前哭累了，今天沒怎麼鬧騰，慢吞吞地爬進了床底。就是躺下去時，不甚滿意地扯了下被子，大概是在嫌棄紀洵的業務水準。

對此，紀洵一點都不介意。畢竟他的理想是做跟小動物打交道的獸醫，而非一名優秀的飯店房務。

和昨晚一樣，潼兒把那幾個木雕玩具抱在懷裡，沒一會兒就睡著了。

紀洵坐在軟塌靠外那側，確認能看到一點床底的人影，就打算獨自琢磨下目前已知的線索。可他剛坐下來沒多久，眼皮就變得沉重起來。

紀洵揉揉眼睛，不敢放任自己睡過去。無奈那股睏意來得突然，眼前的木床與燭火也漸漸出現了重影，他腦袋往下一點，接著就墜入夢鄉。

在夢裡，他的意識是清醒的。

他感覺到自己正行走於空曠的山洞，形狀嶙峋的石頭擦過他的髮頂，向他預示前方隱藏著未知的危險。

山洞裡沿途遍布動物或人的骸骨，他淡定地掃過周遭，下意識抬起手，碰了下上方的山石，幾顆乾裂的碎石子落進他的掌心。

扔掉碎石子時，他心中有了判斷。山洞一般靠近地下水源，環境不該如此乾燥，看來消息沒錯，這裡藏了一個即將死亡的靈。

想到這裡，紀洵忽然一愣。他試著深呼吸幾下，果然聞到洞穴深處傳來的腐朽氣味。

這個夢太真實了。

真實得好像它不是夢，而是某人的親身經歷。

剎那間，他想起謝錦說過，靈力相當於靈魂的一部分。紀洵瞥了無名指上的戒指一眼，難道是今天「騷擾」常亦乘的時候，碰到了男人頸間那道印記的關係？

他一不小心把一個陌生人的靈力，吸納進身體裡了？

要是這樣的話，那他現在看到的，豈不是幫常亦乘設下金色符文的人的記憶？

紀洵腦袋裡有兩種聲音在打架。理智在催促他趕快醒來，不要偷看別人的過往，可情感卻推搡著他繼續往前走，去看清山洞裡的祕密。

最終，紀洵選擇了臣服於本能的衝動。

一個拐彎過後，視野豁然開朗。紀洵眼前出現了一個巨大的深坑，他很想小心翼翼地扶著山壁往下看，可是記憶的主人比他大膽，直接幾步走過去，站到了邊緣的位置。

深坑基本上有一個足球場那麼大，深度粗略一看，估計也有一百多公尺。但紀洵卻清楚地看到了，坑底有隻奄奄一息的靈。

那是一隻長著翅膀的巨猿。它在地上匍匐，喉嚨裡發出痛苦的喘氣聲，翅膀無力地搧動幾下，卻根本飛不起來。

紀洵順著記憶主人的動作，目光往深坑的岩壁望去。

岩壁上分散懸掛著十幾個竹筐，其中有些往下扣著，像是裡面的東西已經被倒進了坑底。有些則靜靜地垂在那裡，透過竹筐的縫隙，依稀能瞥見其中腐爛的屍體。

紀洵神經一顫，突然明白了竹筐的用途。古時候不懂得世間有靈的百姓，會將怪異的現象理解成山神震怒，就把活畜甚至小孩扔進山洞，當作祭品獻給山神。

這裡，就是祭祀的現場。

夾雜著噁心與恐懼的情緒翻湧而來，紀洵急促地呼吸，想從夢境中脫離。但就在此時，腳邊傳來了輕微的動靜。

低頭望去，一個不知從哪爬出來的小孩，用指甲翻開、血肉模糊的手，抓住了他的腳踝。

從紀洵的角度，根本看不清小孩的臉，但沒有任何預兆的，他直接在夢裡默念出了小孩的名字：『……常亦乘？』

一陣嘈雜的聲響，驟然將紀洵從睡夢中驚醒。

他猛地睜開眼睛，意識還未完全回籠，就先被眼前的情景嚇了一跳。

潼兒從床底鑽出來了。膚色還沒恢復的小男孩坐在地上，背對著他，手裡抓著心愛的木雕玩具，在空中揮來揮去。

小屁孩大晚上不睡覺，玩什麼呢？

紀洵驚魂未定地拍拍胸口，正想站起來，就聽見潼兒陰冷地嘀咕道：「殺了你，殺了你，我要殺了你。」

奶氣奶聲的音調與惡意滿滿的用詞，在屋子裡糅雜出詭譎的氛圍。

真是一驚未平，一驚又起。紀洵被夢境與現實的雙重恐懼挾持，悄然放出霧氣後，才慢慢起身走到潼兒面前。

潼兒沒有看他，仍在用手持長劍的木雕士兵，攻擊另一個倒在地上的木雕小人。他動作接連不斷，一下又一下的，用木雕的長劍戳中小人胸口。

下一刻，潼兒歡快地大笑起來。

他扭過頭，朝著院子的方向……或者說，朝著院外湖泊的方向。

「我要殺了你。」

紀洵的臉一僵。他蹲下身，視線與潼兒齊平：「你要殺誰？」

小男孩渾濁的眼珠在眼眶裡轉了幾下，又垂著腦袋，繼續攻擊地上的木雕玩具，沒有和他對話。

紀洵定了定神，猜到這是曾經真實發生的片段，所以布袋翁也說不出答案。

潼兒人小，力氣也小，但架不住他跟個強迫症似的，一直用木劍瞄準玩具小人的身上直戳。等到蠟燭只剩半支時，木雕從胸口到肚子已經被他戳出凌亂的劃痕。

「哈哈，活該！」潼兒爬起來，抬腳把那個小人踹飛。到底只是手工製作的簡陋玩具，小人「啪」的撞到牆上、摔成兩半，潼兒還嫌不夠，又把它撿回來，換了個角度繼續往牆上踢。

或許是在練習點球吧，紀洵麻木地想。

理論上他無法阻攔潼兒的行動，從實際想法出發，他也不想阻攔。

他坐回軟塌，換了個舒服的姿勢，靜靜觀察潼兒的膚色。

久久沒有入睡續命，小男孩的臉色越來越差，甚至隱約浮現出了屍斑的形狀。當他把那個可憐的玩具踢得四分五裂後，他才突然想起什麼似的，慌慌張張地鑽到了床底。

紀洵視線不經意地瞄了眼蠟燭，天很快又要亮了。

潼兒能趕在那之前，恢復成正常人的模樣嗎？

沒過多久，紀洵迎來了進入乾坤陣的「第三天」。

聽到床底傳來小孩轉醒的動靜時，他掀開床簾往裡看了一眼。果然和他猜測的一樣，床上的傀儡變化很小，不像頭一晚那樣，能被他看出明顯的衰敗。

緊接著，床底的潼兒費勁地往外爬。

紀洵屏息垂眸，發現他的姿勢有些古怪，完全沒有上回醒來時那種靈活的感覺。直到他搖搖晃晃地站起來，紀洵也看得更清楚了。

臉色和昨晚在堂屋時差不多，可見熬夜使人憔悴，保證充足睡眠才是正確的養生之道。

潼兒完全沒有了昨天的活潑，或許是身體不適，或許是知道自己現在很難看，悶悶地站在原地愣了一會兒，又趴回地上，從床底掏出手持長劍的木雕小人抱在懷裡，才腳步虛浮地開門往外走。

紀洵心神忽動。第一晚鋪床時他就數過，床底的玩具共有四個，除去昨晚摔壞的和被潼兒拿走的，裡面應該只剩下兩個玩具。

他記住這個數字，不動聲色地跟了上去。

◎

潼兒沒走太遠，只過了兩座橋，就進入了集合的院子。

紀洵一路上沒遇見其他人，剛進堂屋，就看見屈簡和駝背奴僕已經到了。

屈簡掃了潼兒的臉色一眼，震驚道：「你那間院子，昨晚出什麼事了？」

「沒出事，小屁孩不睡覺破壞玩具而已。」紀洵說，「我懷疑他心理有點問題。」

屈簡不信：「你沒騙人吧？」

紀洵：「騙你幹嘛。你難道不清楚我的水準，要是出了事，我還能好端端地站在這裡？」

屈簡本能地想點頭，可脖子偏偏梗在那裡，做不出表示贊同的動作。

如果紀洵這番話是以前說出來，他肯定會不屑冷哼，順便在心裡吐槽一句廢物不愧是廢物。可紀洵昨天用霧氣迅速辨別真偽的場景還歷歷在目，屈簡實在不敢再像從前那樣輕視對方，但要他承認紀洵或許的確是個天才，屈簡的自尊心又不允許。

就在他神情變幻莫測的時候，紀洵又問：「你來的路上有遇見複製人嗎？」

屈簡：「沒有。可能是布袋翁知道這招對我們沒用，加上也不需要再試探我們的實力，就不搞那些沒用的手段了。」

「那就好。」紀洵鬆了口氣，「再來一次大規模打架，我可就吃不消了。」

屈簡欲言又止，好不容易才忍住沒說——少在那裡裝了，我就沒見過靈力耗竭暈倒後，恢復得比你更快的人。

他咽了咽口水，終究還是好奇：「你之前那招，是怎麼辦到的？」

紀洵：「你不是都看見了嗎？就這樣，再那樣。」

「……」屈簡懷疑紀洵在敷衍他，「你的靈力才復甦多久，那麼快就能把靈力分成幾十縷分別控制，還不會因為失了輕重而誤傷別人？」

紀洵語氣誠懇：「做到這一點，很難嗎？」

屈簡頓時表情管理失控，嘴角瘋狂抽搐。

嘲諷，這絕對是赤裸裸的嘲諷！

誰不知道靈師入門的必修課程，就是練習如何精準控制靈力。就拿個大家都懂的比喻來說，要拿籃球砸中籃板，只要力氣夠大就能辦到。但要準確無誤地保證籃球入框，就需要掌握一定的技巧才行。

紀洵昨天的發揮，難度等於瞬間投出幾十個籃球，還分別命中了幾十個移動狀態的籃框。即便是從小刻苦練習的屈簡，到現在也只敢保證同時掌控九縷靈力，再多他就沒有把握了。

偏偏紀洵不知者無畏，沒有意識到其中的難度，還火上澆油地來一句：「啊，你是不是不會？」

屈簡一口血差點吐出來，不斷在心中默念殺人犯法，不要衝動。

紀洵：「其實我也說不清是怎麼辦到的，可能情急之下爆發了潛能。」他想了想，抬眼朝對方笑了一下，「要不我回去好好研究，等搞清楚了再來教你？」

屈簡要崩潰了。他的錯，他一開始就不該提這事！

他一把取下眼鏡，揉完太陽穴又翻了個巨大的白眼：「行了，別說了。」

紀洵「哦」了一聲，轉而打量起屋裡呆立不動的主僕。

從知道布袋翁的目的起，他就隱隱覺得奇怪。既然布袋翁希望他們順藤摸瓜地查到陷害自己的凶手，為何又只給他們看入夜後的記憶，而不是把白天發生的事也展現出來？

屋子裡還有空著的椅子，紀洵坐下來，撐著下巴沉思片刻：「我在想……」

「又怎麼了？」屈簡疲憊地回道。

紀洵：「惡靈作祟一般發生在深夜，那麼善靈的力量，也是晚上最為強大嗎？」

屈簡皺了下眉。很好，看來他又問出了讓精英人士無言的新手問題。

但這回屈簡沒有冷嘲熱諷，態度還算友好地回答說：「我知道你想問什麼。你沒有猜錯，白天陽氣重，布袋翁的靈力對院子的控制也隨之減弱，加上白天這家人說不定會出門，所以它不知道天亮後到入夜前發生的事。」

紀洵：「那你猜……」

他話還沒說完，謝錦和範夫人就一起進入了院子。

屋內兩個年輕男人循聲望去，看到範夫人的模樣時，都忍不住睜大了眼睛。

範夫人的情況太糟糕了。

她昨晚似乎完全沒有睡覺，只能扶著腰、一瘸一拐地走進屋內，看起來隨時都會倒地身亡。

謝錦嘆了口氣，向他們解釋：「她昨晚哭了一夜。」

可以理解，畢竟睡前兒子才大鬧一場，做母親的傷心得夜不能寐也很正常。

幾人簡單交流過昨晚的經過，屈簡才接起被打斷的話題：「你剛才想說什麼來著？」

謝錦疑惑地看著他們倆，紀洵便把前情簡短地重複了一遍，繼續說：「我是在想，範家六人有沒有意識到，布袋翁無法掌握他們白天的蹤跡？」

謝錦倒抽一口涼氣：「很有可能。」

屈簡也坐直了：「假如是我想害人，肯定會等到白天再行動。但布袋翁又不知道白天發生了什麼事，這不就成了個閉鎖循環嗎？」

謀害布袋翁的人為了瞞天過海，刻意避開夜晚，只選擇在白天做與之相關的事。而布袋翁讓他們監視的，又全是夜裡每個人的一舉一動，等於他們根本沒有獲取有效線索的途徑。

想到這裡，屈簡和謝錦有點絕望，看向彼此的目光都充滿了迷茫。

紀洵卻不慌不忙地站起身：「我去潼兒的屋子看看。」

另外兩人一頭霧水地跟了過來。

紀洵推開西邊的廂門，屋子裡的擺設和晚上一模一樣。他沒有翻箱倒櫃，也沒管床上的傀儡，直接半跪在地，彎下身從床底掏出了木雕玩具。

只有兩個。

一個是做成佛塔的樣式，一個是隻憨狀可掬的小狗。

淡淡的喜悅拂上心頭，紀洵挑了下眉：「果然是這樣。」

屈簡：「怎樣？」

紀洵把兩個玩具放到茶几上：「首先，我和常亦乘看到的荒院，是範家人曾經真正居住過的地方，這一點沒問題吧？」

謝錦點頭：「只有你們進入的荒院鄰湖，符合畫上的位置。」

「嗯，我們看見的連環建築，是布袋翁想把我們困在這裡、為它解謎的設置。範家六個人當年住的是同一個院子，這是一切的前提。」

屈簡：「這很明顯，然後呢？」

沒等他回答，屋外傳來了幾個人的腳步聲。

紀洵往外望去，看見常亦乘他們正往這邊走來。大概是進了堂屋，發現範家那三人都在，猜到他們到了其他屋子，就順著一間間找了過來。

韓恆一來就大聲嚷嚷：「你們幾個在這裡幹嘛？」

「噓。」謝錦比了個噤聲的手勢，「別吵。」

正好，人都到齊了，省得之後還要再重複一遍。

紀洵正要繼續，腦海中忽然浮現出昨晚做過的夢。他側過臉，對上常亦乘淡然的視線後，不由得露出了複雜的表情。

常亦乘：「？」

紀洵清清嗓子，拿起小狗木雕：「假設它就是我們每晚待的院子，天亮後我們離開它，」他用兩根手指代表陣中的靈師，挪動到佛塔上，「來到這裡，我們看著一模一樣的院子，以為它跟昨天一樣不會有變化，但其實不是的。」

一時間，大家都沒有說話，順著他的分析各自思考。

紀洵從馬尾裡抽出一根頭髮，扯斷後放在小狗上：「今天我和潼兒出門前，床底只剩下兩個玩具，你們把這根頭髮當作玩具來理解就行。然後……」

他將那根頭髮取下來，套到了佛塔的頂端：「我們集合的院子裡，潼兒的床底也只剩下了兩個玩具。」

紀洵抬起頭，下意識望向人群中個子最高的男人，彎起唇角笑了笑：「所以，院子不是一成不變。」

與往常一樣溫潤的嗓音裡，多出了幾分篤定。

沒有刻意炫耀，也並非外露張揚，他只是站在那裡，輕描淡寫地笑著說話而已。

可常亦乘卻從他那張漂亮的臉上，看到了一些久違的熟悉感。

「就像單機遊戲裡的地圖存檔，」謝星顏一拍手，「玩家打開一個寶箱，它就會記錄下來。」

屈簡若有所思：「也就是說，我們雖然不能親眼目睹所有的事，但院子本身就會留下證據。」

紀洵點頭：「之前每晚一入夜，我們就跟著範家人回屋睡覺，仔細檢查院子其他地方。今晚或許可以試試，再四處找找新的變化。」

韓恆不知聽沒聽懂，撓撓頭問：「那我們現在要幹嘛？」

「嘖。」屈簡嫌棄地掃他一眼，「愛幹嘛就幹嘛，直接等入夜就行。」

韓恆的火氣一下子上來了：「這不是白白浪費兩小時嗎?!」

「浪費就浪費吧。」紀洵把兩個木雕扔回床底，「正好我也想休息一下。」

無論範家六口白天幹了什麼，反正入夜後，院子會告訴他們一切。

偷懶的念頭才剛在紀洵的腦海中升起，屋內的光線就悄然發生了轉變。

眾人一愣，眼睜睜看著之前已經燃盡的蠟燭，眨眼間變成了剛開始燃燒的狀態。與此同時，堂屋方向也傳來了嚎啕大哭的聲響，一聽就知道，肯定又是潼兒在鬧脾氣了。

可是……

還沒來得及摸魚的紀洵目瞪口呆：「直接入夜了嗎？」

「陣裡的變化全由布袋翁控制，你剛才的分析，它肯定聽見了。」謝錦無奈地笑了起來，「說明它贊同你的想法，希望盡快找到凶手。」

紀洵內心一片荒蕪。早知道就晚點再說了，布袋翁怎麼這樣，都不讓人喘口氣，簡直比壓榨社畜的資本家還過分。

虧他還想……

紀洵咬緊嘴唇，腦子裡滿是那個爬上山壁求救的小孩。夢中的場景過於逼真，聯想到常亦乘說他生下來就被父母拋棄，他真的很想避開其他人，就問一句，那個小孩究竟是不是你。

可是眼下，堂屋裡潼兒的哭聲吵得快掀翻屋頂了。

為了自己的身心健康著想，大家只能頂著噪音快步趕到堂屋，結果衝在最前面的韓恆，差點就被迎面飛來的椅子砸中。

韓恆爆出一句粗口，瞪向罪魁禍首的目光中燃燒起熊熊怒火。

紀洵一看，也有些驚訝。看屋裡的情形，椅子居然是潼兒扔出來的，他都虛弱成那樣了，還能發這麼大的脾氣？

借此機會，紀洵也一併觀察了其他人的狀態。

除了剛才見過的三人以外，範崇汝的臉色也不太好，像是昨晚翻來覆去糾結了大半晚，此時正扶穩桌邊，撐著身體訓斥孩子：「你能不能懂事一些？」

「爹，您消消氣。」範家大小姐倒是十分正常，看來昨晚睡了個好覺，她還是那副隔岸觀火的悠閒模樣，「潼兒最寶貝他那個木雕了，這下子找不著了，可不得鬧一場嗎？」

原來是玩具不見了。紀洵掃了在地上邊打滾邊吐血的小男孩一眼，感覺再讓他鬧下去，說不定今晚就得死在這裡。

年紀最大的奴僕彷彿也意識到這一點：「老爺，少爺的情況不太好啊。」

「好了好了。」範夫人急出了眼淚，「潼兒聽話啊，娘下山再買一個給你，你快點回屋睡覺，別鬧了。」

要是換作平時，範夫人肯定會抱起孩子回房，可她昨晚也沒睡好，只能虛弱地癱坐在椅子上，於是抬抬手指，示意年老的奴僕幫忙。

這位滿頭白髮的奴僕，在乾坤陣裡存在感一直很低，這時見夫人示意了，就準備去把小男孩抱起來。誰知潼兒不要命了似的：「你滾開啊！」

話音未落，他左半邊身體突然塌了下去，只剩右邊半截還在不住地抽搐。隨著範夫人的驚叫聲響起，潼兒無法動彈的半邊身體底下淌出了濃稠腥臭的血水，宛如一團死肉般詭異。

堂屋裡頓時亂作一團。

紀洵一驚，想起潼兒在屋子裡踢碎的木偶，也是被他豎著，在身體中央戳了道劃痕。

這小孩，是被人從中間開膛破肚了。

那他半夜嘀咕的「殺了你」，難道是在模仿當初殺害他的士兵？可他模仿這個幹嘛，就算是創傷後壓力症候群發作，在沒有心理醫生的古代沒能得到妥善治療，也不至於代入到加害者的行為模式裡吧。

紀洵的腦子一下子亂了。他之前原本想的是，潼兒也對布袋翁懷恨在心，大晚上不睡覺，在那邊宣洩自己的殺意。但那種種推斷，都在這一刻產生了動搖。

還是說，他想把自己遭受的痛苦，盡數返還給那個人？

可這樣的話，潼兒為什麼又會看向湖泊的方向？

就在紀洵百思不得其解的時候，謝錦大概不忍心看到小孩子痛苦的畫面，揉揉眉心問：「他們這裡一時半刻恐怕結束不了，我們要趁機去看院子的變化嗎？」

屈簡接話道：「這裡還是要有人。不如我和常亦乘留在堂屋……」

「我想出去。」常亦乘冷聲打斷他。

屈簡哽了一下，覺得此行恐怕無法完成紀老太太的囑託了。

最後還是謝錦當機立斷，讓屈簡跟謝星顏留在這裡看守，其餘四人分頭行動。

紀洵心裡惦記著潼兒的怪異，徑直來到西廂房，憑著記憶站到潼兒之前玩玩具的位置，並將身體轉向了與當時一樣的角度。

昨晚那個院子裡，只有他和潼兒兩人。所以他順理成章地以為，潼兒轉頭看的是外面的湖泊。

紀洵慢慢轉過頭，視野裡出現了一間屋子。整個院落房屋不多，除了功能性的房間以外，其他每個屋子都住了人。潼兒看的也許是那間屋子裡住的人。

那間屋子是住著誰來著？

紀洵的心跳越來越亂，他立刻朝外走去，還沒靠近那間房子，常亦乘就先從裡面走了出來。

見來的是他，常亦乘招手：「過來。」

一看就知道對方有新的發現，紀洵沒有耽擱，直接跟他進了房間，開口就問：「誰住在這裡？」

「駝背的奴僕。」常亦乘停頓半拍，「你關心這個做什麼。」

紀洵：「你先聽我說完。」

他把昨晚的細節全盤托出，睫毛顫了顫：「你當我是在亂槍打鳥也行。我忽然在想，潼兒可能並不是精神或者心理有問題。」

常亦乘：「嗯？」

「昨晚他不斷重複著那個動作，中途只停下來一次，直勾勾地盯著這個屋子。」紀洵深吸一口氣，感受到某種陰森的寒意，「如果他知道夜晚布袋翁的靈力最強，那有沒有可能，他是在暗示布袋翁一件事？」

常亦乘沉思幾秒：「我給你看樣東西。」

駝背奴僕的房裡也有張床，樣式比潼兒屋內那張簡陋很多，但也放了個模樣相似的傀儡。常亦乘上前掀開傀儡腦袋下的枕頭，側過身讓出點空間。

看清床上放的東西時，紀洵不寒而慄。

潼兒起床後抱在懷裡的持劍木雕，赫然出現在了眼前。

「是他把木雕藏起來的？」紀洵錯愕道。

常亦乘低聲回道：「範家大小姐說，潼兒最喜歡這個，合理嗎？」

一個曾經被開膛破肚的小孩，會喜歡一個手持長劍的木雕玩具嗎？他不過是個五、六歲的孩子，就算智力還沒發育完全，他難道完全不會感到害怕嗎？

倘若他的傷勢已經痊癒，倒還有這個可能。可他明明整天活在那場殺害的陰影之中，哪怕想忘記，稍不留神就會恢復原樣的身體，也不會允許他忘記。

然而，所有家人都以為，他是喜歡這個玩具的。

既然如此，駝背奴僕為什麼要特意將它藏起來？

還是說……他在心虛，他不想看見潼兒抱著這玩意兒，在其他人面前晃來晃去。

那麼，他為何心虛？

紀洵被自己荒謬的想法震驚到了，他難以置信地望向常亦乘：「潼兒當初，難道不是被敵軍傷害，而是被家裡的奴僕給……可是範家的其他人都沒看見嗎？」

「不一定。」常亦乘垂下眼，「屠城的時候，一切都很亂。」

男人聲音裡掩藏了一絲苦悶的情緒，紀洵因為太過震驚，不慎忽略了過去。

假如潼兒的確是被駝背奴僕所傷，做為一個沒有自保能力的孩子，和傷害自己的人住在同個院子裡，他必定會感到恐慌不已。而要是那人還私底下加以威脅，以小孩子的心智而言，或許會嚇得不敢說出實情，只能想法設法地暗示其他人。

家人若沒能體會到他的用意，這種情況之下……

紀洵踉蹌幾步，跌坐在床邊：「他是在演給布袋翁看，想讓布袋翁知道他有危險。」

常亦乘：「你覺得，布袋翁看懂了嗎。」

「不知道。」紀洵彎下腰，手肘抵住膝蓋，掌心扶住額頭，「但如果是我看懂了的話，當潼兒遇到危險的時候，我一定會奮不顧身地去救他。」

布袋翁是先進了湖，後來才被雷池陣困住的。而範崇汝和他女兒，都建議過潼兒去湖裡摸幾條魚送給布袋翁，再加上藏起木雕玩具的可疑奴僕……

潼兒自己是不願下湖捉魚的。

所以這些人裡，絕對至少有一個人，動手把他扔進了湖裡。

紀洵的心潮久久無法平靜。

和大多數普通人一樣，他過往人生的履歷簡單而乾淨，從前聽說過最複雜的所謂「人心叵測」，也就是同學之間的一些小矛盾而已。即便上回在世紀家園感受到嬰女的滔天惡意，也比不過他此刻的膽寒。

布袋翁說得沒錯，知人知面不知心。

遙想進入乾坤陣的第一晚，範家六人下山看完燈會回來，聚在一塊和樂融融交談的場景，倒像是一場粉飾過的虛妄夢境，正等待有人將它層層剝開，露出內裡骯髒的暗湧。

常亦乘目光沉沉地看著他。

因為他彎下腰的姿勢，髮尾稍亂地掃過後頸，露出了後頸一小片皮膚。視線往下，T恤薄軟的布料貼在他背上，形成道道皺褶，突顯出青年清瘦流暢的腰背線條。隨著紀洵呼吸的動靜，那些漂亮的線條也時起時伏，被昏淡光線照進常亦乘的眼裡。

男人眼中晦澀的情緒更深了一層。

「紀洵。」常亦乘低聲喊出他的名字。

紀洵愣了一下才抬頭：「什麼？」

常亦乘：「別再說那樣的話。」

「啊？」

紀洵茫然地眨了下眼，燭火的微光在他眼尾兩顆小痣處晃了晃。靜默幾秒過後，他才把自己剛才說過的話，在腦海裡模糊地回憶起來。

他似乎說了一句，如果自己是布袋翁，一定會奮不顧身地去救潼兒。

「布袋翁的下場，你看見了。」常亦乘冷冽的嗓音浸入微涼的空氣裡，像句誠懇地告誡落在耳邊，「許多人，不值得救。」

紀洵心裡產生了微妙的顫動，他搞不清這點情緒源自何處，一時也不知該如何回應這句話。

寂靜在兩人的對視中蔓延開來。

最後是常亦乘先收回視線，往外走：「出去吧。」

「等等。」紀洵起身追過來，一把拉住他的手，「我昨晚做了個夢，可能跟你有關。」

常亦乘的呼吸都在這一刻停住了。他喉結急促地滾動幾次，才問：「夢見什麼？」

「一個山洞，裡面有隻快死的靈，還有許多竹筐裝著的屍體。我夢見你爬上山壁，抓住一個人向他求救。」

其實紀洵並沒有在夢裡看見那個小孩在求救，但他潛意識地認為，出現在山洞裡的人，就是那個奄奄一息的小孩苦等多日，終於等來的最後一線生機。

紀洵低下頭，目光落在那隻被他抓住的手上。

常亦乘的手長得很好看，修長白淨，骨節分明。儘管掌心與指腹都有常年握刀磨出來的薄繭，也依舊瑕不掩瑜。光是這樣看著，叫人很難想像，這隻手曾經也有過鮮血淋漓的時候。

常亦乘聲音嘶啞：「還有嗎？」

紀洵搖頭：「沒了。」

可能是錯覺，當他給出否定的回答後，常亦乘眸中驟然亮起的光斂了回去，彷彿得到了一個早已預知的答案，卻依然難免失落。

「我知道你來濟川，是想找紀家的一個人。」紀洵輕聲說，「如果你不介意的話，可以告訴我，我想辦法幫你。」

常亦乘看他一眼，抽回手：「不用。」

掌心頓時變得空落落的，紀洵迷茫地朝上翻開掌心，看著那片空白發呆。

不知道為什麼，常亦乘這個簡單的動作，好像連帶著把他心裡的什麼情緒也一併抽走了，只留下被人果斷拒絕的挫敗。

回過神來後，紀洵尷尬地抿抿唇角。

他在幹嘛？不就是跟其他人比起來，稍微跟常亦乘熟稔一點嗎？不就是無意中窺探到了這麼一點祕密嗎？就憑他這點本事，和紀家大多數人都形同陌路的人際關係，到底哪裡來的自信，竟然一瞬間想把常亦乘的事攬過來。

紀洵自嘲地笑了笑，把方才的衝動拋之腦後。

當兩人走出駝背奴僕的房間時，屈簡也從堂屋那邊趕了過來。

「快走，他們要送潼兒回去了。」屈簡催促道。

今晚的範家人和前兩晚都不一樣。

他們沒有各自分散去往不同的方向，而是由年邁的奴僕抱著潼兒，一行人急匆匆地跨過拱橋，推開一扇院門就往西邊的廂房跑去。本就不大的房間裡頓時擠滿了人。

老奴僕年紀大，把潼兒放進床底後，一把老骨頭差點折在那裡。還好駝背的那個幫了把手，他才顫顫巍巍地站了起來。

範夫人望向丈夫，哽咽不已：「潼兒不會有事吧？」

範崇汝滿臉愁雲慘霧，顯然也拿不准。見當家的沒有回話，範夫人纖細的身形搖搖欲墜。她一邊小聲哭泣，一邊捂住脖子，指縫裡滲出黏黏答答的汙血。

看來這個是被砍了腦袋。

範崇汝也看到了那些血，頓時大驚：「妳別在這兒守著了，快回房去！」

「潼兒要是沒了，我活著還有什麼意義。」範夫人開始鑽牛角尖了。

範崇汝急地胸膛也滲出血來：「平日就是妳太慣著他，才把他寵得如此頑劣……」

「你倒怪起我來了？」範夫人的淚水像斷了線的珠子，汩汩掉落，「你我成親五年，我才好不容易懷上他，潼兒生下來又不足月。他那麼小，我這個做娘的還不該寵他？」

來了來了，八點檔又來了。

紀洵無奈地嘆了口氣，他倒不是嫌棄眼前家裡長短的一幕，只是範夫人邊說話邊噴血的模樣實在太驚悚，做為旁觀者，他也很希望她先別吵了，先回屋把命續上再說。

進屋時不幸站得離範夫人最近的謝星顏，默默往後退開幾步，扭頭小聲問：「他們不會今晚就要全數陣亡了吧？」

屈簡搖頭：「不至於。妳看範家大小姐還在那裡好端端地看戲呢，這女孩子肯定有問題，弟弟都快死了，她還一點反應都沒有——」

隨著屈簡突然收聲，屋子裡幾位靈師也反應了過來。

範夫人說她跟範崇汝成親五年才懷上潼兒，而潼兒看上去不超過六歲。可潼兒的姊姊，儼然是個十三、四歲的婷婷少女。

「……難怪。」

不知是誰發出了一聲感嘆，順便表達出眾人的心聲。

難怪範家大小姐總是一副置身事外的模樣，無論範家夫妻如何吵鬧，她始終都笑嘻嘻地不以為意。

意識到這項關鍵後，謝星顏驚呼一聲：「我就說呢，剛才我在她櫃子裡翻出一件寬大的舊衣裳，一看就不合身。我還以為是範夫人的被收到她那去了，這麼一想，該不會是她親生母親的遺物？」

他們這邊忙著討論的時候，範家幾人也總算吵出結果了。

範崇汝失去耐性，命令兩個下人扶起範夫人。她現在跟潼兒比起來，狀況也好不到哪裡去，即使不情不願，也只能任由人扶著往外走。

紀洵留了個心眼，看到駝背奴僕和範家大小姐擦身而過時，兩人悄悄交換了一個眼神。

這三人走了，對應的常亦乘他們也不得不離開。臨走前，常亦乘回頭看了紀洵一眼，見紀洵正在專注地思考什麼，只能轉身離去。

屋子裡的人數立刻少了一半。

謝星顏玩著自己的雙馬尾：「他們兩個怎麼還不走？」

「密謀幹大事唄。」韓恆不耐煩地來回踱步，「反正不是他就是他女兒，兩個一起扔進湖裡吧。」

紀洵抬眼：「你很急嗎？」

韓恆：「……哈？」

紀洵看著他，疑惑地問：「你從進乾坤陣起，就急著催我們快點找個人動手，外面有什麼急事需要處理嗎？」

韓恆臉色變了一下，怒道：「老子就是這種脾氣，看不慣一群人在這裡磨磨蹭蹭的。範家幾個人早他媽死光了，把真凶找出來又能怎麼樣？」

「你少說兩句吧。」謝星顏看不下去了，對紀洵說，「不好意思啊，他這人就是凶巴巴的，其實人不壞。」

說完她又多勸了韓恆一句：「布袋翁的真身被困在湖底，還能布下這樣的乾坤陣，就說明它其實還滿厲害的。還是順著它的心意來吧，萬一把人家逼急了，打起來總是比較麻煩。」

做為謝當家的孫女，謝星顏說話還算有點分量。韓恆「嘖」了一聲：「行行行，我閉嘴就是了。」

就在這時，留在屋內的父女倆終於說話了。

「爹，有句話或許不該由我來說。」範家大小姐撫了下裙襬，「潼兒的性子再這樣下去，遲早會害了他自己。」

範崇汝點頭：「爹知道，他以前也不是這樣的。要怪，只能怪城門失守那日……」話沒說完，範老爺抬手捂住嘴，乾咳了幾聲。他那隻手剛捂過滲血的胸口，放下來時，臉上留下半個巴掌的血痕，模糊了他真實的表情。

「爹想怪阿福沒保護好潼兒，還是怪我？那日兵荒馬亂，走散後我們也是自身難保，阿福又是天生的那副樣子，能把我跟潼兒帶到寺廟裡，臨死前與你們相聚，已經是拚盡全力了。」

範崇汝：「爹是怪自己。」他搖了搖頭，潤濕的胸膛往下滴著血，「從前沒保護好妳娘，如今又保護不了你們，愧為一家之主啊。」

隨著夜色漸深，範家大小姐姣好的容貌也漸漸泛起了青白。

她望向父親，莞爾一笑：「爹，女兒知道您的心意。」

範崇汝猛地愣住，像個獨自承擔罪惡感的父親，等到了孩子諒解的那一刻，於是變得不知所措了起來。

「回去吧。」範家大小姐望向院外，「再不走，就要三更了。」

父女倆一前一後地走出了屋子，謝星顏和韓恆也起身跟上。就快跨出門檻時，謝星顏突然停住：「他們剛才到底是在父女交心，還是互相達成了共識？」

紀洵：「看妳怎麼理解了。」

謝星顏似有所悟，跟紀洵揮手告別。

床底的小屁孩今晚肯定沒精力折騰了，紀洵坐下來，難受地揉了揉眉心。

他可以確定，範崇汝和範家大小姐已經動了歪腦筋。但就像他對謝星顏說的那樣，這幾晚眾人的交談，也可以從另外的角度理解。

要是紀洵不知道故事的結局，今晚聽完這些話，會以為是父女間一場掏心掏肺的對話，範家大小姐不過是想勸父親，別再為逃難那日連累家人的舉動後悔，她理解父親心中肯定是家人更為重要。而昨夜範家父女讓潼兒下水捉魚的建議，聽起來也像看布袋翁總釣不到魚，好心好意地想要滿足它的願望。

當一個人對其他人、特別是對自己親手救回來的人，沒有產生絲毫懷疑時，許多細碎的言語哪怕被他得知，他也往往會理解成善良的好意。

但就是這分毫無防備的單純，最終害得布袋翁被困在湖底、不見天日。

紀洵呼出一口氣，手指輕叩幾下軟塌的扶手：「布袋翁，能聽見我說話嗎？」

屋子裡一片死寂，只有燃燒的蠟燭緩緩落下幾滴蠟淚。

「第一晚你能用潼兒的身分催我鋪床，肯定能聽見。我現在差不多理清了，你自己大概也明白了是怎麼回事。」

紀洵看向那幾支蠟燭：「雷池陣多半是範崇汝畫的。他畫完後，應該猶豫了很久，一直沒有下定決心，是他女兒推了他一把，讓他……可能是明天，也許是後天，終於把雷池陣布在了湖底。」

這個時間並不重要。雷池陣位在水底，範崇汝一個普通人，恐怕沒有在岸上布陣的本事。所以等之後院子場景更新時，看範崇汝入夜後有沒有換過衣服就行。

只要他下過水，紀洵他們就能發現，說不定還能在院子哪個角落找到一套濕透的衣裳和鞋襪。

「至於你下水的原因。」紀洵停頓半拍，緩聲道，「潼兒水性好，你如果看見他玩水也不會在意。除非你看見的，是有人把他往水裡按。」

轉眼間，蠟燭融化得更快了。

燭火在無風的環境裡搖晃著，像一位老人在顫抖落淚。

紀洵心中漫上一陣酸楚，不自覺地放軟了語調，安慰它似的：「這不是你的錯。」

一支蠟燭眼看就要燃完之時，屋子裡響起了蒼老的聲音。聲音是從床上傳來的。

布袋翁一字一頓地說：「老朽是想救他們。」

紀洵起身走過去掀開床簾，見床上那個與潼兒相似的傀儡坐了起來。

眼前是稚童的樣貌，嘴裡響起的卻是沙啞的含混不清：「他們為何要猜忌老朽，為何啊。」

紀洵眼皮半闔，給不出答案。

許久之後，他才開口說：「韓恆說得也沒錯，不管怎樣，範家的人肯定早就死了……我不是你，沒資格叫你別再執著下去，但我們也只能幫到這裡。」

他們可以從院子的變化，推斷出真相的細枝末節。但缺少白天的景象，注定導致他們無法親眼見證意外發生的那個瞬間。

「這筆帳該算在誰的頭上，到底是誰把潼兒按在水裡。你只給我們三晚的時間，我們等不到那個時候。」

紀洵想了想，蹲下身來，仰頭看著傀儡：「你真的一點都不記得了嗎？」

傀儡鬆垮的臉上浮現出驚恐的表情：「老朽不記得。」

「……是因為雷池陣發動的時候，壓制了你的靈力？」紀洵問，「所以你的記憶缺少了關鍵的一塊？」

傀儡緩慢地點頭。

紀洵思忖片刻：「那我們幫你解開雷池陣，你能想起來嗎？」

「雷池陣能將靈困於其中。」布袋翁擔憂道，「諸位是靈師，一旦進到湖中，與諸位共生的靈也會被困。」

明明自己唯一的夙願，就是解開真相。

可布袋翁情願費盡周折地讓他們去推斷，都不願意連累其他的靈進湖冒險。

燭火躍動，在紀洵眼中投下溫柔的色彩。

他笑了一下：「告訴你一個祕密。」

布袋翁愣愣地看著他。

「我沒有靈，不會被雷池陣影響。」紀洵說，「我來幫你。」

紀洵認為自己的想法合情合理。

布袋翁用連環建築布出乾坤陣，不是想要為難靈師，而是迫不得已才用這種方法，把他們困在裡面。

解開謎題的方式並不重要，它想要的不過只是真相而已。所以讓一個沒有靈的人下水破解雷池陣，就是既穩妥又能達到目的的辦法。

布袋翁愣了好半天，才說：「老朽從未聽說過，靈師身上沒有共生的靈。」

「時代在發展，我們現代人的花樣多著呢。」紀洵半點不慚愧，坦言道，「今天就讓你見識見識，什麼叫真正的倒數第一。」

布袋翁：「……」

它確實被囚禁在湖中太多年了，根本不知道外面的世界變成了什麼樣子。就拿這次入陣的幾位靈師來說，放在布袋翁還能自由來去的年代，再天馬行空的人，也想像不出如他們這般怪異的打扮。

傀儡原本毫無生機的眼睛，逐漸染上了一層好奇：「如今外面，可還戰火不休？」

按理說，現在並不是該關心這些的時候。但紀洵只輕聲笑了笑，耐心地說：「你是生於戰場的靈，想不想出去看看太平盛世是什麼樣子的？」

傀儡鬆垮下垂的嘴角慢慢往上揚了起來。可下一瞬，布袋翁卻搖了搖頭：「縱使雷池陣困不住你，湖底暗潮洶湧，老朽只怕……」

「你既然能布乾坤陣，說明現在多少能使用靈力了？」見對方點頭，紀洵才詢問道，「等到了湖底……你會幫我吧？」

布袋翁愣然許久。如同謝錦猜測的那樣，當紀洵他們在各個院子間輾轉的時候，布袋翁也在觀察幾位靈師的品性。

之前它只覺得，這個年輕人性格溫和，遇事也很冷靜。而此時，布袋翁從他話裡聽出短暫的遲疑，才意識到年輕人原來也會有所顧慮。即使這樣，他依舊願意涉險一試。

片刻過後，床上的傀儡似乎下定了決心。

它拖著潮濕鬆散的身體下床，轉向紀洵的方向：「雪中送炭，永志難忘。如有不測，老朽必豁出這條命，護恩公周全。」

說完便伏下身子，頓首而拜。

◎

因為布袋翁這一跪，接下來的半小時，紀洵整個人都有點恍惚。

對方雖說不是人，但年紀起碼也有一千多歲了，猝不及防地當著他的面跪下來磕頭，真是把他嚇得魂都飛了。手忙腳亂地將其扶起來後，紀洵獨自坐在軟塌緩了很久。

布袋翁以為他在做大戰前的心理準備，沒再出聲打擾。直到乾坤陣迎來天亮，紀洵才麻木地跟著恢復如常的潼兒往外走，邊走還在邊琢磨著，也不知道會不會因此折壽。

今天其他人都到得更早，等紀洵進入集合的院子時，只剩常亦乘和那名年老的奴僕還沒到。紀洵見大家閒著沒事，就先把昨晚跟布袋翁商議的對策說了一遍。

「問題在於雷池陣早就失傳了，你們都不清楚它長什麼樣子，我下去後該怎麼處理？」紀洵問。

謝錦：「陣法不是憑空想像的東西，布陣也需要遵循天道規律，所以只要是陣，就一定會有陣眼。」

韓恆打斷道：「就憑他的本事，看到陣眼也認不出來啊。」

謝錦皺眉，正想教訓幾句，沒想到屈簡就先翻了個白眼：「你行你上啊。」

韓恆捨不得他那些靈，憋屈地怒捶大腿，不發言了。

紀洵意外地看向屈簡，沒想到這人有朝一日還能幫他說話。要不是乾坤陣裡沒有日月星辰，他真的很想出去看看今天的太陽是不是從西邊升起來的。

「你那什麼眼神。」屈簡被他看得心裡發毛，不自在地推了推眼鏡，冷哼一聲，「我也就看你還能派上點用場而已。」

謝星顏「噗嗤」一聲笑了出來。她一笑，屈簡的表情就更窘迫了，乾脆扭過頭，假裝觀察堂屋裡那幅掛畫。

謝錦也微微笑了起來，她比他們年長，見過的世面也更多。

雖然說出來不太好聽，但靈師多少都有點慕強的心理，大家向來都是憑實力說話。由此可見，紀洵上回陰差陽錯發揮出的潛力，已經讓屈簡不知不覺地改變了對他的看法。

「好了，說正事吧。」謝錦把話題轉回來，對紀洵說，「認不出陣眼沒關係，你能記下雷池陣的樣式就行。」

既然所有陣法都有規律可循，那麼集眾人之力，總能研究出破解的方法。

紀洵聽懂了：「行，大不了我多進去試幾次。」

謝錦語重心長地回道：「最多三次。湖底凶險難測，如果試不出來，再想其他辦法。」

「好。」紀洵不是愛逞強的人，當即答應下來。

商量妥當後，就不能繼續浪費時間了。謝錦安排謝星顏留下來守住院門，其餘三人陪紀洵走到了院外。

還沒靠近湖邊，年邁奴僕就帶著常亦乘姍姍來遲。

奴僕沒有管靈師們的舉動，徑直進院往堂屋走去，常亦乘則停下來，問：「怎麼出來了？」

紀洵活動著身體：「詳細的等一下他們會告訴你，現在我準備去湖裡。」

話音未落，常亦乘的眼神陡然一變。

久違的壓迫感兜頭罩下，讓紀洵不自覺地停住了動作，他抬起頭，詫異地從常亦乘眼中看到了怒火與不解交織的情緒。

常亦乘的下頜繃得很緊：「我跟你說過什麼。」

「？」紀洵愣了一下，才不太確定地回道，「許多人，不值得救？」

其他人聽見他們的對話，面面相覷地看著彼此，顯然都不知道兩人什麼時候還討論過這樣的話題。

紀洵默然幾秒，才說：「但布袋翁是善靈。」

他形容不出心裡的感覺，就是明知對方跟自己種族不同，可在他看來，布袋翁更像是一個遭受背叛的委屈老人。布袋翁臨死之前好不容易等到了一線希望，在他有能力出手相助的前提下，紀洵不想眼睜睜放任那線希望變成失望。

「我想幫它。」紀洵平靜地說，「雷池陣困不住我，不會出事。」

常亦乘搭在刀柄上的指尖隱隱用力，骨節泛起突兀的白。有那麼一剎那的時間，他就要將真相脫口而出，然而當視線掃過周圍的閒雜人等後，他閉上眼，強行將話咽回了喉嚨裡。

男人眉間折出一道痛苦的痕跡，令紀洵心中的疑惑更盛。沒等他想清楚緣由，常亦乘已經低聲開口：「湖底危險，別去。」

原來是在擔心這個。

紀洵笑了一下：「沒關係，布袋翁會幫我，而且我還有戒指。」

他說這句話的意思，本來是想證明他也有自保的能力，可常亦乘的態度非但沒有緩和，反而連頸邊的金色符文都顯露了出來，將他凌厲的脖頸線條襯得越發戾氣十足。

旁邊的韓恆不耐煩了，催促道：「囉嗦完了沒，紀洵你要是怕了就直說，別在那邊演給我們看。還有你也是，他自願下去跟你有關係嗎……」

後半句話還沒說完，幾人眼前都閃過一道明亮的刀光。紀洵只覺得周圍刮過一陣罡風，呼吸裡就多出了一抹血腥氣。

他難以置信地側過臉，看見鮮血從韓恆的手臂噴射而出，眨眼間就染紅了腳下的地面。而懸在韓恆手臂上方的無量正在一寸寸往下壓，要不是謝錦及時反應過來，放出一隻皮影模樣的善靈，在瞬間用絲線纏住了常亦乘的刀，韓恆那隻手臂肯定早就廢了。

至於年輕的屈簡和謝星顏則乾脆愣在了原地，目瞪口呆地望著他們。

常亦乘聲音低啞：「滾開。」

謝錦搖頭：「說到底他也是我帶來的後輩，要教訓也該由我來。」

韓恆這時從震驚中回過神來了，他不顧還在流血的傷口，怒罵一句髒話，抬手就想放靈。謝錦眼疾手快，指揮皮影一甩絲線，纏住了韓恆的身體。

常亦乘喘了口氣，手腕一翻，鋒利的刀刃轉眼切斷絲線。隨著謝星顏的驚呼聲響起，就在他再次要揮刀向韓恆砍去之時，身後的衣襬忽然被人拽了一下。

那動作很輕，卻又足夠堅定。像記憶裡每次他快要崩潰的時候，那股溫柔而慈悲的力量，總能把他從暴戾嗜血的衝動裡帶回來。

『煞氣纏身，不得清明。像你這樣的人，我很久以前見過一個。』

『後來呢？』

『後來她徹底瘋了，殺光身邊所有人，力竭而亡。』

『那我將來，也會像她那樣？』

『不會。』回憶裡的聲音溫潤地笑了笑，『只要我還活著，你就不會步上她的後塵。』

常亦乘回頭垂眸，看清了站在面前的人。

紀洵的神情裡既沒有責備、也沒有驚恐，而是有一點難過地看著他：「你並不想真的殺他，對嗎？」

縈繞在身周的殺意消散無蹤。

常亦乘緩緩將刀入鞘，嗓音既低又沉：「你留在岸上，我替你下去。」

紀洵一愣：「這怎麼行。」

「否則誰都別去。」常亦乘說。

紀洵的心臟抽搐了一下。他看出來了，常亦乘沒有故意嚇他，如果他要堅持，不管如何就都會阻止他。可是為什麼要做到這一步？

無論從哪個方面考慮，紀洵都想不通常亦乘阻攔至此的原因。

「你該不會以為，是我們欺負紀洵才逼他去冒險的吧？」守在院門邊的謝星顏想到一個可能性，連忙解釋說，「不是你想的那樣，是因為我們之中只有他沒有靈，不會被雷池陣困住。」

常亦乘搖了搖頭：「我也沒有。」

謝星顏：「所以你明白了吧，想要解開……啊?!」

大概是慢半拍的震驚來得太過突然，小姑娘最後那個字直接破了音。就連旁邊暴跳如雷的韓恆都愣住了，所有人的目光一齊投向他，被強烈的驚訝震得說不出話。

雖說常亦乘在積分榜上的排行名次很低，但他的身手大家卻是有目共睹。現在他居然告訴他們，他和紀洵一樣都沒找到共生的善靈？

不可能吧，眾人默契地想道。

意外的插曲讓四周陷入長久的寂靜。

其中最感震撼的，非謝錦莫屬。

她不會忘記一年前的冬天，謝當家帶上她兄妹二人，千里迢迢趕到烽火香點燃的雪山下。那是她第一次見到常亦乘，也是她第一次踏足那麼凶險的地方。

明明除了近處的沼澤與遠處的雪山，周圍什麼都沒有，但謝錦卻感受到了令人窒息的死氣。她不過是短暫停留了片刻，隨後幾個月就像不幸進入乾坤陣的普通人那樣，生了一場危及生命的大病。

謝錦至今都不清楚那究竟是什麼地方，只將它視為危險的禁地。

常亦乘說他身邊無靈，那他到底怎麼在禁地活下來的？

又或者……僅僅憑他手裡這把短刀？

謝錦的三觀搖搖欲墜：「……你確定嗎？」

「解雷池陣，我比他合適。」常亦乘懶得回答，直接給出結論。

事情發展到這一步，完全超出了紀洵的預料，更超出了他所能干涉的範圍。

但凡長了眼睛的人都能看出來，即使都沒有靈，也同樣是排名倒數的靈師，常亦乘的成功率卻明顯遠勝於他。畢竟人家只是喜歡消極怠工，而他是真的新手入行。

不知為何，紀洵心裡升起不祥的預感，他蒼白著臉，輕聲制止：「要不然還是……」

「別還是了。」屈簡打斷他，「耽擱這麼久，再等一會兒又要入夜了。過了最後一晚，誰知道會發生什麼事。」

紀洵快被不知從何而起的擔憂淹沒。他願意幫布袋翁是一回事，麻煩到別人則是另一回事，沒道理讓常亦乘為了滿足他的願望，而潛入充滿未知的湖底。

眼看常亦乘已經轉身要走，他來不及細想，追上去取下戒指塞到對方手裡。他指尖的溫度變得微涼，嗓音也略微發顫：「你不會出事的吧？」

常亦乘臉上沒什麼表情，只是淡然地點了下頭。

◎

濃墨般的烏雲擠壓在頭頂，透不進絲毫光線。只有石獅子嘴裡的鬼火幽幽發散出朦朧的綠光，倒映進一望無際的湖泊裡。

紀洵眼睛一眨也不眨地看著湖面，習慣性地想觸碰無名指間的戒指，卻只摸到自己冰涼的皮膚。

對了，戒指剛才給了常亦乘。

他放輕呼吸，腦子裡亂成一團，根本靜不下來。惴惴不安的心情壓抑地盤旋在胸口，讓周遭所有的人與事被遮罩在意識之外，也將他與深不見底的湖泊籠罩成單獨的天地。

時間一分一秒地過去。

謝錦皺緊眉頭，之前召喚出來的皮影低頭陪在她身邊，指尖的絲線垂落下來，隨風輕晃，又忽地揚起。她側過臉，見韓恆站在身後，便問：「你的手還好嗎？」

韓恆頓了一下：「血止住了。」

靈師體質特殊，加上她並不清楚韓恆有沒有幫助治癒的靈，便只點了下頭：「今天是你活該，哪怕換老爺子來，他也不敢那樣跟常亦乘說話。」

「……是。」韓恆咬緊牙關，還想再說什麼，就見謝錦已經轉回去，顯然不想再多跟他交談。於是他便停在原處，低頭打量著那隻皮影化作的善靈，不知在想些什麼。

屈簡在旁邊看完這一幕，又扭頭打量紀洵。紀洵依舊誰也沒看，只全神貫注地望向湖面。

他想了想，湊上前說：「你也別太緊張。」

「辦法是我想出來的，冒險的人卻是他。」紀洵眉頭輕蹙，連唇色都變淡了些，「萬一他遇到意外，我沒辦法原諒自己。」

換作以往，屈簡肯定會對這種話嗤之以鼻。可此時他思忖片刻，終究還是出聲勸道：「如果真有個三長兩短，也不能怪你。靈師能活多久，全看自己的運氣，生死無常，我們早就習慣了。」

紀洵看他一眼。

屈簡：「……」

好像把事情說得太嚴重了些，這人才剛入行沒多久，肯定還理解不了其中殘酷的深意。就像他不能理解，紀洵為什麼會擔心成這樣。

事實上，紀洵自己也無法理解。

他想試著不要表現得太杞人憂天，結果微張的嘴唇還沒來得及呼出一口氣，腦海裡就「嗡」地吵鬧起來，心臟跟著往下猛地一沉。

紀洵按住胸口，霎時疼出一身冷汗。

◎

與此同時，湖底。

常亦乘吐出一口血，借著前方朦朧的微光，看著鮮血融入了漆黑的湖水中。

從碰到湖水的那一刻起，他身上就出現了灼燒般的痛感，侵蝕進身體的痛苦直直穿透他的皮膚，讓遍布全身的每一條經脈都痙攣般抽搐了起來。

常亦乘沒太在意，腦子裡只閃過一個「還好沒讓他下來」的念頭，繼續往湖心游去。

視線前方，布袋翁的真身靜靜地躺在那裡。或者說，被囚禁在那裡。

浸滿了水的靈被拉扯到極限，如同一張牛剝下來的人皮飄在水中，邊角被九塊形狀相似的石頭死死壓住。但等常亦乘再靠近些，就發現它們並不是石頭，而是九顆各有十四面的石骰子，每面皆用朱色畫出了繁複的紋路。

常亦乘把喉頭的腥甜咽下去，抽出無量，試著用刀尖去觸碰其中一顆頭顱大小的石骰子。誰知才剛碰到，右手就傳來一陣劇痛，像有人正拿著那顆石骰子，想磨斷他的手指、挫骨揚灰。

一瞬間，湖底暗流狂湧，千百年前的朱色紋路彷彿活了過來，不僅沒有消散在水中，反而一筆筆地往上滲透，宛如用血畫出的圖案般，散發出刺鼻的氣味。

常亦乘悶哼一聲，腦子裡像有千萬隻惡鬼在淒厲哭嚎，吵得他頭痛欲裂。

徹骨的疼痛之中，頸邊的符文變得格外清晰，金光與紀洵那枚戒指散發出來的霧氣交融在一起，像有人溫柔地護住他，幫他擋住了更多的傷害。

布袋翁漏風似的喘氣與說話聲，也在此時被水流送進了他的耳中：「別再碰它了。」

罷了，布袋翁想，岸邊的對話它全都聽見了。

眼前的年輕人不過也是肉體凡胎，哪怕不被雷池陣困住，也承受不了想要破壞陣法帶來的反噬。

「回去吧。」布袋翁被拉扯變形的五官，艱難地變幻出一個慘澹的笑容，「老朽知道你們盡力了，願意送你們離開。」

常亦乘抬眼：「你成心想叫他難過？」

布袋翁一時啞然。而就在它不知該如何接話的時候，常亦乘閉上了眼，再睜開時，一圈顏色妖冶的白翳在眼中徐徐擴散開來。

翻卷的水流都在那一刻停住了。

從男人握刀的手指開始，他右半邊的身體漸漸蒙上了一層豹紋似的黑斑。那些黑斑蔓延得極快，轉瞬間便沿著手背、肩膀、脖子往上，最後覆蓋住了他半張臉。

常亦乘張開嘴唇，露出細而尖銳的牙齒，喉嚨深處發出的低鳴在水中響起，猶如金石交錯的聲響震耳欲聾。

湖底震動不斷，邪氣沖天。布袋翁更是詫異得忘記了自己的處境，鬆垮坍塌的嘴角好半天都沒能合攏，直到刀鋒劈斷石骰子的聲音炸開，它才恍惚地意識到了什麼。

這個混跡在靈師之中的青年，居然根本不是人。

他是一隻靈！

意識到這一點後，布袋翁大喊：「快走！雷池陣會困住你的！」

常亦乘揮刀再次砍碎了一顆石骰子，力道之大，竟讓碎裂的砂石如暗器般迸射四散。幾塊鋒利的碎石擦過他左邊保留人形的臉，他垂眼擦掉傷口處滲出的血跡，冷笑一聲：「真的雷池陣都困不住我，更何況是它。」

布袋翁本想下意識反駁，但眼前的景象騙不了人，不知姓名的靈確實沒被困住。可它千百年來渾渾噩噩地被困於此，也是不爭的真實。

須臾過後，它終於醒悟過來，放聲大笑。

沙啞含混的笑聲穿透湖水，如驚雷般炸響在乾坤陣的各個角落。

岸邊，半跪在地的紀洵猛一抬頭，只見眼前數不盡的拱橋紛紛有了坍塌的跡象，四周刮起飛沙走石的颶風，將院外院中的樹木都吹得伏到地上。樹幹與牆壁劈裂的聲響接連不斷，襯得那蒼老癲狂的笑聲也染上了一層蕭瑟的哭意。

同一時間，無數扇院門被風吹開，又「啪」的一聲拍回來。守在院門邊的謝星顏及時往前撲出，逃過了被大門拍成碎片的厄運。她來不及起身，就地滾了一圈，躲開砸下來的樹幹：「這裡要塌了?!」

話音未落，漫天強光刺進了眾人的雙目。

紀洵連忙擋住眼睛，等到一切喧囂歸於平靜後，才剛放下手臂，就愣在了原地。其他人也和他一樣，紛紛難以掩飾臉上的驚詫之色。

他們面前，再也沒有橋院相接的連環建築。

春光正好，漫山遍野的青翠綠意，倒映在波光粼粼的湖面之中。

從山腰往下的羊腸小徑上，一位頭戴斗笠的老人正緩緩往湖邊走去。

謝星顏爬起來，拍拍身上的泥土：「這是……它想起來的記憶嗎？」

沒有人說話，而她也不需要人回答。

答案正在他們眼前清晰地上演。

湖上，範家大小姐坐在一葉竹筏上，往湖心划去。隔得太遠，他們看不清她的表情，卻能看見潼兒正趴在竹筏上，焦急地往水裡張望。

「那裡那裡！」潼兒清脆的童音遠遠傳來，「我看見木雕了！」

紀洵不自覺地蜷起指尖，即便已經猜到接下來會發生的一幕，但看著毫無防備的小男孩，他也依舊難免唏噓。

就在潼兒伸長手臂去搆水裡的木雕時，範家大小姐轉過身來。

她似乎笑了一下，又似乎沒有。然後她走過去，從同父異母的弟弟身後推了一把。

潼兒嗆了水，還在拚命想爬上竹筏，但他的姊姊卻寸步不讓，死死將他的腦袋按進水裡。

行走於山路間的布袋翁剎時加快步伐。趕到湖邊的時候，它猶豫過片刻，最終還是義無反顧地跳了下去。

所以它沒看見，範崇汝躲在院門後，勒住妻子的手臂、捂住她的嘴，也沒聽見它視為至交好友的範大官人，正在哀聲勸道：「馬上就好了，她自有分寸。等此事一成，我們再也不必過上不人不鬼的日子了！」

而忙於攔住妻子的範崇汝也沒看見，家中那位駝背的奴僕，悄然從藏身的蓮葉下伸出了一把削尖的木條。

巨浪滔天的聲響，伴隨著範夫人尖厲的哀嗚同時響起。

大浪退去，一切塵埃落定。

范夫人瘋了似地推開丈夫，連滾帶爬地撲向湖邊。

范家那位始終笑盈盈的大小姐被大浪拍進了水裡，即使這樣，此時她也在笑著。少女銀鈴般的笑聲泛過湖泊，也泛過了蓮葉邊散開的一灘血漬。

紀洵錯開視線，不想看那具小小的屍體。

駝背的奴僕究竟是受夠了潼兒平時的欺壓，還是他原本就憎恨新來的夫人和她生下來的孩子，已經不那麼重要，反正在屠城那日他沒能做完的事，今天他終於辦到了。

直到此時，范崇汝才看清湖中的景象：「不，不可能……怎麼會……」

他踉蹌著跌坐在地上，突然轉過頭，想抓住救命稻草般往前撲了幾步，抓住了從始至終都沒出聲的老奴。

「你家祖傳的雷池陣，是真的管用吧？」范崇汝慌了神，儼然失去了一家之主的風範，「潼兒、潼兒他還能救回來吧？」

老奴用渾濁的雙眼看著他：「老爺，奴才也說不準啊。」

范崇汝的臉色，頓時變得比死人還要慘白。

不知過去多久，紀洵眼中的景象逐漸模糊起來，又一陣狂風刮過，將范家的人、白牆黑瓦的院子，都化作沙粒般吹散飄遠。

取而代之出現在眼前的，是一座荒廢的宅院。

屈簡那隻丟失的白虎趴在楊樹上，見到自己的靈師，就歡快地從樹頂撲了下來。紀洵心裡卻沒有半分喜悅，他聽見院門撥動的聲響，轉身跑了出去。

院子又變成了背水面山的格局。

紀洵一口氣跑到湖邊，見到懶散地靠在柳樹邊的黑色身影時，懸著的心才總算落了回去。

「你沒事吧？」紀洵停下腳步，忐忑地問。

常亦乘渾身濕透，望著他沉默很久，才點頭說：「範家畫錯了陣。」

紀洵一愣，這才發現常亦乘身後還站著戴斗笠的布袋翁。相比在乾坤陣中見到的傀儡，布袋翁的真身沒有那麼散垮，看上去更像一位古稀之年的老人家。

布袋翁望向四周，頓了半拍。

然後它慢慢走向垮塌的院子一角，當著眾人的面搬開了一塊木梁。

屈簡心領神會，召出自己那條蟒蛇，捲起碎石扔到旁邊。

幾分鐘後，幾具白骨赫然出現在他們眼前。

布袋翁目光複雜地望著那堆白骨，伸手輕撫試探後，幽幽道：「差之毫釐，謬以千里啊。」

範崇汝用九顆石骰子畫出的陣，確實困住了布袋翁。

但也困住了它所有的靈力。

那天之後沒過多久，他們一家人就全死乾淨了。

NOT A HUMAN

第十章 殺人奪靈

私はたぶん人ではない

私はたぶん人ではない

NOT A HUMAN

雖然誰都知道範家人不可能活到現在，但他們死得那麼早，也超出了所有人的預料。常言道，人死如燈滅。何況咎由自取的範崇汝一家，更是不值得惋惜。但當布袋翁跪坐在地，佝僂著背又哭又笑的時候，眾人依舊難免感到唏噓。

世人眼中靈皆是異物，就算今天對你好，明天也會翻臉不認人。只有真正與靈共生過的靈師才會懂得，並不全是那樣。

就像有人嗜好殺戮，有人卻願傾其所有保護弱小一樣。連人這樣單一的物種都有不同的性格，萬物皆可成為的靈，只會比人類更加複雜。

命懸一線之際能得到善靈相助，何嘗不是老天對範家人最後一絲的憐憫。可到頭來，他們還是親手毀掉了所有。

不過這些話，他們終究是聽不見了。

紀洵無聲地收回了視線。還是和從前一樣，他很快就從別人死亡的陰影裡脫離出來，轉而打量起周圍的環境。當他們在乾坤陣裡經歷日夜更替時，外面的望鳴山也已經悄然入夜。雲層稀薄，遮不住頭頂皎潔的月光與星辰。紀洵盯著天空看了一會兒，又拿出手機看了眼，才後知後覺地意識到，乾坤陣居然已經解開了。

是布袋翁知曉真相後自願放他們離開，還是湖底發生了什麼？

紀洵不想打擾情緒尚且激動的布袋翁，選擇在靈師裡尋找常亦乘的身影。對方個子高，按理說一眼就能看見，可等他的視線一一掠過那幾張臉，才發現常亦乘人不在這裡。

他連忙轉身，終於借著朦朧的夜色，看見院門外那個熟悉的背影。常亦乘坐在地上，背微弓下去。紀洵內心一震，三步並作兩步地趕過去：「你受傷了？」

男人低垂著頭，沒說話。

紀洵當即用手機照明，這才看清濕透的衣服上有無數道細小的口子，他緩緩伸出手貼上去，再翻過手來，潮濕的掌心上沾滿了血。

「我的戒指呢？」愧疚的心情頓時翻湧而出，紀洵有些慌亂地翻找一陣，從常亦乘手心裡找到了那枚黑玉戒指。

把戒指重新套上手指的時候，他手抖了幾次才成功戴好，沒等他放出霧氣，男人就捉住了他的手腕。常亦乘身子往後仰過去，後腦抵著牆，視線低垂地望著他：「不用，都是小傷。」

紀洵不信，他越看得仔細，就越意識到常亦乘傷得很重。臉色是慘白的，手指是冰涼的，就連剛才那簡短的六個字說出來，都是虛弱無力的語調。

「我難受，跟受傷沒關係。」常亦乘皺了下眉，「治不好。」

紀洵想起遍布他全身的鎖鍊般的印記，猶豫了一下，才問：「和你身上黑色的印記有關？」

常亦乘沉默幾秒，啞聲問：「你看見了？」

「嗯。還有你脖子上的印記，它好像在保護你。」紀洵納悶，「黑色的那些又是怎麼回事？」

說話的同時，他手裡也沒閒著。哪怕常亦乘說了治不好，也仍然釋放出霧氣、環繞過去，心想或多或少能緩解一些也好。

常亦乘垂在腿邊的手背指骨屈起，回答說：「不知道，生下來就有。」

紀洵眨了下眼，想起常亦乘從小就被父母遺棄……難道就因為他身上奇怪的印記？可那些印記平時又看不見，至於直接把孩子扔掉嗎？

紀洵腦子裡滿是問號，有心想多問幾句，就聽見身旁的呼吸聲急促起來。

那雙時常充滿戾氣的眼睛半闔著，睫毛在眼底掃出一片脆弱的烏青。霧氣好像真的起不了作用。

「我該怎麼幫你？」紀洵把聲音放得很輕，唯恐音量再大點，都會增加對方的痛苦。

常亦乘稍稍掀開眼皮，盯著他看了一會兒，低下頭來：「讓我靠一下。」

紀洵還沒說話，肩頸處就往下一沉。男人被水浸濕的短髮抵在他的頸側，斷了線的水珠順著往下淌，透過T恤單薄的布料浸到皮膚上，透心的涼。可他感覺到了，常亦乘繃緊的身體在靠著他後，略微放鬆了一些。

那就這樣吧，紀洵配合地換了個讓人更舒服的姿勢，畢竟無論怎麼想，人家都算是代他受罪了。

屈簡找過來的時候，兩個人仍舊是一副親密依偎的姿勢。

「……」

他做靈師二十幾年，從小到大沒見過哪兩個靈師，解開乾坤陣後是用這種方法來休息的。更何況院裡還有個即將消亡的靈等著共生呢，這兩個都沒有靈的人，不去布袋翁面前刷存在感，偷偷摸摸跑來院門邊……跑來院門邊幹嘛呢？

屈簡腦子裡冒出「私會」一詞，然後成功把自己嗆得咳了好幾聲。

紀洵側過臉，抬手將食指豎在唇邊，示意他小聲點。

可能這就是倒數第一和倒數第十在互相取暖吧，屈簡也不太懂，小聲說：「布袋翁撐不了幾天了，你要是想收它，就趕快進去。」

紀洵看著他沒說話。

「愣著幹嘛呀。」屈簡對他簡直恨鐵不成鋼，乾脆也坐下來，「難道你覺得常亦乘受傷是你連累的，想把布袋翁讓給他？不行不行，他們兩個肯定合不來。」

「你不要嗎？」紀洵問。

屈簡毫不掩飾地翻了個白眼：「我受不了那種老好人。」

紀洵忽然想起出發來望嗚山的前一天，紀景揚打電話給他，聊起靈與靈師的默契度。其中最重要的一環，就是兩者之間存在最顯著的相似性格。比如紀景揚從小動畫電影看多了，一心只想保護世界。後來他就真找到了擅長防禦、能夠站在最前面保護大家的枯榮。

當時紀洵還問：『你說屈簡至少有十幾隻靈，光你見過的幾隻就各不相同，那他算是什麼性格？』

『也許他喜歡集郵吧。』紀景揚很不正經地調侃道。

想到這裡，紀洵看著屈簡笑了一下。

屈簡被他笑得頭皮發麻：「笑什麼，以為我關心你？別誤會，我只是看你還不算是個徹底的廢物，稍微提醒幾句而已，省得你以後出去丟臉。」

話剛說完，院子裡傳來了動靜。紀洵回過頭，看見布袋翁慢慢向他走來。

「喲，找上門來了。」屈簡挑眉，「都這樣了，還不收？」

紀洵人都傻了，虧他還以為共生這麼重要的事，是雙方找個沒人的地方坐下來，長談一夜再做決定，沒想到居然是這樣在眾目睽睽下，直接走向心動嘉賓的情況，這叫他怎麼說出「對不起，其實我想做個獸醫」這番話呢？

眼看紀洵陷入為難的境地，始終沉默不語的常亦乘抬起頭，冷冷地看著布袋翁。

「老朽……」布袋翁的話才剛開頭，就突然停住。

它視線對上已經完全恢復人形的靈，從對方眼中看到了威脅與阻止的意味。冥冥之中，布袋翁意識到什麼，錯愕地看了紀洵一眼。

紀洵尷尬地笑了笑，眼裡寫滿婉拒。

靈師不願意，靈當然不能強求，更何況……

布袋翁回味著黑衣男人的眼神，不動聲色地彎腰作揖：「老朽謝過二位。」

一旁的屈簡目瞪口呆。這是什麼意思？

按照他的經驗，在場六位靈師裡，和布袋翁最為匹配的靈師就是紀洵沒錯了，但老爺子為何卻只想道謝？

倒是跟隨布袋翁過來的謝錦愣了幾秒後，眼中洋溢出意外的欣喜。

布袋翁轉過身，用長滿皺紋的眼睛與謝錦對視。

看到眼前這一幕，紀洵鬆了口氣。雖然接觸不多，但謝錦一看就是善良又溫和的人，布袋翁能和她共生也算是件好事。

謝錦笑了一下：「老人家，您要是不嫌棄，可以來我這裡。」

「也好，也好。」

隨著布袋翁的回答聲落地，謝錦指尖抽出了一絲半透明的靈線，靈線越來越長，蔓延到了布袋翁的面前。

紀洵從沒看過共生的瞬間，不由得也好奇地挪了幾分注意力過去。只見那絲靈線溫柔地鑽進老人家的眉心。幾個呼吸過後，布袋翁的身周都散發出了與靈線相似的光芒。

光芒托起它的身體時，謝錦也閉上眼，低聲念出口訣。她聲音很輕，紀洵沒聽懂她到底念了什麼，只覺得那是一種極其溫和的語調，讓置身事外的他也感覺到一陣暖意。

等口訣最末的音節停止，布袋翁的身影也消失了。

謝錦的身子輕微地搖晃幾下，守在旁邊的謝星顏一把扶住她，帶她找了塊乾淨的地方坐下。

紀洵迷茫地問：「共生完成了嗎？」

「完成了一半。」屈簡說，「共生是要把靈力分享給靈，沒那麼快就能搞定，估計還要再等半個多小時。」

紀洵遠遠望向閉目不語的謝錦，心想這大概是靈師身體最為虛弱的時候。正好常亦乘也還沒恢復過來，大家都休整一下也好。

「你還有心思看別人。」屈簡見他不為所動，頓時很有代入感地焦慮起來，「常亦乘他自己能打，跟你不一樣。你知道出生在靈師家族，自己卻沒有靈，遇到危險時會有多慘嗎？」

紀洵收回視線：「除了我和他以外，還有這樣的靈師？」

不知怎麼回事，屈簡的表情僵了一瞬。

「你見過？」紀洵追問道。

屈簡暴躁地揉了把頭髮，破罐破摔似地說道：「有些事其實不該跟你講。」

紀洵：「意思是你現在準備講了。」

屈簡：「……」

他覺得這廢物有時候說話真的很噎人，但都說到這裡了，再強行打斷又顯得他像在故意賣弄。糾結半天，屈簡還是說了：「我也是小時候偶然聽說的。嚴格說來，那人不算靈師。他跟以前的你一樣，體內的靈力是死的。」

紀洵驚訝地抿了下唇，突然感覺到身邊的常亦乘也驟然繃緊了身體。可能又疼得厲害吧，他沒有懷疑，繼續問：「他是哪家的？」

屈簡：「紀家，他是紀老太太的弟弟。」

「一百多年前的人？」紀洵估算了下，「正好是殺人奪靈那段時間？」

「嗯，你知道殺人奪靈，就很好解釋了。」

在人命如草芥的年代，瘋魔的靈師不擇手段，對同行趕盡殺絕。

那時的紀老太太才十幾歲，出於北方戰亂不停，她隨全家一路遷徙到南方定居。中途遇見其他家族襲擊，還沒滿十歲的弟弟就不幸跟家人走散了。等紀家人再找到那個小孩時，小孩已經死了。

「後來紀老太太想為弟弟報仇，找到了參與這件事的一個靈師。」屈簡說，「原來那幫人起初看他是個小孩，還想別做得太絕，讓他自己把靈全召出來，他們要是看不上眼，就放他走。」

紀洵：「可是他召不出。」

屈簡：「對，他可是紀家的人，卻說自己沒有靈，誰會相信？」

那幫人僅存的一點善心，也在小孩一次又一次的否認中消磨殆盡，甚至因此引發了更多喪心病狂的惡意。

屈簡揉揉眉心：「反正老太太的弟弟，是活活被那幫人折磨死的。」說完，他看了紀洵一眼，「她有次跟我說，你小時候長得跟她弟弟很像。」

紀洵一愣。常亦乘的身體也猛地顫了一下。

「這些年老太太不願意見到你，就是怕觸景傷情。」

所有紀家的年輕人裡，只有屈簡跟當家的走得最近，二十幾年來也只聽到這一星半點的內幕。他仰頭望著夜空：「當然事實證明，你跟老太太的弟弟不一樣。可你既然都進觀山了，還總拖著不找靈共生，萬一哪天再遇到殺人奪靈的事，說不定會死得很慘。」

紀洵垂下眼，視線掃過常亦乘莫名摟得很緊的手臂，頓了頓才說：「知道了。」

「隨便你，將來別後悔就行。」屈簡不想跟他廢話，站起身想進院子看看謝錦的情況。

結果他還沒踏進院門，視線前方不遠處就炸開了一片腥紅的血霧。

「姑姑！」謝星顏撕心裂肺的喊聲也同時響起。

紀洵和常亦乘同樣聽見了這聲慘叫，兩人對視一眼，轉過頭去，就看見謝星顏已經拉開弓箭，箭矢指向楊樹的樹冠。

樹冠上站著一個人。而倒在地上血流不止的謝錦身上，正有源源不斷的輝光朝那人翻湧而去。

紀洵神經一顫，想起幾分鐘前才聽過的一個詞。

殺人奪靈。

異變發生得太快，也太突然。屈簡愣在原地，像被人迎面潑來一盆冷水，僵在那裡忘記了所有的動作。

而近距離目睹全程的謝星顏，已經一箭射了出去。她這一箭使出了全力，箭矢攜著凌厲的光芒飛出，穿破楊樹茂盛的枝椏，射中那人手臂後依然攻勢不減，竟硬生生將他連接肩膀的筋骨射穿。

骨頭斷裂的動靜應聲而起，樹上那人一聲不吭。斷掉的手臂掉到地上。

紀洵看著斷口處殘存的布料顏色：「……韓恆。」

屈簡被他這聲輕呼喚回了神智，雙手同時一揮。

「給我下來！」隨著他的一聲怒喝，好幾隻形態各異的靈呼嘯而出，直朝樹冠奔去。

藏身於楊樹的韓恆縱身跳下，落地之時，無數棵與他同高的人面樹拔地而起，將他牢牢擋在了中間。而從謝錦那裡湧出的光輝，仍在一刻不停地往他身上送去。

屈簡手腕一轉，共生的善靈衝向人面樹，其中紀洵見過的那團烏雲陡然升高膨脹，閃電裹著雷鳴齊齊劈向韓恆。

一時間，宛如白晝忽現。

紀洵顧不上觀戰，朝常亦乘留下一句「小心點」，轉身往謝錦的方向跑去。

他人還沒到，就先甩出霧氣，不管三七二十一地先把謝錦整個人護在其中，翻湧泄出的靈力瞬間減少了許多。紀洵沒管那些，滿腦子只有一個念頭，就是至少把人救下來。

謝星顏關鍵時候也沒慌亂，見韓恆有屈簡對付，就撲到謝錦身邊指著她腹部的傷口：「有能止血的靈器嗎？」

紀洵身體先於大腦行動起來，沒有回答，直接手指合攏一抓，扯出大半霧氣開始治療。猙獰破碎的傷口幾乎貫穿了謝錦的腰腹，連裡面的內臟都露了出來，顯然是要置謝錦於死地。冷汗從紀洵的額角滴落：「怎麼回事？」

「我沒看清。」謝星顏聲音顫抖，「就看見韓恆遠遠地朝姑姑招了下手。」

不對，不是招手。

謝星顏重新回憶著那個動作，驀地抬起頭。

雷電劈向人面樹的白光落在她臉上，將她的臉照得煞白：「他是把什麼東西，從姑姑身上扯回去了。」

紀洵視線掃過正在慢慢復原的傷口。他在寵物醫院實習時，見過被黏鼠板黏住肚子的小貓。小貓驚慌掙脫之下形成的傷口，就跟謝錦的十分相似。

那東西原本應該是死死貼在謝錦的皮膚上，韓恆往回一收，人的皮膚承受不住那樣的拉扯，當場就皮開肉綻地崩裂開來。

韓恆是什麼時候開始布局的？是跟謝錦組隊搜索院子的時候？還是從上山的那一刻起，

他就悄然做好了計畫？

否則解釋不通，他為什麼一而再再而三地故意激怒其他人。就像他所有的行為，都是在逼其他靈師放出靈來，任他光明正大地挑選。

下一秒，「轟」的一聲，皮肉燒焦的味道在院子裡瀰漫開來。紀洵側臉望去，只見韓恆那堆人面樹全部倒了下去，它們形成一個圓，圓心的正中央，被雷劈得面目全非的韓恆仰面倒在地上，喉嚨裡發出幾聲不成調的呻吟。

屈簡：「你那邊情況如何了？」

「快好了。」紀洵說，「你把他劈成這樣，救不回來怎麼辦？」

屈簡嫌棄地看著地上那個人形黑炭：「啊，你是不是不會？」

紀洵：「……」

他總算是看清楚屈簡這個人了，他其實還挺愛記仇的。之前討論如何精準操控靈力的時候，他隨便問了一句，這人就找了機會將這句話原封不動地還來給他。

不過眼下不是鬥嘴的時候。紀洵集中注意力驅使霧氣，仔細地將謝錦身上最後一寸傷口癒合，終於鬆了一口氣。

「好了嗎？」謝星顏忐忑地問，「我姑姑能活下來吧？」

紀洵：「妳守著她，我先去看看韓恆。」

謝星顏皺了下眉，眼神裡毫不掩飾對韓恆的憎恨，但最終還是懂事地點了下頭。

要不是靈師也受現代法律約束，紀洵懷疑謝星顏恨不得當場殺了韓恆。屈簡應該也是顧忌到這一點，才沒把韓恆當場劈死。

紀洵站起身，一回頭看見常亦乘不知何時進了院子。他似乎還很虛弱，半跪在地，用拿刀的右手撐在地上，另一隻手撿起韓恆斷掉的那截手臂細細觀察。

這畫面乍看之下有點驚悚。

紀洵一愣，看向地上那個焦黑的身影。重傷倒地的韓恆一動也不動，但即便如此，紀洵也看見他軀幹兩側依然長著兩隻手臂。

紀洵腦子裡「嗡」的一聲：「屈簡快躲開！」

「啊？」

正要把善靈收回體內的屈簡轉過頭，臉上還帶著平時那種「又怎麼了」的不耐煩，但相比從前純粹的傲慢，多出了點「沒辦法，我就勉強聽聽你的廢話」的無奈。

然後，一切像慢動作鏡頭般，闖入了紀洵的視野。

奄奄一息的韓恆勾了下手指。

一片血霧從屈簡的脖頸處炸開。

直到他的頭顱滾到紀洵腳邊，他依舊保持著剛才那個複雜的表情。

紀洵腦海中一片空白。

耀眼的光線刺得他近似於失明，眼前出現了絢爛的光斑，那些光斑匯聚成流動的緞帶，綿綿不絕地朝韓恆奔騰而去。

有人衝了出來，攬過紀洵的肩膀往旁邊飛撲過去。紀洵摔倒在地，聽見短刀出鞘的嗡鳴聲由近及遠。他嘴唇微張，卻忘記了呼吸，只能眼睜睜地看著常亦乘揮刀殺了出去，而血肉模糊的韓恆居然一躍而起，召出一隻雄壯的白虎向常亦乘撲來。

那是屈簡的靈。

常亦乘側身躲過白虎的利爪，轉身橫砍，刀鋒沒入白虎的軀幹，將它整個橫斷剖開。但緊接著，頭戴斗笠的布袋翁擋在了常亦乘的面前。它好像還沒明白發生了什麼事，四肢就被迫拉長，像張鬆垮的人皮被扔出來，罩向常亦乘。

千鈞一髮之際，一隻半公尺長的雀鷹騰空而起，叼住布袋翁的斗笠將它甩了出去。

與此同時，謝星顏搭弓射箭。這次她沒再顧及人命，箭羽正中韓恆的額心。

而韓恆只是往後仰了仰，狂笑著拔出箭杆，額頭那個血淋淋的窟窿轉眼就恢復了原樣。

常亦乘突然一矮身，手中黑色短刀砍斷了韓恆的雙腿。他沒有停留，刀光如織網般密密麻麻地劈向韓恆。

近身作戰，韓恆完全不是他的對手。可韓恆無論傷成什麼樣，殘缺的身體都會迅速長回來，彷彿一場無窮無盡的再生。

更別提此刻他身體裡不知有多少隻靈。

空氣裡遍布令人顫慄的殺意。

下一個瞬間，常亦乘握刀的右手被皮影絲線紮進地面，但他感覺不到疼痛似的，硬生生用左手扯斷絲線，隨著鮮血四濺，再一次搖搖晃晃地站了起來。

黑色的印記已經完全浮現。它形同流動的鎖鍊，錚錚作響，瘋狂地纏緊收縮。

金色符文剎那間暴漲迸射，遮掩的頸環斷成碎片。常亦乘挺拔的脊背突然彎了下去，嘴裡吐出幾口發黑的汙血。

「沒有靈的東西，就別來了。」韓恆猖狂地笑著，看不到絲毫人性的眼珠子一轉，看向了謝星顏，「該妳了。」

韓恆緩緩抬手，成心想欣賞小女孩驚恐的表情似的，止住動作：「妳猜，我把絞魂線放到哪裡了？」

謝星顏不知道絞魂線是什麼，她本能地搖頭：「殺人奪靈，死無葬身之地。殺了我們，你也活不了太久。」

「是嗎？」韓恆挑眉，「我倒想看看，所謂的天道究竟能不能殺我？」

話音未落，韓恆臉色忽地一變。

他下意識看向被煞氣纏身的常亦乘，等他意識到找錯了人，再想抬頭時，便感受到一陣洶湧的肅殺。

紀洵擋在謝星顏和謝錦面前，手中霧氣如濃雲翻滾。

濃雲越來越多，越來越厚，不僅將離得最近的兩位靈師層層包裹住，還蔓延到了常亦乘的身周，將他也劃入了保護的範圍。

轉瞬過後，坍塌大半的院落內烏雲密布，伸手不見五指，猶如布下了一個星辰俱滅的乾坤陣。

韓恆一驚，立刻想再放幾隻靈出來應戰，但不管他如何召喚，那些被他搶奪而來的靈都蟄伏不動。

他甚至感覺到，它們在害怕。

好似叢林裡的野獸遇見了出巡的獸王，只敢伏首稱臣，生不出半分違抗的心思。

一道清冷而凜然的聲音在此時響起。

「**好大的膽子。**」分明是紀洵的聲音，但語氣卻完全不同。那人的聲音像從遙遠的亙古傳來，帶著莫大的壓迫感，與上位者慣有的孤高語調，「**你不怕天道，那麼，你可怕我？**」

韓恆渾身無法動彈。

一隻蒼白瘦削的手從黑暗中伸出，待臨到他的眼前了，他才看見那隻手的無名指上，戴著一枚黑玉戒指。

那隻手沒有溫度，比千年不化的冰雪更加沁寒。

當脖子被手掐住的剎那，韓恆雙眼猛地瞪大，要是有人遞給他一面鏡子，他必定會從鏡中看見最本能的、面對死亡的恐懼。

更叫他感到絕望的，是在空氣逐漸稀薄的窒息之中，他意識到自己的靈力正在不斷抽離身體。韓恆喉嚨裡發出掙扎的嘶吼，被人提起來懸空的雙腳慢慢變出了蜥蜴的尾巴。

看不見模樣的人笑了一聲：「**原來是你。**」

蜥蜴的鱗片從皮膚下冒出來，覆蓋過韓恆整張面孔。他怒目瞪向虛空，拚盡最後一絲力氣，張嘴吐出一顆珠子。

珠子「骨碌碌」地滾到地上，化作一隻巴掌大的青色蜥蜴，貼著地面逃走。

薄瘦的手掌一鬆，半人半蜥蜴的身體跌落在地。

「**見不得光的東西。**」

濃雲散去，不知從何處傳來的聲音漸漸收束，回歸到紀洵的身體裡。他昏昏沉沉地闔著眼，嘴裡無意識地說出最後一句話。

「**罷了，就留你回去通風報信。**」

——《我可能不是人01》完

高寶書版集團
gobooks.com.tw

BL077

我可能不是人01

作　　者　貓尾茶
封面繪圖　響
編　　輯　王念恩
美術編輯　單宇
排　　版　彭立瑋
企　　劃　方慧娟

發 行 人　朱凱蕾
出　　版　三日月書版股份有限公司
　　　　　Printed in Taiwan
地　　址　臺北市內湖區洲子街88號3樓
網　　址　www.gobooks.com.tw
電　　話　(02) 27992788
電　　郵　readers@gobooks.com.tw（讀者服務部）
　　　　　pr@gobooks.com.tw（公關諮詢部）
傳　　真　出版部　(02) 27990909　行銷部 (02) 27993088
郵政劃撥　50404557
戶　　名　英屬維京群島商高寶國際有限公司臺灣分公司
發　　行　英屬維京群島商高寶國際有限公司臺灣分公司
　　　　　Global Group Holdings, Ltd.
初版日期　2023年6月

本著作物《我可能不是人》，作者：貓尾茶，由北京晉江原創網絡科技有限公司授權出版。

國家圖書館出版品預行編目(CIP)資料

我可能不是人 / 貓尾茶著.-- 初版. -- 臺北市 : 三日月書版股份有限公司出版 : 英屬維京群島商高寶國際有限公司臺灣分公司發行, 2023.06-
　冊；　公分. --

ISBN 978-626-7152-74-4 (第1冊 : 平裝)

857.7　　112005694

朧月書版